한국어, 우리말 우리글 ❸

108가지 국어생각

심재기 저

제이앤씨
Publishing Company

책머리에

세월이 참 빠릅니다. 어느새 21세기도 10년 세월이 흘렀고 저는 7순을 훌쩍 넘겼습니다. 옛날 어른들이 세월을 일러 전광석화電光石火라 하신 말씀을 실감하게 됩니다.

저는 1960년에 대학을 졸업하고 곧바로 국어선생이 되어 지금까지 우리말 우리글을 가르친다고 하였으니 70년의 생애에서 꼭 반백 년을 우리말에 묻혀 살아 온 셈입니다. 돌이켜 보면 참으로 황홀하고 아름다운 세월이었고 또 한편 송구하고 고마운 세월이었습니다.

가르친다는 것은 곧 배우는 것이라는 마음으로 한국어의 아름다움을 말하며 살았으니 세월이 황홀하고 아름다웠다 할 수 있겠고 특별한 재주가 없었건만 지난 세월 내내 하늘이 저를 국어선생으로 보호하고 감싸 주었으니 이 또한 송구하고 고마운 세월이라 할 것입니다.

그동안 저는 강의에서 미진했던 이야기를 어설픈 대로 몇 권 책으로 묶어 낸 일이 있었습니다.

그 모두가 20세기 마지막 20년인 1990년 전 후의 일입니다. 오늘에 와서 보면 2, 30년이 지난 옛날입니다. 그러므로 이 이야기는 어쩌면 시효를 잃은 낡은 이야기일 지도 모릅니다.

그런데 어느 날 제이앤씨의 윤석원 사장님이 저를 찾아오셔서 그 옛날 책이 아직도 유효하다는 말씀을 하시며 한 뭉치로 묶어 보자고 하셨습니다. 저는 부끄럽지만 용기를 냈습니다. 한국 사람과 한국말이 이 인류의 역사 안에서 정말로 의미 있는 존재라면 그리고 그러한 사실을 우리가 굳게 믿고 있다면 저의 이 다섯 권 책은 우리말과 글을 사랑하는 사람들에게 작으나마 위로와 도움이 되지나 않을까 하는 외람된 생각을 한 것입니다.

지난 50년 간 제 생각이 한결같은 것은 아니었습니다. 우리말과 글이 우리 민족과 함께 새로운 인류 문화에 한 줄기 빛이 되리라는 믿음에는 변함이 없었지만 우리말과 글을 어떻게 지키고 가꾸어야 하느냐 하는 세부항목에서는 다소간 변화가 있었습니다.

저는 한자漢字 없는 우리나라의 언어문자 생활을 생각한 적이 잠시 있었습니다. 그러나 그것은 우리 역사에서 2천 년 과거의 정신문화 재산을 빼버리는 결과가 된다는 것을 깨달았습니다.

그래서 저는 한자를 줄여 쓰는 방법을 끊임없이 연구하며 새로운 언어문자 생활을 모색할 수는 있으나 한자를 완전히 없앤다는 것은 안 된다는 결론에 이르렀습니다. 이러한 제 생각이 이 다섯 권 책에 드믄 드믄 드러나 있습니다.

이제 저는 이 책을 한국과 한국어를 사랑하는 모든 사람들에게 바칩니다. 특별히 한국 사람들에게 바칩니다.

이 책을 읽으시는 분들은 저와 함께 이 세상에 한국 사람으로 태어나 우리말과 우리글의 아름다움에 감탄하며 사랑과 긍지를 가지고 한 세상 살다 가는 것을 한 없이 감사하십시다.

2008년 6월 20일.
지은이 심재기 씀.

차례

■ 책머리에 ·· **3**

1장 **낱말 뜻 바로 알기** · 11

늙는다는 것 ·· 13

부럽다는 것 ·· 15

빈다는 것 ·· 17

듣는다는 것 ·· 19

작은 수석壽石 한 덩이 ·· 21

기벽奇癖에 숨은 상징象徵 ·· 23

맑고 높고 푸른 하늘 ·· 25

한국어韓國語의 감칠맛 ·· 27

반보호감정론反保護感情論 ··· 29

아까운 재주들을 ·· 31

세 가지 진 땀 ·· 33

매미의 울음소리 ·· 35

2장 우리말에 숨은 사연 · 37

이름이 남기는 것 ·· 39
문패설門牌說 ··· 41
정말로 돋보이기 ·· 44
외래어를 보는 눈 ·· 47
북한의 속담 ·· 50
뜻이 깊다는 것 ·· 53
한국인의 어휘실력 ··· 56
국어 사랑의 참모습 ·· 59
맞춤법의 이상 ·· 62
'점잖음'이 빌미가 되어 ·· 65
아리랑 고개를 넘고 넘어 ·· 68
오랑캐의 문자 실력 ·· 70

3장 속담의 감칠맛 · 73

속담은 진리인가? ··· 75
'게도 구럭도 다 잃었다' ·· 77
'사흘 길 하루 가고 열흘 눕는다' ····························· 79
'더부살이가 주인 마누라 속곳 베 걱정한다' ············· 81
'사돈 밤 바래기' ··· 83
'성부동姓不同 남이지' ··· 85
속담 2세들 ·· 87
'제 갗에 좀 나듯' ··· 89
'난 거지 든 부자' ··· 91
'사모 쓴 도둑놈' ·· 93
'황정승댁 치마 하나 세 모녀 돌려 입듯' ··················· 95
'말똥에 굴러도 이 세상이 좋아' ······························ 97

4장 우리말의 흐름 · 99

보은단報恩緞과 고운담 ┄┄┄┄┄┄┄┄┄┄┄┄┄┄┄101

'제자'의 참뜻 ┄┄┄┄┄┄┄┄┄┄┄┄┄┄┄┄┄┄┄┄103

구멍 뚫린 안내문 ┄┄┄┄┄┄┄┄┄┄┄┄┄┄┄┄┄┄┄105

작가의 책임 ┄┄┄┄┄┄┄┄┄┄┄┄┄┄┄┄┄┄┄┄┄107

독도獨島와 뚝섬 ┄┄┄┄┄┄┄┄┄┄┄┄┄┄┄┄┄┄┄109

말言語을 가지고 노는 아이들 ┄┄┄┄┄┄┄┄┄┄┄┄┄111

욕설의 한계 ┄┄┄┄┄┄┄┄┄┄┄┄┄┄┄┄┄┄┄┄┄113

하룻강아지도 모르면서 ┄┄┄┄┄┄┄┄┄┄┄┄┄┄┄┄115

불어라, 귀화의 바람아 ┄┄┄┄┄┄┄┄┄┄┄┄┄┄┄┄117

엉터리의 운명 ┄┄┄┄┄┄┄┄┄┄┄┄┄┄┄┄┄┄┄┄119

'무네미' 마을의 어제 오늘 ┄┄┄┄┄┄┄┄┄┄┄┄┄┄121

법석法席의 비애 ┄┄┄┄┄┄┄┄┄┄┄┄┄┄┄┄┄┄┄123

5장 우리말 뿌리캐기 · 125

순男과 갓女 ┄┄┄┄┄┄┄┄┄┄┄┄┄┄┄┄┄┄┄┄┄127

압父과 엄母 ┄┄┄┄┄┄┄┄┄┄┄┄┄┄┄┄┄┄┄┄┄130

'사과'와 '무궁화' ┄┄┄┄┄┄┄┄┄┄┄┄┄┄┄┄┄┄┄133

숨바꼭질과 수수께끼 ┄┄┄┄┄┄┄┄┄┄┄┄┄┄┄┄┄137

천재 소년 '밝은 누리' ┄┄┄┄┄┄┄┄┄┄┄┄┄┄┄┄┄141

'뒤안'의 뒤안길 ┄┄┄┄┄┄┄┄┄┄┄┄┄┄┄┄┄┄┄144

사랑의 묘약妙藥 '상화떡' ┄┄┄┄┄┄┄┄┄┄┄┄┄┄┄148

몰록 깨달음頓悟과 점점 닦음漸修 ┄┄┄┄┄┄┄┄┄┄┄152

남대문南大門과 마큰오래 ┄┄┄┄┄┄┄┄┄┄┄┄┄┄┄155

'염천교'의 내력 ┄┄┄┄┄┄┄┄┄┄┄┄┄┄┄┄┄┄┄158

'서울'에 숨은 의미 ┄┄┄┄┄┄┄┄┄┄┄┄┄┄┄┄┄┄161

녹아버린 한자어들 ┄┄┄┄┄┄┄┄┄┄┄┄┄┄┄┄┄┄165

6장 **사람이 되는 길** · 169

신언서판身言書判의 후유증 ···171
귀를 기울인다는 것 ···174
하늘보다 높은 사람 ···177
압존壓尊의 원리 ···180
입술이 더러운 사람들 ···183
옛날 딸의 글, 오늘의 아버지 글 ·······························186
말이 된다는 것 ···190
말을 잘한다는 것은 ···193
시詩를 읽을 때 ···196
사람 이름 땅 이름 ···199
엽전이 별수 있어 ···202
시조를 지으시던 한문 선생님 ·····································205

7장 **우리말에 귀를대면** · 209

그끄제와 그글피 ···211
암·수의 대결 ···213
'운전수'와 '식모' ···215
눈썹과 손톱 ···217
글 ··219
사람과 넋 ···221
세 개의 낱말 ···223
웃음과 울음 ···225
'아재'의 교훈 ···227
귀화어 ···229
'싼 것'과 '비싼 것' ···231
'있다'와 '없다' ···233

8장 말씨에 스민 인정 · 235

쉬운 우리말을 놓아두고 ·····················237
간결한 문체에 정성을 가득히 ················240
한결같은 제 목소리를 ·······················243
어떻게 할까? 일본식 한자어 ················246
우리는 모두 시인인데 ·······················249
자랑스런 해외동포 ··························253
북한의 말 다듬기 ···························256
부끄러운 추억 ·····························259
"곡·독"에 서린 사연 ························262
모국어와 열다섯 살 ························265
'가라오케'의 문화풍토 ·····················268
얼굴없는 목소리 ···························271

9장 향수鄕愁에 젖은 모국어 · 275

시치미 떼지 않기 ···························277
낱말의 겉과 속 ····························279
모으고 간수하자 지나간 세월 ···············281
사랑으로 훈습薰習되어야 ···················283
이름없는 '등대지기' ·······················285
억지로 바꾸지 않기 ························287
한글 족자 걸기 ····························289
붙이사랑과 민족의 저력 ····················291
최선을 다 했노라, 부족했노라 ···············293
또 다른 고향 ·····························296
모국어와 자존심 ···························299
텃세를 견디는 힘 ···························302

■ 초판서문 ·· 305

1장

낱말 뜻
바로 알기

1장
낱말 뜻 바로 알기

늙는다는 것
부럽다는 것
빈다는 것
듣는다는 것
작은 수석壽石 한 덩이
기벽奇癖에 숨은 상징象徵
맑고 높고 푸른 하늘
한국어韓國語의 감칠맛
반보호감정론反保護感情論
아까운 재주들을
세 가지 진 땀
매미의 울음소리

늙는다는 것

누구의 말이던가, 인생이 40부터라고 고집한 것은. 누군가는 또 이 억지를 인생이 40까지라는 사실의 역설적逆說的 반증反證이라고도 했다.

일찍이 공자孔子님은 사십이불혹四十而不惑이라 하셨으니 남의 꾐에 넘어가지 않는 빡빡한 인생에 무슨 재미가 있단 말인가.

"마흔다섯은 귀신이 와 서있는 것이 보이는 나이, 귀신을 기를 만큼 지긋치는 못해도 처녀귀신하고 상면相面은 되는 나이."

이렇게 읊은 시인도 있고 보면 마흔 고개를 넘어선 인생은 정녕 으스스하고 뻣뻣해서 어수룩하고 알뜰한 맛이 없을 법도 하다. 그런데…

며칠 전 친구와 시내에 나갔을 때였다. 버스의 앞자리에 젊은 여인이 자기가 안고 있는 아기가 귀여워 죽겠다는 듯이 어르고 뽀뽀하는 모습을 보더니 친구는 내 귀에 대고 이렇게 속삭였다. "우리도 지금쯤 조런 애기 하나 있으면 참 귀엽겠지?" "여부가 있나. 그러기에 조선조

태조太祖대왕 때에 왕자의 난, 무인정사戊寅靖社가 일어난 것 아니겠어?" 나는 응구첩대應口輒對로 이렇게 맞장구를 쳤다. 우리는 모두 초등학교 3학년짜리를 막내로 둔 처지였다.

또 며칠 전 내 집에서 일어난 사건 한 토막. 식구가 다 모인 저녁 밥상머리에서 아내는 우습고 재미있다는 표정으로 나를 불렀다. "글쎄 여보, 큰 아이들 셋이 회의를 했었대요." 이 말이 떨어지기가 무섭게 큰 놈들은 "엄마, 정말 비밀 안 지키기야?" 합창으로 에미의 말문을 막았다. 나중에야 알게 된 내막인즉, 우리 부부가 3학년짜리 막내를 귀여워하는 것이 너무 정도에 지나치다고 판단한 큰 놈들 셋은 누구의 입에서 먼저 말이 나왔는지, 막내가 무슨 낫기 어려운 병이 들었기 때문에 엄마 아빠가 너무 가여워서 저렇게 예뻐하는가 보다고 근심들을 하였다는 것이었다.

"그것 보우, 너무 귀여워하면 안 된다고 했지 않우?" "그러는 당신은?" 우리 부부는 눈길을 맞추며 웃고 말았다.

그렇구나. 이렇게 하여 늙는다는 것은 사랑을 배운다는 것이구나. 문득 아내의 앞이마로 흘러내린 흰 머리칼이 더욱 굵게 돋보였다.

부럽다는 것

프랑스에 유학중인 집안 친척 아이가 자리가 잡힌 뒤로는 한 달에 한 번 꼴로 꼬박꼬박 편지를 보낸다. 내가 가보지 못한 곳이라 나는 그에게 프랑스에 가거든 부러운 것 좋은 것만 써 보내지 말고 반드시 부럽지 않은 면, 좋지 않은 면도 적어 보내라고 당부하였었다. 남의 떡이 크고 맛있어 보이는 것이 인간의 상정常情이라고는 하여도 너무 남의 것만 넋을 잃고 바라보는 동안에 제 정신을 잃지 않을까 하는 고리타분한 국학자國學者의 노파심이 작용한 탓이었다. 사실 우리 주위에 멧돝 잡으러 갔다가 집돝 잃는 격으로 나라의 좋은 일꾼을 만들려고 유학을 보냈더니 아예 그곳에서 결혼하여 주저 앉아 버리는 예가 심심치 않게 있었던 것이다. 그래서 나는 짐짓 그에게 이렇게 못을 박았다.

"개꼬리 삼년 묻어도 황모黃毛 안 된다. 그저 엽전은 엽전이어야 해!"

다음은 그의 편지 한 구절.

개꼬리 제3신

"파리는 너무 늙었고 너무 게으릅니다. 여기 사람들은 오전 3시간 일하고 점심시간으로 2시간 보내고, 오후에 3시간 일하고 퇴근하는데 퇴근시간이 되면 아무리 바쁜 일이 있어도 나가버립니다. 며칠 전부터 약속을 해놓고 제 시간에 맞추어 가지 않으면 사람을 만난다는 것은 상상도 못합니다. 실제로 이 사람들은 한 주일에 30시간 정도 일하는 셈인데 그것이 그렇게 능률적으로 보이지도 않습니다. 나머지 시간을 창조적으로 선용한다면 또 모르겠는데 대부분이 말초적인 쾌락을 추구하고 맹목적인 여행에 소모하기 때문에 이들에게서 더 이상의 발전은 기대하기 어렵겠습니다. 단지 우리보다는 월등히 좋은 자연조건과 문화유산, 그리고 역사 속에서 깐깐하게 다져진 사회제도, 이런 것으로 버티는 듯싶습니다. 거리를 걷는 사람들의 표정이며, 걸음걸이에서 의욕과 야심 같은 것은 찾을 수 없었습니다. 결코 부러운 사회는 아닙니다. 비록 매연과 교통 혼잡으로 골치가 조금 아프기는 하지만 서울의 장래는 밝습니다. 적어도 파리에 비교한다면."

이제야 알겠다. 부러워한다는 것은 스스로의 자리와 스스로의 값을 깨닫는 것임을.

빈다는 것

우리말 '빌다'에는 서로 다른 뜻을 가진 세 가지 낱말이 있다.

하늘에 빌다. 빌려 쓰다. 빌어먹다. 우리는 이들의 상호관련을 통해서 인간의 평등과 겸손과 사랑을 배운다. 첫째는 하늘이나 신령을 향한 기도요, 둘째는 부족한 것을 잠시 얻어 쓰는 가차假借요, 셋째는 거저 얻는 구걸求乞이다. 나에게 없는 것을 남으로부터 구하려 한다는 점에서 이들 세 낱말은 원래 동원어同源語의 분화分化인 듯싶다.

구걸의 경우, 빌어온 것을 보상報償할 의무가 없지만 어떤 형태로든 갚지 않으면 빌어온 사람은 다시는 다른 사람과 대등할 수 없다.

가차假借의 경우, 빌어 온 재물, 지식, 기술은 상대방에게 응분의 댓가를 치르도록 약정되어 있다. 이것은 대등한 인간관계요, 유무상통有無相通하는 삶의 미덕美德이다. 인류사회는 이러한 가차의 조직화組織化와 제도화制度化 위에서만 존립될 수 있다.

기도의 경우, 여기엔 인간과 하늘과의 불평등이 전제되지만 내밀內

密의 기쁨은 온 천하를 휩싸고도 남는다. 참 기도는 없는 것을 달라고 조르는 것이 아니라 청정무사淸淨無邪의 마음을 하늘 앞에서 스스로 구하는 절차요, 이미 받은 것이 크고 많음을 고마워 한다는 감사의 의식이기 때문이다. 생명도 생활도 의식도 우리들 자신으로부터 유래한 것이 아닌데 무엇을 더 달라고 조를 수 있겠는가?

따라서 우리의 기도가 참 기도이기만 하다면 이 세상의 평화와 행복은 보장되는 것인지도 모르겠다. 공자孔子님이 병환 중에 계실 때에 제자 한 사람이 기도하기를 청하였다. "네가 생각하는 기도는 이미 하고 있는지 오래니라." 공자님은 타이르듯 대답하셨다.

하늘에 대하여 빌 수 있는 것은 오직 청정을 구求하고 감사를 표현함으로써 족한 줄 공자님께서 모르셨을 리 없다. 키에르케고르도 활력의 재생을 위하여서만 기도가 유효하다고 하였던가?

우리 모두 공자님처럼 하늘에 빌며 살 일이다. 남들이 우리에게 빌러오면 서슴없이 내어줄 일이다. 원래 내 것 아닌 것을 꾸어 주었는데 돌려받을 때의 기쁨은 얼마나 클 것인가? 그러나 결국은 우리가 받은 것 모두를 되돌려 주고 우리도 언젠가는 우리가 아닌 것이 되어 허허虛虛로이 무산霧散할 것인데…

듣는다는 것

철 이른 수박이 과일가게에 나타나기만 하면 벌어지는 슬픈 장면이 있다.

"들여가세요. 첫물 수박입니다." "잘 익었을까요?" "그러믄요. 익지 않았으면 안 사서도 좋습니다." 대체로 이런 대화가 오고간 뒤에 한 통의 수박이 선택되고 그것은 세모뿔의 형태로 패인다. "이거 아직 설었군요. 어디 사겠어요?" "이만하면 됐지, 더 익은 것이 어디 있겠습니까?" 이쯤 되면 어느 쪽이건 양보의 미덕을 발휘해야만 원만한 해결을 볼 수 있다.

그러나 나는 금년에도 동네 어귀에서 설익은 수박이 한길 가운데로 던져져 박살이 나는 장면을 두 번이나 목격하였다. 한 번은 사지 않고 돌아서는 손님의 뒤를 향해 장사꾼이 던진 수박이었고, 또 한 번은 손님이 돈을 낸 뒤에 가게 앞에 동댕이친 수박이었다.

스무 해 동안 선생 노릇을 하면서 시험 답안지를 채점할 때마다 나는 번번이 내가 거짓말을 하지 않았는가 하고 괴로워한다. "제가 수업에 열성을 다하였고 또 여러분이 그토록 열심히 배웠으니 낙제는 없을 것입니다. 저는 가르치는 동안 무엇을 시험에 낼까 생각해 본 적이 없습니다. 여러분도 수강 중에 어떻게 시험에 대처할까를 생각하지 않았을 것입니다." 이것은 출제 경향이나 범위를 묻는 학생에게 주는 한결같은 나의 대답이었다. 그러나 답안지 가운데는 백지도 있고 강의 내용과는 전혀 관련이 없는 동문서답東問西答이 있다. 나는 부득이 낙제점수를 적으면서 내가 분명히, 그리고 무조건 낙제가 없을 것이라고 약속했다는 착각에 빠진다. 행여나 하는 마음으로 답안지를 다시 검사해 보며 어떻게 더 후한 점수를 줄 수 없는가를 따져본다. 그러나 백지, 그리고 백지와 다름없는 답안지 앞에서 나는 어쩔 수 없이 거짓말쟁이가 되기로 결심한다.

언어는 어차피 의사전달意思傳達에 필요한 하나의 초보적인 방편일 뿐이다. 만일에 우리가 언어만으로 모든 대상과 현상現象을 파악하고 이해하려 한다면 반드시 들리는 언어 뒤에 숨겨져 있으면서 들리지 않는 언어도 들을 수 있어야만 할 것이다. 이러한 경지를 논어論語에서는 '이순耳順'이라 하였거니와 아마도 남의 말을 바르게 듣는다는 것은 참된 자아自我와의 만남인지도 모른다.

작은 수석壽石 한 덩이

　인류가 문자를 만들어 쓰기 시작한 지 어언 5천 년의 세월이 흘렀다. 고대 이집트의 신성神聖문자가 기원전 3천 년 어림에 만들어졌고, 중국 은대殷代의 갑골甲骨문자는 기원전 1천여 년이지만 서안반파西安半坡에서 출토된 도문자부陶文字符는 기원전 3천 년 이상을 추정할 수 있다. 그 뒤로 인류는 온갖 정성을 다하여 문자를 체계화하고 정리하여 이른바 역사라는 것을 가지게 되었다. 역사 기록을 통하여 우리는 인류가 쌓아 놓은 업적들을 해독解讀하면서 엄청난 발전의 모습에 경탄을 금하지 못한다.

　거기엔 기적도 없고 비약도 없다. 수를 앞에 앉은 여인이 한 땀 한 땀씩 수를 놓듯이 그것은 세월과 노력과 차서次序가 정연하게 그려져 있음을 보게된다. 우리는 그 색상色相과 구도構圖에 탄복하고 그 아름다움에 심취心醉한다. 인간의 슬기가 이렇게 오묘하고 광활한 것인가를 천 번이고 만 번이고 새롭게 깨닫는다.

우주인이 달나라를 거닐 때에 그것을 느꼈었다. 서울서 아침을 먹고 홍콩에서 저녁을 먹을 때에 그것을 느꼈었다. 미국에 있는 아우와 전화로 얘기를 나누었을 때에 그것을 느꼈었다.

그러나 또 다른 감흥感興은 석굴암 속의 부처님 앞에서 온다. 무령왕릉武寧王陵 속의 벽돌 앞에서 온다. 그리고 신라고분新羅古墳 속의 금관金冠을 바라볼 때에 온다. 이 때에는 1천 년, 2천 년의 세월이 미동도 하지 않고 멈추어 있음을 느낀다.

그리고 또 다른 감동이 있다. 그것은 2천 5백 년 전의 부처님의 말씀을 들을 때이고, 같은 무렵의 얘기인 논어論語를 읽을 때이고, 조금 뒤의 사건인 예수의 목소리가 귀에 들려올 때이다. 이 때에는 시간만이 아니라 공간조차도 의식의 한 귀퉁이로 밀려가는 것 같다.

그리하여 텔레비전도 전화도 우주선도 시들해 보일 때에, 책상 위에 놓인 저 돌맹이, 몇 억 년을 흘러 지금 이 글을 쓰는 이 책상 위에 올려진 작은 수석壽石 한 덩이는 인류가 쌓은 반만 년의 역사에 비한다면 얼마나 엄청나도록 크게 보이는 것인가? 우주창생宇宙創生의 신비로부터 어쩌면 인류의 종말까지도 지켜보고 있을 저 돌맹이 속의 암호들은 인간이 만든 문자의 역사를 빙긋이 웃으며 내려다볼 것이려니.

기벽奇癖에 숨은 상징象徵

우리는 가끔 이상한 식성을 가진 사람들과 만난다. 냉면이라면 꼭 함흥냉면만 찾는 친구가 있다. 산뜻한 평양냉면으로 하자고 꾀면 "글쎄, 그것도 좋겠지만 냉면 먹을 때만이라도 고향 생각을 하려고⋯" 하면서 말끝을 흐린다. 그는 함경도가 고향인데 1·4후퇴 때에 어머님을 고향에 남겨두고 월남한 쓰라린 과거를 안고 있다.

돌아가신 나의 선친께서는 평생토록 송편을 입에 대지 않으셨다. 소시 적에 아버님 바로 밑의 아우님그러니까 내게는 작은 아버님께서 팔월 추석날 송편을 잘못 먹은 것이 빌미가 되어 돌아가셨기 때문이었다. 나는 아버님으로부터 형제간에 우애가 돈독해야 한다는 훈계를 들은 바가 없으나, 어머님을 통해 들은 이 얘기는 우리 형제들에게 특별히 우애를 강조하는 좋은 길잡이가 되어주었다.

그 후로 나는 어떤 음식을 가려 먹는 사람을 만났을 때, 그러한 식성 속에 무슨 신비로운 철학이 아니면 비밀스런 과거가 없는지 캐내고

싶은 충동을 느낀다. 어떤 사람에게 있어 불고기는 아버지의 영혼일
수가 있고 또 어떤 사람에게는 5월의 첫 딸기가 첫사랑의 기막힌 추억
일 수가 있는 것이다.

그런 의미에서 구한말舊韓末의 상투는 중요한 의미를 갖는다. 구한
말에 소위 단발령斷髮令이 내렸을 때 "내 목을 자를지언정 머리는 자르
지 못한다此頭可斷 此髮不可斷"고 옹고집을 핀 보수적인 선비를 우리 역
사는 가지고 있다. 그분들은 이미 상투를 자르는 것쯤, 마음 속으로는
아무 것도 아니라고 명철明哲한 판단을 내리고 있었을 것이다. 그러나
한편 상투는 그들에게 있어서는 바로 반만 년을 지켜온 한민족의 '넋'
이었던 것이다. 하찮은 사물에도 거기에 의미를 부여했을 때 그것은
생명을 가지고 인간의 의식과 함께 숨 쉬는 상징이 된다.

사물도 그렇듯 신비로운 상징이거늘, 하물며 처음부터 상징의 체계
로 이루어진 언어에 있어서는 그 중요성이 얼마나 크게 강조되어야
할 것인가? 최근에 새롭게 일어나고 있는 국어순화운동은 그것이 비록
기벽예찬奇癖禮讚의 성격을 띠는 한이 있더라도 그 근본이 민족의 상징
을 체계화 한다는 점에서 격려되고 주목되어야 할 것이다.

맑고 높고 푸른 하늘

    어린 시절, 고향집 뒷동산의 왕바위는 이 세상에서 가장 큰 바위였고, 그 옆에 비스듬히 서 있던 한 그루 소나무는 역시 이 세상에서 제일 잘생긴 나무였다.

    왕바위 너머 소나무 가지 사이로 보이던 푸른 하늘, 그것은 두말할 것 없이 이 세상에서는 가장 맑고 높은 하늘이었다.

    그 무렵, 우리에게 뜨거운 사랑으로 진리와 정의를 일깨워 주시던 이웃 어른과 선생님들을 우리는 잊을 수 없다. 그 분들은 적어도 우리 눈에, 소크라테스나 이순신 장군처럼 슬기롭고 위대하여 보이기까지 했었다. 그렁저렁 상전桑田도 벽해碧海가 된다는 햇수가 흐른 뒤에, 모처럼 찾아가게 된 고향 뒷동산, 거기에는 세월만큼 때가 낀 왕바위와 소나무가 옛 모습 그대로 있으나 그것들은 이미 우리들의 어린 시절에 느꼈던 위대성을 잃고 이 세상 어디에서나 볼 수 있는 평범한 바위와 나무로 변모해 있음을 발견한다. 그리고 진리와 정의의 화신 같던 어린 때의 어른들 가운데 소위 출세出世라는 것을 하신 분이 계시다는 소식을 듣는다. 너무 반가와서 연락도 없이 찾아뵙는다. 그러나 그 상면相面에서도 우리는 그저 평범한 바위나 나무등걸과 마주 앉아 있음을 깨닫는다.

이때에 목구멍까지 차오르는 서글픔과 실망은 어디에서 오는 것인가? 세태世態의 변화인가? 우리의 성숙成熟인가? 하기야 그것이 어디에서 왔는가를 따져 볼 필요는 없다. 우리들 가운데는 아무도 우리가 어린 시절 뒷동산의 왕바위나 소나무가 아니라고 스스로를 밝히고 나설 자신 있는 사람이 없을지도 모르기 때문이다.

허망한 가슴을 안고 옛 마을을 떠나려는데, 문득 우리 눈에 비친 저 맑고 높고 푸른 하늘, 그것만은 오랜 세월에도 불구하고 조금도 변치 않은 채, 꿈에 부풀던 어린 때의 청신淸新함을 그대로 지니고 우리를 내려다보고 있음을 우리는 알게 된다. 그렇다면 우리에게 꿈을 주던 어린 때의 어른들 가운데에도 저렇듯 맑고 높고 푸른 하늘같은 분이 꼭 계실 것만 같다.

영구한 세월에도 변함없는 하늘, 그 하늘같은 인물은 아무래도 우리의 가슴 속에서만 피어나는 아름다운 무지개일 수는 없는 것인데…

한국어韓國語의 감칠맛

누구든지 까마귀 소리보다는 종달새 소리를 더 좋아하고 투박한 사투리보다는 세련된 서울 말씨에 더 지적인 매력을 느낀다. 프랑스 사람들의 자부심은 오로지 그 간드러지고 나긋나긋한 프랑스 말 때문이라고 하는 사람도 있다. 소리에 관한 한, 둔탁한 것보다는 청랑한 것을 즐기는 것이 인간의 상정常情이기 때문이다.

그러면 이미 선천적으로 타고난 음성에다가 또 운명적으로 한국어를 사용해야 하는 우리는 어떻게 상대방에게 청랑감清朗感을 주는 언어를 사용할 수 있는가? 억지로 코 먹은 소리나 지어내는 소리를 한다고 하여도 그것은 한두 번이지 늘 그럴 수는 없는 것이고, 또 그렇게 지어낸 음성이 상대방에게 호감을 주지 않을 것도 자명自明한 일이다.

엄정하고 장중한 분위기를 즐기던 옛날 같으면 하급자에게 있어서는 언어가 의사표시의 방법이었다기 보다는 순명順命의 방편方便이었기 때문에 어른 앞에서 적당히 말을 더듬고 쭈빗거리는 것으로 훌륭한 의사소통이 이루어질 수 있었다. '강의목눌剛毅木訥'에서 '눌訥'은 언어활동의 미덕美德으로 통하던 시절이었다. 그러나 자기의 의사를 분명하게 표현해야 하는 현대사회에서는 덮어놓고 우물쭈물할 수만도 없다. 그런데 목소리는 탁하고 굵다. 그래도 듣는 사람을 즐겁게 해 주는 수가 있다. 그것은 오로지 말씨에 달려 있다.

'좋은 말씨'는 화평和平한 마음을 가지고 뱃속에서 우러나오는 그윽한 음성이고 그 음성이 만드는 부드러운 어조語調이고, 그 어조에 담긴 곱고 바른 단어들이고 그리고 마지막으로는, 듣는 이의 나이와 신분에 따라 적절하게 선택된 말끝경어법의 종결어미이다.

이 말끝이야말로 한국어가 지닌 특징 가운데 하나로서 그것은 다양하고 미묘한 여러 등급이 있다. '합니다' '해요' '하세요' '하오' '해' '해라' 등이 그것들이다. 부모와 자식 사이에도 말끝이 일정한 것은 아니어서 비록 자식에게이지만 '해라' 체體에서 '하게'체體로 올리는 경우도 있으며, 친구 사이에도 나이 지긋해지면 때때로 '하게'체와 반말이 적당히 엇바뀐다. 이것이 예절을 숭상하는 한국인의 훈향薰香이었고, 한국어의 감칠맛이었다.

이 훈향과 감칠맛이 이제 퇴색하려 한다. 그러나 세상이 천만 번 바뀌더라도 우리가 한국인이요 한국어를 사용해야 하는 한 우리는 그 훈향과 감칠맛을 지키고 싶은 염원念願이 있다.

반보호감정론反保護感情論

　"동물 가운데에는 자신의 생명을 보존하기 위해서 보호색保護色을 갖는 것이 있지. 그런데 말야, 사람의 감정도 그와 비슷한 현상을 나타내. 만원버스에 시달려서 학교에 갔다 오면 몹시 속이 상하지 않아? 그런데 학교버스를 타고 편히 다녀온 날은 그런 슬픈 기분이 안 생기거든. 그것이 바로 자기의 감정이 환경에 동화되어서 그런거야. 그러니까 그 감정을 '보호감정'이라고 할 수 있단 말야. 아빠도 말이지, 친구들하고 대포집 구석에서 소줏잔을 기울이면 막 상놈처럼 떠들어대지만, 점잖은 파티에서 고급 양주를 마실 때는 서양 영화에서 나오는 신사처럼 아주 의젓하게 행동한다구. 그러니까 아빠도 보호감정을 가지지 않았냐구? 아냐, 아빠가 그렇게 행동하는 것은 환경에 적응해서 어울리는 것이고, 아빠의 감정이 거기에 푹 빠져버리지는 않는단 말야. 사람이 이 세상에서 가장 훌륭한 까닭은 감정에만 따르지 않는 점이야. 기분대로 한다면 우리나라에 대통령이 만 명도 넘게? 아빠는 벌써

자가용을 열 대도 더 샀구. 사람은 감정에 맞서는 이성이란 것이 있어서 항상 자기의 처지를 잘 살피고 자기의 참된 모습을 지킬 줄 알아야만 해. 그러니까 말야, 하등동물의 보호색은 그 동물의 생명을 보호해 주지만, 사람에게 있는 보호감정은 오히려 그 사람들을 위험에 빠뜨리는 수가 있어. 왜 다섯 살짜리 어린이가 육백만불의 사나이 흉내를 내다가 높은 데서 떨어져 죽은 일 있지 않아? 그게 바로 자기와 육백만불 사나이가 같은 사람이라는 보호감정 때문에 생긴 비극이거든. 그러니까 우리는 남들이 하는 것이라고 모두 흉내나 내는 보호감정을 따를 것이 아니라, 남이 하지 않는 일을 찾아내서 즐기는 반보호감정의 사람이 돼야겠단 말야."

바캉스를 가자고 조르는 아이들 앞에서 나는 이렇게 반보호감정론 反保護感情論을 펴고 있는데,

"아버지 땀이나 닦으세요. 그럼 우리는 반보호감정을 발휘해서 무엇을 할까요?"

이것은 철이 든 큰딸아이가 얼음에 적신 물수건을 내게 건네며 하는 말이었다.

아까운 재주들을

섭씨 35도를 웃도는 폭염의 어느 날, 종로 뒷골목이었다. 낡은 집을 헐어낸 빈터에 차일을 치고 사람들이 빙 둘러 서 있었다. 마침 나는 방학을 시작한 중학교 1학년짜리 딸아이를 데리고 스타워즈별들의 전쟁 란 과학 공상영화 한 편을 본 다음 그 골목을 빠져 나오던 길이었다. 나는 '차력借力을 하는 약장수가 무해무익한 위장약이나 구충제를 선 전하겠지'하는 생각으로 호기심 많은 딸아이가 사람 틈을 헤집고 서는 것을 내버려 두었다. 태권도 훈련복 같은 몸차림에 불교의 만자卍字 표시의 마크를 붙인 젊은이가 어른의 손바닥만한 돌멩이 하나를 손으 로 쳐서 깨뜨린 뒤였다.

"이 돌멩이를 깨뜨린 것은 힘보다도 요령입니다. 건드리기만 하면 깨지지 않을 수 없는 급소가 있기 때문이지요. 사람도 마찬가지로 삼 백 예순 두 군데의 경혈이 있는데, 그 중 열네 군데는 생명과 직결된 급소입니다."

그러더니 그 청년은 열댓 살쯤 돼 보이는 소년 한 명을 불러내어 목덜미와 이마의 급소를 눌러 잠시 의식을 잃고 잠자는 상태로 만드는 묘기(?)를 보였다.

"제가 이 자리에 나온 것은 약을 팔려는 것이 아닙니다. 무술을 닦으면 위기에 처했을 때 당황하지 않고 남의 생명을 구출할 수도 있습니다. 그래서 저희 무도관武道館을 찾아오시라고 선전차 나왔습니다. 여기 여러분에게 나누어 드리는 그림에는 인체의 급소가 적혀있습니다. 이 중에 13, 16, 18번은 집에 돌아가셔서 지워버리십시오. 그것은 성욕을 일으키는 급소입니다. 자 이제 그것을 증명해 드리겠습니다. 어이 거기 여학생은 돌아가지!"

당황해진 나는 딸아이를 데리고 그 자리를 빠져 나오는데, 또 한 명의 남자 중학생 아이가 실험용으로 청년 앞에 불려 나가고 있었다.

북 소리에 맞춰 춤추는 원숭이의 재롱을 보다가 만병통치약이라는 소화제를 사던 지난날의 속임수는 오히려 낭만이었는데, 이제는 백주의 대로상에서 무술을 빙자한 최음술의 선전이 판을 치는 세상이 되어 버렸다.

집으로 돌아온 나는, 기氣를 악용하여 우주정복을 꾀하려는 스타워즈의 이야기와 최음술을 역선전하며 급소急所를 표시해 놓은 종이장을 파는 기리의 무술기기 어떻게 같은 것인기를 이린 딸에게 설명하느라 연신 땀을 닦아내어야 했었지만, 그것은 전혀 무더위의 날씨 탓이 아니었다.

세 가지 진땀

모처럼 옛날 친구 서넛이 모인 자리. 저마다 바쁜 세상사에 얼굴조차 잊어버리겠다고 어수선한 인사말이 끝난 다음, 우리들의 화제는 금년의 진땀나는 무더위로 옮겨갔다.

"이까짓 더위가 문젠가. 부리는 사람들 월급을 제대로 못 줄까봐 이 은행 저 은행을 쫓아다니다가 겨우 계 마담의 치마폭에서 사채돈을 받아내는 것보다야 백 배 낫지."

이렇게 말한 L군君은 경험도 없는 사업에 손을 대어 고생을 하던 차에, 땅값이 폭등하자 그 공장부지를 처분하여 위기를 모면하고 이제는 여유 있게 원래의 자기사업을 경영하는 친구다.

"나는 늘 하는 소리지만 내 시詩가 과연 시골에서 땅을 지키지 않는다고 호령하시는 내 어머님의 그은런 얼굴이나 불거진 손마디보다 얼마나 더 나은가를 생각할 때가 제일 진땀 나."

이 말은 핏기 없는 하이칼러의 존재를 역설적으로 주장하는 시인詩

人 C군의 고백. 그는 늘 자기가 문학을 한다는 무서운 자기혐오自己嫌惡 때문에 키가 자라지 않는다고 엄살을 피운다. 무엇 때문에 자기혐오를 감내하면서 시를 쓰느냐고 하면,

"좀 더 키가 커서 어른이 되면 철이 들어야 할 거 아냐? 그러면 체면도 생각하고 점잖도 피우고 요컨대 거짓말을 해야 되거든." 하면서 얼버무린다. 나는 그에게서 어린아이처럼 살다간 사람들, 예컨대 권덕규權悳奎나 이중섭李仲燮을 배운 바 있다.

"자네는?" 시선들이 내게로 몰려 왔다.

"글쎄 … 내 거창한 말 한마디 하지. 이건 좀 불확실한 어원語源이지만 말야, '스승'이란 '사승師僧'에 유래하는 단어거든. 그러니까 득도得道를 전제로 하고 전도傳道를 수행해야 옳을 것 아냐? 그렇다면 석가, 예수, 공자 같은 분 외에 자격을 갖춘 사람이 몇이나 있겠어? 내 직업에는 누구나 대체로 자격미달이니까 애초부터 진땀으로 출발하는 건데 뭐."

그러나 이렇게 말하는 동안에도 나는 지난 학기에 있었던 모라토리움Moratorium의 충격을 회상하며 새삼스레 또 진땀을 흘려야 했었다. 이유도 밝히지 않은 채 전원이 결강한 빈 강의실에서 내 잘못이 무엇인가를 곱씹어보던 시간, 엉뚱하게도 나는 신뢰와 기대가 함께 어울린 초롱초롱한 학생들의 눈빛을 환상幻想으로 그리고 있었다.

매미의 울음소리

　예부터 '곱게 늙는다'는 것은 우리 조상들이 한결같이 바라왔던 삶의 방편이요, 목적이었다. 몸을 온전하게 가꾸고 지킨다는 일로부터 교양을 쌓고 인품을 다듬어 다른 사람들을 감화시킬 수 있기까지 삶을 지배했던 이상理想은 '곱게 늙는다'는 소박한 한 마디에 연결되는 것이었다.

　말복이 지났는가 싶더니 매미의 울음소리가 한결 청량淸凉하게 들린다. 매연과 소음의 공해 속에 사는 도시사람들에게는 이미 매미소리가 소년 시절의 잃어버린 꿈처럼 되었겠지만, 이번 여름 나는 다행스럽게도 학교 뒷산을 산책하다가 가끔 매미의 울음소리를 듣는 정복淨福을 누릴 수 있었다. 맑고 높은 음조로 길게 끄는 여운과 야멸차게 끊어버리는 마지막 울음의 단절을 곱게 늙은 어른의 회고담에 비유하게 된 것은 또 다른 나머지의 소득이었다.

　베짱이의 풍류를 지나친 행락주의行樂主義로 경고한 바 있는 이솝우화 때문에 덩달아 매미의 여름 한 철 정취가 찰나주의刹那主義로 오해

된다는 것은 실로 애석하기 짝이 없는 아포리즘의 횡포이다. 차라리 개미의 부지런함이 노동 자체의 신성함조차 망각한 본능적 축재蓄財행위의 표본으로 경멸되어야 마땅할 것처럼 생각되기도 한다. 그러면 저 녹음 우거진 나뭇가지에서 울려오는 매미의 청명淸鳴은 무엇인가? 그것은 짧아도 7~8년, 길면 17년 동안이나 굼벵이의 몸으로 어둡고 습한 땅 밑에서 인고忍苦의 세월을 견디어냈다는 환희의 노래요, 해탈解脫의 선언이다. 남은 생명이라야 고작 보름 안팎, 그래서 매미의 울음은 우리의 마음을 현묘玄妙하고도 신선한 세계로 끌어들인다.

한갓 미물인 매미의 울음도 그러하거니 춘추 70~80을 헤아리는 원로의 말씀이야 다시 일러 무엇하랴. 하기야 그 분들의 언어와 행적이 반드시 청정淸淨한 것이 아니었음은 현대사가 공해에 찌들은 도회의 하늘처럼 잿빛으로 얼룩지어져 있기 때문이다. 그들의 음성이 느리고 처연凄然할 때, 개인의 과거에 보다는 민족과 국가가 유린되고 분단된 현대사의 파행적跛行的 사실에 더 큰 슬픔을 느끼게 되고, 그들의 음성이 높고 준열할 때, 특정한 사례事例의 성공에보다는 삶의 지표가 이런 것이었구나 하는 감회에 저절로 옷깃을 여미게 된다. 역시 그 분들은 곱게 늙은 어른들임에 틀림이 없다.

그래서 나는 다짐한다. 이 여름이 다 가기 전에 부지런히 더 학교 뒷산을 오르갈 것이고, 또 열심히 매미의 울음소리를 즐겨야 겠다고.

우리말에
숨은 사연

2장
우리말에 숨은 사연

이름이 남기는 것
문패설門牌說
정말로 돋보이기
외래어를 보는 눈
북한의 속담
뜻이 깊다는 것
한국인의 어휘실력
국어 사랑의 참모습
맞춤법의 이상
'점잖음'이 빌미가 되어
아리랑 고개를 넘고 넘어
오랑캐의 문자 실력

이름이 남기는 것

금년 여름에는 유별나게 신문지상에 추한 이름을 남긴 사람들이 많았다. 신문에는 어차피 많은 이름들이 실리기 마련이겠지만, 기억하고 싶지도 않은 이름들이 자꾸 우리의 시야를 어지럽힐 때 그것이 사회의 불건전성을 나타내는 것 같아서 우리들은 한없이 우울했었다.

원래 이름은 사물에 붙여진 하나의 헛껍질로서 그것이 제값을 바르게 얻으려면 그 알맹이로 의미가 들어가야 하는 것이며, 그 의미가 특별히 좋은 것일 때 그 이름은 남길 가치가 있게 된다.

가령 지략과 용기, 그리고 충성과 지조의 화신으로 추앙받는 신라사람 박제상朴堤上에 대하여 생각해 보자. 그 이름은 후세에 길이 남겨야 할 가치가 있는 것이다.

그런데 삼국사기三國史記에는 혁거세赫居世의 후예요, 파사왕의 5세손이라는 가계家系와 함께 그를 박제상朴堤上이라 기록하고 있으나, 삼국유사三國遺事에는 아무런 설명도 없이 그를 김제상金堤上라 하여 성姓

을 갈아버렸다. 그러나 우리는 그의 성이 박朴이건 김金이건 상관하지 않는다. 제상堤上이 아니라 다른 이름이었대도 좋다.

우리는 단지 그가 남긴 정신과 삶의 양식을 전해오는 이름에 결부시켜 기억하기만 하면 된다. 분명한 것은 제상堤上의 정신을 기억하기 위해서 그 이름을 기억했다는 사실이다. 도봉산 바위에 아무리 깊고 크게 이름 석자를 새겨 놓아도 뒷날 아무도 그 이름에서 생각나는 것이 없다면, 그것은 실로 무의미한 세 개의 음절音節에 지나지 않는다.

심리학자 오토 랑크의 말이 생각난다. "참다운 천재는 자기 작품을 통하여 인간으로서의 가치를 획득하여야 한다. 왜냐하면 작품은 작가를 올바르게 밝혀야 할 짐을 지고 있기 때문이다. 올바르게 밝힌다는 말은 무엇인가? 그것은 영원불멸할 수 있는 자격을 얻어 죽음조차도 초월하는 것을 뜻한다." 이 말에서 우리는 적어도 천재가 되지 않는 한, 자기 이름을 후세에 남기려 해서는 안 된다는 교훈을 배운다. 천재도 영웅도 아닌 우리 평범한 백성들은 모름지기 도봉산 골짜기 바위 위에 철부지들이 새겨 놓은 무의미한 음절音節이 될지언정 세상 사람들의 눈살을 찌푸리게 하는 신문지상의 활자는 아니 되어야 하겠다.

문패설 門牌說

몇 백 년쯤 세월이 흐르면, 요즈음 우리가 범상凡常하게 보아 넘기는 물건들도 틀림없이 민속박물관 같은 곳에 소중하게 진열될 것이다. 그때에 우리 후손들이 매우 진기하게 생각할 문패門牌라는 품목品目도 들어 있을 법하다. 왜냐하면, 겨우 백 년 전까지만 하여도 16세 이상 남자의 신분증 구실을 하던 호패戶牌에 대하여 지금 우리들은 거의 경이로운 심경으로 박물관 속에서나 구경하게 되었으니 말이다.

두어 달 전에 아파트로 이사를 오니까 전에 살던 한옥에서는 요긴하던 물건들이 갑자기 쓸모를 잃고 말았다. 연탄집게며 마당 빗자루며 쓰레기통 같은 것이야 내 집을 사오는 사람에게 물려주었거니와 대문에 붙였던 내 이름 석 자의 문패門牌야 어찌 하리오. 이삿짐 속에 꾸려서 가지고는 왔으나 아무도 자기집 아파트 문짝에 문패를 붙이는 사람이 없고 보니 그것은 서가書架 꼭대기 손 자라지 않는 곳에서 먼지를 쓰고 앉아 있을 수밖에 없게 되었다.

내 문패는 나와 거의 비슷한 연령年齡을 가지고 있다. 선친의 네 분 형제 가운데서 통틀어 첫 번째 아들로, 그것도 선친 회갑년에 만득자晚得子로 태어난 나는 말하자면 우리 가문의 금지옥엽金枝玉葉이었다. 그리하여 내 나이 대여섯 무렵인가 천자문을 깨칠 때쯤 아들을 자랑하고 싶어 참으실 수 없었던 아버님께서는 결좋은 감나무쪽을 얻어다가 손수 내 문패를 장만하셨던 것이었다. 노르스름한 나뭇결 위에 아버님의 달필로 쓰여진 해서체楷書體의 내 이름 석 자는 아버님의 함자銜字와 나란히 어쩌면 그보다도 더 싱싱하게 대문 위에서 빛나고 있었던 것 같다. 해방이 되고 6·25가 터지고 몇 번씩 이사를 하면서도 내 문패는 번번이 우리 집 이삿짐 속에 섞여 옮겨 다녔었다. 남의 집 셋방살이를 하던 한때는 어느 날엔가 빛을 보리라는 기대를 안고 마치 신주神主처럼 내 서가書架 한 구석에 모셔져 있기도 하였다.

그러나 아파트로 이사를 온 지금에 와서는 여간해서 내 문패가 다시 빛을 볼 것 같지 않다. 팽창하는 도시인구를 수용하기 위하여 능률 위주의 바둑판 같은 시가지가 점점 늘어갈 것이고, 또 모두 비슷비슷한 콘크리트 아파트가 점점 늘어갈 것이다. 이름 석 자보다는 주민등록번호 같은 것으로 개개인은 호수號數가 붙여져서 식별되는 일이 점점 많아질 것이다.

파초잎이 사랑방 창문에 일비지고 사군사 병풍과 예서隷書의 당호堂號가 은은한 묵향墨香을 풍기던 그 옛날 아버님의 사랑방이 없어진 지금에 와서 문패하나 못 붙인다는 것이 무어 그리 슬픈 일일까 보냐. 감상도 금기일 수밖에 없는 현대문명에 적응하려면 차라리 몇 백 년 뒤, 역사사전에나 올려 질 '문패'라는 항목의 설명문이나 지어보는 것이 좋을 듯하다.

"집 주인의 이름을 적어서 단독가옥單獨家屋의 출입문出入門 위쪽에 붙이는 작은 패조각, 크기는 폭 9cm 내외, 길이 20cm 내외, 두께 3cm 내외로 돌, 나무, 합성수지를 그 재료로 하였음. 재료가 좋은 것일수록 그 주인의 재력財力을 나타냈으며 필체筆體가 우아優雅한 것일수록 주인의 인품人品을 반영하였음. 20세기 후반에 와서 아파트로 주거양식住居樣式이 바뀌면서 점차 사라져 버림."

그러고 보니 내 문패가 혹 뒷날 박물관에 남겨질지도 모른다. 먼지를 털고 다시 니스칠을 입혀서 아버님의 추억을 모시듯 곱게 간수해 두어야 할까 보다.

정말로 돋보이기

사람들은 대체로 다른 사람과 똑같이 보이는 것을 싫어한다. 그래서 옷을 입어도 되도록 남들과는 다른 색상과 디자인을 선택한다. 유니폼을 입어야 할 경우가 아닌데 누군가가 나와 똑같은 옷을 입은 걸 보면 당장 벗어 던지고 다른 옷으로 바꾸어 입는다. 짐작컨대 수치감으로 몸을 떠는 사람까지 있을 것 같다. 이처럼 남과 내가 구별될 뿐만 아니라 남들보다 내가 훨씬 뚜렷하게 보이려고 하는 욕망은 사람들이 지닌 숨길 수 없는 본성의 하나이다.

이 본성을 '돋보이기'라고 이름붙이면 좋을지 모르겠다. 돋보인다는 것은 기분 좋은 일이다. 우리가 좋은 옷을 입으려 하고 몸매를 예쁘게 가꾸며 얼굴도 곱게 치장하려는 것은 사실 남들보다 돋보이고 싶은 욕망 때문이라고 할 수 있다. 그러나 가만히 생각해 보면 돋보이는 것은 우리가 겉모양을 꾸미는 것만으로 되는 것은 아닌 듯싶다. 꾸미지 않고 돋보일 수 있으면 좋고 돋보이려는 생각조차 아니했는데 돋보

인다면 더더욱 좋을 것이다. 그러니까 돈보인다는 것은 보이는 모양이
아니라 가슴으로 느끼고 행동으로 표현되는 무형의 존재가 아닌가
싶다.

옛날 이야기이다. 중국 노魯나라에 의고자義姑姊라는 여인이 있었다.
이웃 제齊나라의 군대가 쳐들어오자 한 아이는 안고 한 아이는 손을
잡고 피난을 하였다. 적군이 가까워 몹시 다급하게 되었다. 그러자 그
여인은 안았던 아이는 땅에 놓고 손잡았던 아이만을 안고 산으로 도망
하였다. 먼저 안겼던 아이가 쫓아가며 울건만 그 여인은 뒤도 돌아보지
아니하였다. 제나라 장군이 이상히 여겨 쫓아가 잡아다가 문초하였다.
"안고 간 아이는 언니의 자식이고, 버린 아이는 내 자식입니다. 둘
다 데리고 갈 힘이 없어 내 자식을 버렸습니다."
"네 자식이 귀하지 않았단 말이냐?"
"그럴 리가 있겠습니까? 내 자식은 사사로운 사랑이오나 언니의 자식
은 공의公義로운 사랑이오니 공의를 배반하고 사정私情을 쫓아 내 자식
을 살린다면 이 세상에 의는 없어지옵니다. 의로움이 없으면 세상이
어떻게 유지되겠습니까?"

제나라 장군이 느낀바가 있어 군대를 철수시켰고 노나라 임금은
의고자를 불러 포상하였다는 것은 차라리 군더더기 이야기일 것이다.
내가 살고자 할 때, 남을 먼저 살려야 한다는 이 괴롭고 힘든 원리는
'돈보이기'의 경우에도 예외 없이 적용되는 듯싶다. 내가 돈보이고자
할 때 남을 먼저 돈보이게 해야 할 일이다. 그러고 보면 '돈보이기'라는
것이 결코 쉬운 일이 아니다. 하기야 누구나 할 수 있는 일을 가지고
'돈보이기'라고 한다면 그것은 하잘 것 없는 허영심을 충족시키는 자랑

이외에 아무 것도 아닐 것이다.

   그렇다면 정말로 돋보이기 위하여 우리에게 필요한 것은 무엇인가? 그것은 값진 의상도 또 찬란한 보석도, 그리고 남들이 우러러 보는 명예도 아닐 것이다. 그것은 나 아닌 남을 돋보이게 하기 위하여 겸손 스레 나를 낮추고 드디어는 나를 감추는 마음이 아닐까? 화장대 앞에서 내 얼굴을 곱게 가꾸려고 할 적마다. 우리는 한 번쯤 생각해 보아야 할 것이다.

   '나는 누구를 돋보이게 하려고 지금 거울을 마주 하였는가?' 하고.

외래어를 보는 눈

　경복궁 근정전 앞뜰에는 국립중앙박물관이 자리 잡고 있다. 한때 우리 정부의 종합청사이어서 중앙청이라 불리던 이 건물은 원래 일제가 세운 조선총독부 청사였다. 식민지 정권의 권위를 선양하는 동시에 우리 민족의 정기를 말살하는 이중 효과를 나타냈던 건물, 우리로서는 치욕의 건물이요 부끄러운 증거물이 아닐 수 없다.

　어느 날 광화문을 지나는 버스 안에서 나는 고등학교 학생 둘이 말다툼하듯 나누는 대화를 들은 적이 있다.

　"글쎄 이 박물관 건물이 위에서 보면 꼭 날 일日자로 되어있다는 거야. 왜놈들이 경복궁 앞뜰에 '일본'이란 도장을 콱 찍어 놓은 것이지 뭐. 헐어 없애야 하는 건데…"

　"야, 헐어 없앤다고 일제 식민지 36년 간의 수치스런 역사가 없어진다던? 오히려 잘한 짓이야. 중앙박물관의 첫 번째 전시물로 삼자구. 우리 후손들에게 두고 두고 식민지시대의 수모를 되새기게 하려면 그 이상의 방법이 어디 있겠어?"

역사적 건물 하나를 두고도 보는 관점에 따라 없애버릴 대상이 되기도 하고 보존해야 할 유물이 되기도 한다. 한 시대를 유행하던 언어의 문제도 마찬가지일 듯싶다.

반계磻溪 류형원柳馨遠은 일찍이 중국 전래의 외래어에 대하여 다음과 같이 술회하였다.

〈세종대왕 시절에 무릇 물건의 이름을 부름에 있어서 고유한 우리말이 쓰이지는 않고 모두 중국말로 부르는 습관이 널리 퍼졌었다. 그렇듯 중국말로 오랫동안 통용하며 익숙하게 된 것으로 지금도 쓰이는 낱말이 많이 있으니 – 당디當直, 갸스家事, 하쥬下處, 퉁銅, 투퀴頭盔, 다홍大紅, 즈디紫的, 야칭鴉靑, 갸디假的, 망긴網巾, 튄녕關領, 뎌리帖裡, 난반腦包, 쳔량錢糧, 간게甘結, 뎌즈帖子같은 것들이다〉

이로 미루어 보면 새 문물의 수입 창구가 중국 쪽으로 열려 있던 조선조 초중기에는 조정이나 양반 지식층에서 즐겨 중국어 낱말을 입에 올렸음을 알겠다. 이들 가운데에서 오늘날까지 쓰이는 것은 고작 '다홍빛' '자주색'정도의 낱말뿐이지만 반계磻溪가 생존했던 17세기 후반만 해도 중국어 낱말들은 상당한 세력을 지니고 있었던 모양이다. 반계는 이 글을 통해서 이른바 한어漢語의 무분별한 통용이 마땅치 않다는 뜻을 내비치려 하였던 것 같다. 그러나 이제 와서 보면 언어문화사의 자그마한 흔적일 뿐, 흘러간 옛이야기가 되었다.

요즈음 거리를 지나다 보면 가게들의 간판들이 실로 가관이다. 우리 동네 어구의 예만 들어보기로 한다.

뷰티 싸롱, 카트 · 파마 · 드라이헤어파트너 미장원
마스터 · 제록스 · 프린터스마트 복사집
카페, 커피 · 스넥 · 드링크아트 프랜 레스토랑
카인테리어, 벳터리 · 펑크 · 씨트카바페숀 자동차수리점
언더웨어, 케슈얼 유니섹스해피하우스 양품점

자, 이쯤 되면 영어 모르는 귀신은 이 거리에 얼씬도 할 수 없게
되어 버렸다. 이제는 옛날 식으로 제사를 지내는 집도 많지 않겠거니
와 설사 제사를 지낸다 해도 조상의 혼령들은 틀림없이 골목 밖에서
서성대며 "내가 우리 큰아들 사는 마을을 잘못 찾아온 것 아닌가?"
하면서 자손의 집을 못 찾고 돌아설지도 모를 일이다.

그러나 분명코 세월은 약이라 하였거니, 백 년이나 이백 년쯤 뒤에
박물관 건물처럼 남아 있을, 그리고 '다홍'이나 '자주'라는 빛깔 이름처
럼 남아 있을 서양 낱말들은 그렇게 많지는 않을 것이다.

북한의 속담

'요동백시遼東白豕 : 요동땅의 흰 돼지'라는 속담이 있다. 옛날 요동땅에 사는 이가 머리 색깔이 흰 돼지를 얻었다. 매우 진기한 것이니 임금께 진상하여야겠다고 마음먹고 그것을 안고 하동 땅을 지나가는데, 그 마을 돼지를 보니 머리 흰 놈이 많이 있었다. 마음 속으로 크게 부끄러워하며 집으로 돌아오고 말았다. 그래서 '요동백시'는 별 것도 아닌 것을 굉장한 것으로 여기는 좁은 견문을 일컫게 되었다.

요즈음 통일의 열망이 높아지면서 북한의 실상을 알고자 하는 분위기도 고조되고 있다. 그러나 북한은 지난 40여 년간 이 세상에서 철저한 폐쇄사회로 지내왔고 더구나 우리 남한 사람들에게는 굳게 닫혀진 곳이었기에, 북한에 관한 한 우리들은 '요동백시'의 꼴을 면하기 어려운 형편이다. 그렇지만 우리는 그곳 사정을 짐작해 보는 일을 아니할 수는 없다. 일상으로 쓰이는 말言語이야 달라질 수도 없고 달라지지도 않았겠지만, 새로운 낱말이 생긴 것과 말의 쓰임이 달라진 것은 상당히 많으리라 짐작된다. 속담俗談의 쓰임에도 상당한 변화가 생겼을 것이다. 속담이란 원래 수십 년 수백 년에 걸쳐 만들어지고 쓰이는 것이라 이해 못할 것이 있지는 않겠지만 남한과 비교하여 특별히 다른 점 한가지가 발견된다. 그것은 당 관료官僚나 위정자들이 사상교양을 수단으로 일반 백성들에게 사용하는 속담과 일반 서민들이 북한사회에 대하여 풍자하는 방편으로 쓰는 속담이 각기 다르다는 사실이다.

관청용 속담을 예로 들어 보자.

- 백성들의 불평불만을 막기 위하여 – '물은 깊을수록 소리가 없다.'
- 청소년의 노력동원을 합리화하기 위하여 –'젊어서 고생은 금을 주고도 못 산다.'
- 주민들의 자발적 노력 동원을 부추기기 위하여 – '입에 들어가는 밥술도 제가 떠 넣어야 한다.'
- 미국의 음험한 침략성이 탄로될 것임을 강조하기 위하여 – '자루에 든 송곳은 감추지 못한다.'

한편, 어려움을 감내하며 당과 김일성 부자에게 충성할 것을 종용하기 위하여 –'마음이 맞으면 삶은 도토리 한 알을 가지고도 시장멈춤을 한다'와 같은 속담도 쓰인다 하는데, 이것은 어쩐지 억지로 만든 말이지 속담으로 정착된 표현은 아니라는 인상을 준다.

그러나 다른 한편, 일반 서민들은 그렇게 시달리고 속기만 하지는 않는 모양이다.

서민용 속담의 예를 살펴보자.

- 언제 어디서나 첫머리에 장식처럼 인용되는 김일성의 교시, 김정일
  의 지시를 가리키어 - '약방의 감초'
- 아무리 고달파도 끝없이 지속되는 노력동원인 천리마 운동, 샛별보
  기 운동, 천삽뜨기 운동을 가리키어 - '헌 바지 이잡기.'
- 당으로부터의 통제와 감시를 경계하라는 풍자의 뜻으로 - '믿으며
  의심하기.'
- 김일성의 목숨도 끝날 때가 있을 것이라는 기대감을 나타내기 위하
  여 - '수령은 짧고, 인민은 영원해.'

이와 같은 속담들이 믿을만한 사람들 사이에 귓속말로 퍼지고 있다
고 한다. 그뿐만이 아니라 당과 사회제도에 대한 불만, 생활고에 대한
불만을 나타내는 은어隱語도 심심치 않게 유행하고 있다는 것이다.

가령 '주먹치기'는 제대로 알지도 못하면서 아는 체하고 설치는 당의
'핵심분자들의 행위'를 가리키는 말이요, 박수를 치지 않으면 불평불만
분자로 의심을 받으므로 마음에도 없는 박수라도 열심히 쳐서 자신의
안전을 도모해야 하기 때문에 '보약'이란 낱말은 곧 '박수치기'를 가리
키는 말이라 한다.

서글프지 않은가. 백성들이 쓰는 속담과 관리들이 쓰는 속담이 따로
따로 평행선을 긋고 있는 저쪽 사회를 우리는 이렇게 강건너 불처럼
건너다 보며 안타까워만 하고 있으니.

뜻이 깊다는 것

얼마 전에 젊은 여성의 필체인 듯한 편지 한 통을 받았는데 거기에 이런 구절이 들어 있었다.

"선생님, 사람 이름이나 땅 이름을 고유한 우리말로만 짓는 날이 언젠가는 찾아올 것이라고 생각합니다. 그때에는 한자漢字는 쓰고 싶어도 쓸 수 없겠지요. 그렇지만 한글로 지은 이름은 어쩐지 가볍다는 느낌이 들어요. 한자로 적어야 뜻이 깊어지는 것 아닌가요? 그렇다면 이 모순矛盾을 어떻게 극복하지요?

요컨대 순수한 우리말로 아기 이름을 짓고 싶은데 그 한글 이름이 가볍다는 느낌이 들어서 고민이라는 것이었다.

자, 그러면 뜻이 깊다는 것은 무엇인가? 어떤 낱말이나 글자의 뜻이 깊다는 것은 무엇보다도 오랜 쓰임의 역사를 전제로 한다. 세월의 때가 끼어야 한다고 할까. 오랜 세월 사용하는 동안, 여러 가지 의미가 겹쳐진 의미들은 대개 인간사회의 좋은 면을 찾아가는 과정에서 쓰인 것이기 때문에 긍정적 가치 평가에 관련되어 있다. 다시 말하여 뜻이 깊다는 것은 ① 오랜 역사를 가진 것, ② 여러 가지 의미가 중첩된 것, ③ 인간의 선의지善意志와 관련된 것 이라는 세 가지 특성을 가지고 있다.

유학儒學 사상의 중심 개념을 나타내는 글자들, 예컨대 인仁, 의儀, 예禮, 지智, 경敬, 성誠, 덕德 같은 글자를 인간의 구체적인 실천행위에 대응시켜 보면 이들 글자들은 한 덩어리로 엉겨붙어 두루뭉수리가 된다. '거짓말을 하지 않는다'는 행위를 생각해 보자. 그것은 '인·의· 예·지·경·성·덕' 모두에 관련된다.

고등학교 시절, 친구의 집에서 있었던 일이다. 사랑방에는 '상락아정 常樂我淨'이라고 쓰인 편액扁額이 걸려 있었다. 겨우 글자나 뜯어 읽는 실력이었던 나는 '항상 즐거우니 나는 행복하도다' 이렇게 내 나름대로 해석을 하다가 친구의 아버님을 뵙자 그 뜻을 여쭈었다. 감리교회의 목사님이셨던 친구의 아버님은 그것이 불가佛家에서 쓰는 말인데 '영 원함常, 인간적 고뇌를 벗어남樂, 거리낄 것 없는 자유인이 됨我, 평화를 누림淨'을 뜻하는 말로 진리에 도달한 사람의 몸과 마음을 나타내는 것이라고 말씀하셨다. 한자의 뜻 깊음을 깨우친 최초의 경험이었던 것 같다.

그 때에 들었던 또 하나의 충격적인 지식 ―"저, 장로長老라는 말 알지. 교회의 장로님 말야. 원래 이 말은 불가에서 덕행이 높고 나이 많은 수도승修道僧을 일컫는 말이란다. 요즈음 불교가 무슨 미신인 것처럼 생각하는 무식한 기독교인들이 들으면 당장 그 말을 바꾸자고 떠들지도 모르지"

그러므로 우리가 뜻이 깊은 낱말을 좋아한다는 것은 결국 그 낱말을 통하여 인간의 공동선共同善을 추구하자는 의지의 표현 이외에 다른 것이 아니다.

그렇다면 순수한 고유어로 한글 이름을 지으려고 할 때, 그 낱말이 가볍다는 느낌이 드는 것은 어쩔 수 없는 일이다. 왜냐하면 그런 낱말이 이름으로 쓰인 역사가 짧기 때문이다. 또한 그런 낱말이 우리들의 정신세계를 나타내거나 인간의 공동선을 논의하는 경우에 별로 이용되지 않았기 때문이다. 그래서 그러한 낱말로 한글이름 짓기를 포기해 버린다면 어떻게 될 것인가? 영원히 한글 이름에는 깊은 뜻이 스며들지 않을 것이고 우리는 한자 문화의 굴레를 한 발자국도 벗어나지 못하게 될 것이다.

새로이 시작하지 않는 새 역사 전통은 결코 만들어지지 않을 터이니까.

한국인의 어휘실력

많은 수의 어휘를 구사하는 능력과 높은 창의력또는 상상력은 깊은 상관관계가 있다고 한다. 다채로운 표현이 깊고 넓은 생각을 나타낼 수 있을 것이기 때문이다. 그러면 한국 사람들이 일상 생활에 사용하는 어휘는 얼마나 될까?

몇 해 전 어느 전자 공학도가 이 문제를 풀기 위하여 특별한 방법을 써서 조사한 적이 있었다.

책받침만한 두꺼운 종이에 기계를 사용하여 아무 곳에나 구멍을 뚫는다. 그 종이를 우리의 일상 문자생활을 반영하는 일간 신문이나 잡지에 갖다 내면 구멍 뚫린 곳의 활자가 보인다. 그 보이는 곳의 낱말들만 수집하여 조사 대상으로 삼는 방법이었다. 이 방법으로 수집한 어휘를 집계하여 보니 3천7백84단어에서 더 이상 어휘 숫자가 늘어나지 않았다고 한다. 결국 우리 한국 사람들은 약 3천8백 단어만을 일상 어휘로 사용하고 있는 셈이다.

우리말 사전에는 대개 30만의 어휘가 수록되어 있는데 실제로 자주 쓰이는 어휘는 그 100분의 1밖에 안 된다는 것을 알 수 있다. 영국과 프랑스에서도 똑같은 방법의 조사가 시행되었는데, 영국의 경우에는 1만 단어, 프랑스의 경우에는 3만 단어가 검출되었다는 사실과 비교해 보자. 우리 한국 사람의 창의력과 상상력은 영국 사람의 3분의 1 프랑스 사람의 10분의 1이라고 말할 수 있다. 어휘력과 창의력이 반드시 정비례의 관계에 있는 것은 아닐 터이지만 우리의 심정이 편안하지 않은 것만은 숨길 수가 없다.

엊그제 우리집 막내가 나에게 이렇게 물었다.

"아빠 저 유리 구멍을 무어라고 하면 좋을까요?"

막내는 현관에 서서, 현관문을 열지 않고 바깥을 내다볼 수 있는 현관문 중간 조금 위쪽에 붙어있는 유리 구멍을 가리키고 있었다. 나는 가끔 그 유리 구멍으로 바깥을 내다보았으면서도 그것을 무엇이라 부르는지 깊이 생각해 보지도 않았고, 또 그 이름의 필요성을 느껴보지도 않았었다. 나는 난감한 심정이었다. 그때 문득 좋은 생각이 하나 떠올랐다.

"글쎄. 너 저것을 무엇이라고 하는지 알아?"

"무슨 말씀이세요 아빠?"

"저 나무로 된 빨래판에 빨래가 잘 되도록 가지런히 홈을 파 놓은 것 말야."

나는 세탁실에 놓여 있는 빨래판을 꺼내 들고 나왔다.

"아빤, 대답이 궁하시면 꼭 저러시더라"

나의 수법에 익숙한 막내딸은 나를 바라보며 깔깔대며 웃고 말았지만 나는 전혀 편안한 마음일 수가 없었다.

우리 주위에는 이렇듯 일상으로 접하는 사물이면서도 이름을 갖지 못한 것이 많다. 이럴 때에 프랑스 사람들은 밤잠을 못 잘 것이다. 그리고 며칠 뒤에는 반드시 신문과 방송에 그 이름을 발표할 것이다. 아마 영국 사람들은 신문 지상에 그 이름을 공모할는지도 모른다. 그런데 우리 한국 사람들은 어떠한가? 무사태평이다. 그러나 '유리 구멍'이나 '홈이 패인 것'이 그들 물건의 알맞은 이름이 될 수 없다는 것은 우리들 자신이 너무나 잘 알고 있다.

나는 우리말 가운데서 가장 많이 쓰이는 낱말들을 순서대로 훑어보면서 자꾸만 내가 우리말을 공부하는 사람이라는 사실이 부끄러웠다.

1. 것 2. 있다 3. 하다 4. 않다 5. 없다 6. 사람 7. 나 8. 되다 9. 그관형어 10. 아니다. 11. 보다 12. 생각 13. 같다 14. 가다 15. 오다 16. 말하다 17. 그대명사 18. 알다 19. 말글 20. 우리

국어 사랑의 참모습

　프랑스 사람들이 자기나라 말에 대해 특별한 긍지를 가지고 있을 뿐 아니라 그것을 아끼고 다듬는 데에도 각별하다는 것은 너무나 잘 알려진 사실이다. 나는 지난 여름 파리에 며칠 머무를 기회가 생겼을 때, 이 사실을 확인하고 싶었다. 마침 함께 갔던 일행과도 헤어져서 호젓이 혼자만 이틀을 머물러 있게 되자 나는 한 가지 실험을 해 보기로 하였다. 나는 지도 한 장을 들고 길거리로 나섰다.

　첫 번째 실험 : 인상을 보아 분명 영어를 알만한 사람에게 접근하여 길을 물었다. 그때 처음 몇 마디는 서투른 프랑스 말을 하고 나중에는 영어로 가고자 하는 목적지를 말하였다.

　　"실례합니다. 저는 여행객인데 프랑스 어를 못합니다. 영어로 여쭙겠어요. (프랑스 어) 제가 지금 여기 당훼르 로쉐르에 있지 않습니까? 저는 지금 노트르담 사원을 찾아가는 길인데요, 어떻게 가면 좋겠습니까? (영어)"

이런 식으로 여섯 명에게 물어보았는데 그들은 예외없이 상냥한 웃음을 띠며 내가 가고자 하는 목적지를 영어로 친절하게 가르쳐 주었다.

두 번째 실험 : 앞에서와 마찬가지로 꼭 영어를 알만한 사람에게 접근하여 처음부터 영어로만 길을 물었다. 열 사람에게 질문을 했는데 그 중 네 사람은 별다른 내색 없이 친절하게 길 안내를 하였고, 또 네 사람은 프랑스 어로 응답하면서 길을 가르쳐 주는데, 영어는 짐짓 (?) 모르는 척하는 것 같았다. 그리고 나머지 두 사람은 프랑스 말로 "나도 잘 모르겠소" 하며 가던 길을 재촉하였다.

나는 호텔로 돌아와 나의 실험 결과를 생각해 보았다. 물론 내가 점을 쳐서 선별해 낸 열 여섯 명의 사람들이 모두 영어를 잘 아는 프랑스 토박이들이었다는 가정을 받아들이고 내려보는 추론이기는 하지만, 그들은 자기네 말을 조금이라도 사용했을 때에는 특별히 친절하고 호의적이었다는 사실이었다. 그런데 곰곰 생각해 보니, 제 나라 말에 대해 그 정도의 반응을 보인다는 것은 어느 나라에서나 공통적일 것이라는 데 생각이 미쳤다. 프랑스 말로만 대답한 사람들은 나의 점占 - 즉 인상 판단이 잘못 되어서 정말로 영어를 모르는 사람들이 아니었을까? 그렇다면 나의 실험은 모국어에 대한 인간의 보편적인 경향을 확인한 것이지 특별히 프랑스 사람에게만 적용할 문제가 아니지 않는가? 나는 그만 내 실험 결과가 별것 아니라는 회의에 빠지고 말았다.

그러나 사건은 그날 저녁에 연이어 벌어졌다. 체재비를 아끼기 위하여 별 세 개짜리 호텔에서 별 하나짜리로 옮기기로 하고 짐을 들고 길을 나섰다. 하나짜리 호텔을 찾아 들어가 프런트손님맞이 칸에 앉아 있는 아가씨에게 서투른 프랑스 말을 해 보았다.

"하룻밤에 얼마요?"

"예, 하룻밤에 일백 프랑이예요. 아침식사는 십오 프랑 따로 받아요. 그런데 손님, 하룻밤une nuit의 발음을 잘못하셨어요."

그 호텔에 짐을 놓고 밖으로 나와, 길을 어슬렁거리다가 조금 깔끔한 음식점을 찾아 들어갔다. 음식 이름도 제대로 모르는 처지여서 식단食單에 있는 것 중에서 아무거나 그럴듯한 것을 주문하였다. 가져온 음식을 보니 참 먹음직하였다.

"고마워요. 아주 맛있어 보이는데요." 라고 프랑스 말을 했더니 음식을 가져온 종업원은 대뜸 얼굴이 환하게 밝아지면서

"프랑스 말을 아시는 군요. 그럼 아까 영어로 주문하실 때 이 음식 이름을 잘못 발음 하셨어요."

나는 지금 유감스럽게도 그 때 먹은 프랑스 음식의 이름은 잊어버렸지만 발음 교정을 부탁하던 그 아가씨의 음성은 아직도 내 귓전에서 사물거린다.

맞춤법의 이상

금년 1989년 3월 초하루부터 법적인 효력을 낸 〈한글 맞춤법〉은 한글 창제 이래 최초의 합법적인 권위를 누리는 우리말·우리글의 규범이다. 물론 한글이 창제될 당시에도 오늘날 우리가 생각하는 것과 같은 맞춤법이 있었다. 그 맞춤법은 훈민정음해례본訓民正音解例本에 적혀 있는데, 한마디로 말하여 오늘날의 맞춤법과 원칙적으로는 같은 것이었다. 그러나 한글 창제 당시에, 한글은 한자漢字를 중심으로 하는 문자생활에서 극히 부분적인 보조기능만을 담당하고 있었기 때문에, 맞춤법을 지킨다는 것은 그렇게 중요한 문제가 아니었다. 그리는 동안 한글은 부녀자의 소설 읽기, 편지 쓰기, 내방가사 짓기 같은 것으로만 활용이 되었고, 점차 맞춤법은 지켜지지 않은 채 그야말로 '소리나는대로 적고 뜻만 통하면 된다'는 잘못된 인식이 퍼지게 되었다. 급기야 나라를 잃은 후, 다시 나라를 찾고자 하는 운동의 한 가닥으로 조선어학회에서 〈한글맞춤법통일안〉이 일제 치하에서 완성되었으니, 이것은 한글이 창제된 지 490년 후인 1933년 이었다. 지금부터 꼭 56년 전의 일이었다. 이 〈맞춤법통일안〉은 그동안 여러 차례에 걸친 부분적인 수정을 거치면서 오늘날까지 준용되어 왔으나 불필요한 부분도 많고, 여러 번의 수정으로 체제상의 균형도 잃게 되었었다. 오십 년이 넘는 낡은 집을 여러 번 수리하느라고 조잡하게 된 것이라고나 할까? 그래서 이번에 완전히 허물고 새 집을 지은 것이 바로 〈한글맞춤법〉이다.

이 〈한글맞춤법〉은 문자 그대로 '법'이다. 법이란 공동의 사회생활에서 모든 사람에게 두루 편한 생활을 보장하기 위하여 만든 약속의 체계이다. 그래서 그 약속을 어기면 일정한 제재制裁를 받는 것이다. 형법을 어기면 감옥살이를 한다는 것은 초등학교 1학년쯤만 되면 다 아는 사실이다. 교통법규도 형법의 테두리 안에 드는 것인데 그 법규를 지키지 않으면 감옥살이 같은 제재를 받기 전에 목숨을 잃는 사태가 발생하기도 한다. 그래서 우리는 서로 서로 이웃을 존중하고 궁극적으로는 자신을 존중한다는 의미에서 법을 지키려고 애쓴다. 그러니까 〈한글맞춤법〉도 철저하게 지켜야 한다. 맞춤법을 어기면 벌금을 물거나 감옥살이를 하는 것은 아니다. 이 맞춤법은 높은 수준에 있는 문화양식이요 교양준칙이기 때문에 이 법을 어기면 인격과 교양에 손상이 갈 뿐, 남에게 큰 피해를 주는 것은 아니다. 그렇다고 전혀 남에게 손해를 끼치지 않는 것이냐 하면 그런 것도 아니다. 차례대로 줄을 서서 행동해야 하는 차타기, 표사기 같은 일을 할 때에 새치기를 하는 것과 같다고나 할까? 뒷사람이 점잖은 분이라면 '다급한 사정이 있어서 그러겠지'하는 정도로 너그럽게 보아 넘길 수도 있으나, 만일 뒷사람이 마음의 여유가 없는 분이라면 소리를 지르며 멱살을 잡아 줄밖으로 끌어낼 것이다.

〈한글맞춤법〉은 우리글을 쓰는 사람들이 모두가 즐겁고 편안한 마음으로 지키고자 하는 기본적인 예절이다. 그 예절을 지배하는 원리는 크게 두 가지로 나눌 수 있다. 하나는 소리나는 대로 적는 것이요, 또 하나는 낱말의 어간語幹형태는 일정하게 고정시켜 적는 것이다. 이 두 가지 원리가 서로 어긋날 때가 있다. 우리 〈한글맞춤법〉은 이 두 가지 원리의 맞부딪침을 적절한 선에서 타협하여 조화를 이룬 절충안이다. 그래서 어떤 때는 일정한 형태로 적어야만 맞춤법을 어기지 않게 된다. 원래 예절이란 무식하고 교양이 없는 사람들에게는 귀찮고 거추장스러운 것이요, 너그러운 마음으로 전체의 공동사회의 편의를 생각하는 사람들에게는 부담없이 몸에 익히는 하나의 관습이다. 자, 그러면 우리는 무식하고 교양없는 사람이 될 것인가? 아니면 공동사회의 편의를 위하여 노력하는 신사숙녀가 될 것인가?

'점잖음'이 빌미가 되어

ㅂ군은 나의 제자요, ㅂ형은 나의 고향 선배이신데, 그 두 사람은 부자간이다. 며칠 전 ㅂ형의 사무실을 들렀더니 ㅂ형은 화가 머리 끝까지 올랐다가 잘 왔노라고 반기면서 이렇게 푸념을 늘어 놓았다.

> "여보, 심교수. 자식 길러 옛날 같은 효도는 못 받는다 하더라도 그래 수모를 받아서야 되겠소?"
> "왜 그러세요? 나 들어올 때 현관에서 ㅂ군을 만났는데 공손하게 인사만 잘 합디다."

ㅂ군은 근자에 부모의 반대를 무릅쓰고 결혼을 강행한 처지인지라 또 부자간의 사소한 의견 충돌이려니 짐작이 되었다.

> "글쎄, 내가 뭐 나쁜 말 했겠소? 다 좋다, 그저 좀더 점잖게 행동해

주었으면 하는 것이 애비의 소망이다. 이렇게 말했을 뿐인데, 그 녀석 대답이 말이지…"

내가 아는 ㅂ군은 요즈음 청년으로서는 드물다싶게 견실하고 모범적인 사람이다. 결혼이야 어차피 당사자들의 소관사이니 그 문제로 자식을 더 이상 괴롭힐 필요는 없다고 생각하면서 다음 말을 기다렸다.

"… '아버지, 저희 젊은 사람들은 점잖은 거 엿이나 사먹으라고들 해요. 사람 차지가 아니라 똥개 차지라는 것이지요.' 자, 이렇게 되어 나는 자식으로부터 똥개라는 욕을 먹었네 그려."

화가 오른 ㅂ형은 담뱃불을 붙이면서 성냥통 속의 성냥개비를 온통 탁자 위로 쏟아 뜨렸다. 비로소 나는 입을 열었다.

"ㅂ형, 내가 보기엔, 그것이 대화할 때 협조의 원칙을 무시해서 발생한 오해인 듯 해요. ㅂ군은 점잖음을 허세, 위선, 가식 같은 것에 큰 비중을 두고 말한 것 아니오? 그러니 두 사람의 대화는 처음부터 빗나간 것이지요. 뭐, 같은 말이라도 서로 생각하는 뜻이 다르면 대화가 안 되게 마련 아니오?"

그러나 ㅂ형은 말없이 담배 연기만 길게 내뿜을 뿐이었다. 그때 나는 ㅂ군을 만나면 해야 할 다음 한 마디를 생각하고 있었다.

"이보게, '아버지께서 말씀하시는 점잖음이 무엇을 뜻하는지 잘 알겠어요. 너무 염려마세요. 저희는 저희들 나름대로 점잖은 것이에요.' 이 정도로 아버님의 말씀을 받아들였어야지…"

우리는 언제부터 부자간에도 대화가 아니되는 세상을 살고 있는 것인가.

아리랑 고개를 넘고 넘어

우리 한민족이 누구나 알고 있는 노랫 가락을 손꼽으라면 아무도 '아리랑'이외의 다른 것을 연상할 수는 없으리라. 그러므로 '아리랑'을 모르는 사람과는 한국에 대하여 이야기할 수 없으리라는 것 또한 자명하다.

그러면 '아리랑'은 무슨 뜻의 낱말인가? 이 문제에는 모두들 고개를 갸웃거린다.

일찍이 국사학자 이병도李丙燾 선생은 '아리랑'이 한사군漢四郡의 하나였던 낙랑樂浪을 가리키는 말이요, '아리랑고개'는 그 낙랑의 남쪽 관문關門인 황해도 자비령慈悲嶺, 또는 洞仙嶺이라고 추정한 바 있다. 한 사군이 설치되면서 중국 사람이 몰려오자 낙랑 땅을 벗어 나오면서 우리 선조들은 회한의 노래를 읊으니 그것이 구슬픈 가락의 '아리랑'이 되었다는 것이다.

한편 무애无涯 양주동梁柱東 선생은 '아리랑'이 특정한 하나의 지명이 아니라 우리나라 산・고개・냇물 이름에 널리 사용된 흔한 명칭이었다고 한다. 즉, '아리랑'의 '랑'은 고개 '령嶺'자가 변한 것이요, '아리'는 광명光明을 뜻하는 '벌'이란 낱말이 변한 것이므로 '아리랑'은 곧 '밝은 고개'라는 뜻으로 온 나라에 두루 흩어져 있다고 하였다.

또 하나의 학설 - 강원도 정선旌善에 세운 아리랑 비문碑文에는 다음과 같이 적혀 있다.

> "… 아득한 옛날부터 토착민의 생활과 더불어 자연스럽게 표출되어 불러오던 이 토속적 풍류의 가락은 고려 말엽에 이르러 불사이군不事二君의 충절을 지켜 지금 남면南面 거칠현동居七賢洞에 낙향 은거하였다는 선비들의 애틋한 연군戀君과 망향의 정한이 더하여져 더욱 다감한 노래가 되었으리라. 본래, '아라리'라고 일컫던 것이 세월이 흘러감에 어느새 보편적인 '아리랑'으로 그 이름이 바뀌었으니 '아리랑'이란 누가 나의 처지와 심정을 '알리'에서 연유된 듯 하더라…"

'아리랑'이 명사가 아니라 '알다'는 동사라는 것이다.

여기에 이르러 우리는 '아리랑'의 본래 뜻이 안개 속에 사라졌음을 보게 된다. 그렇지만 '아리랑 고개'를 넘을 적마다 우리 조상들은 뒤로는 슬픔과 한을 남기고 앞으로는 기쁨과 꿈을 키워왔다는 사실도 깨닫는다. 현대에 와서는 38선도 아리랑고개였고 휴전선도 아리랑고개가 아닌가.

우리 민족은 영원히 아리랑고개를 넘으며 살아가는 민족인가 보다.

오랑캐의 문자 실력

옛날 중국 변방에 훌륭한 지방 장관이 있었다. 항상 오랑캐의 위협을 받는 처지였으나 그 고을 장관은 무사태평이었다. 그러다가 드디어 오랑캐의 말발굽이 자욱한 먼지를 일으키며 그 고을 성문城門을 향하여 쳐들어올 무렵에야 장관은 장막속에 감추어 두었던 커다란 깃발을 성문에 내걸고 성문을 활짝 열어 놓으라고 명령하였다. 깃발에는 하사비군何事非君이란 넉자가 적혀 있었다.

문 앞에 당도한 오랑캐의 우두머리는 성문이 열린 것을 보고 그 고을이 저항할 의사가 없이 투항하는 것이라고 판단하였다. 더구나 성문 위에 걸린 깃발을 보니 '누구를 섬긴들 임금이 아니겠는가'라고 환영하지 않는가? 오랑캐의 우두머리는 이 고을은 투항했으니 다음 고을로 내려가자고 명령했다.

얼마 후 오랑캐의 침략을 물리친 중앙의 황제는 문제의 고을 장관을 불러 문책하였다.

"그대는 어째서 오랑캐에게 투항하여 짐을 욕되게 하였는고?"

"폐하, 소신은 투항한 적이 없사옵니다. 다만 '어찌 임금 아닌 자를 섬길까 보냐'라고 쓴 깃발을 내걸어 소신의 뜻을 분명히 하였을 뿐입니다. 그런데 듣자 하오니 오랑캐는 그 글을 잘못 읽어 '누구를 섬긴들 임금이 아니랴'하였다 합니다. 오랑캐가 어찌 문자를 알겠습니까?"

임금은 한 고을을 병화兵禍에 휩쓸리지 않게 한 슬기에 감복하여 그 장관을 승진시켰다 한다.

이것은 한자漢字의 뜻이 깊고도 넓음을 과장하는 이야기이거니와, 우리는 이 이야기에서 한자가 귀에 걸면 귀걸이, 코에 걸면 코걸이식의 불완전한 표기 기능을 하는 것에 대해 분노를 느껴야 한다. 고의적인 은유隱喩를 목적으로 하지 않는 한, 일상 생활의 의사전달 체계로서 언어와 문자는 모름지기 명쾌하게 오직 한 가지로만 해석되어야 하기 때문이다.

더구나 한자의 동음성同音性은 똑같은 소리의 낱말이 정반대로 해석되는 웃지 못할 희극을 연출하기도 한다.

"삼연패의 기록을 세운 ㅈ팀은…" 프로야구 전적을 보고하는 방송을 들을 때마다 연패가 내리 이긴 것連覇인지 내리 진 것連敗인지 그 다음 말을 기다리지 않으면 알 수가 없다.

한자말을 줄여나가야 하는 가장 큰 이유가 여기에 있다. 우리도 중국인들이 말하는 오랑캐 아닌가? 이제 고만 한자를 아는 척해야 하겠다.

속담의 감칠맛

3장
속담의 감칠맛

속담은 진리인가?
'게도 구럭도 다 잃었다'
'사흘 길 하루 가고 열흘 눕는다'
'더부살이가 주인 마누라 속곳 베 걱정한다'
'사돈 밤 바래기'
'성부동姓不同 남이지'
속담 2세들
'제 갗에 좀 나듯'
'난 거지 든 부자'
'사모 쓴 도둑놈'
'황정승댁 치마 하나 세 모녀 돌려 입듯'
'말똥에 굴러도 이 세상이 좋아'

속담은 진리인가?

우리가 일상으로 만나는 세상사를 비유의 수법으로 표현하는 데 쓰이는 속담은 오랜 세월 많은 사람들이 즐겨 사용해 왔다는 이유 하나만으로 그것은 엄정한 진리를 말하는 것이라고 생각하는 사람들이 있다. 만일에 진리라고 하는 것이 시대와 장소와 형편에 따라 융통성있게 해석되는 무엇이라면, 속담이 그러한 의미의 진리를 말한다고 해서 틀린 것은 아니다. 그러나 우리가 진리라고 여기는 것은 시대와 장소를 초월하여 언제 어디서나 영구 불멸의 값을 지니는 명제여야 한다. 이처럼 만고불변萬古不變의 값을 지니는 것이 진리라면 속담은 결코 진리를 나타낸다고는 말할 수 없다.

잠시 서로 상반된 주장을 하는 속담들을 살펴보기로 하자.

- 애비는 애비, 자식은 자식
- 그 애비에 그 자식

- 빛 좋은 개살구
- 개살구도 맛들인 탓
- 선무당이 사람 죽인다.
- 선의원은 사람을 죽여도, 선무당은 사람을 살린다.
- 병신 자식 고운 데 없다.
- 병신 자식 효도한다.
- 거짓말이 외삼촌보다 낫다.
- 거짓말하고 뺨 맞는 것보다 낫지.
- 부부 싸움은 칼로 물 베기
- 부부는 돌아누우면 남남

이렇게 서로 정반대의 주장을 하는 한 쌍의 속담을 놓고 어느 것이 옳고 어느 것이 그르냐를 판정하려 한다면 어떻게 될 것인가?

솔로몬의 지혜를 천만 번 동원한다 해도 이 문제에서는 옳고 그름의 판별이 나지 않는다. 인간의 삶이 한 가지 관점의 논리적 분석이나 판단만으로 해결 되는 것이 아니기 때문이다. 부부가 영원히 다정스런 동반자여야 한다는 것은 마땅히 그러해야 좋지 않으냐는 당위當爲의 문제요, 살다보면 어쩔 수 없이 갈라서는 부부도 생긴다고 하는 것이 현실의 문제다.

그렇다면 속담은 형편에 따라 당위성을 앞세우기도 하고, 현실성을 앞세우기도 하는 임기응변의 술수꾼이다. 그러나 세상을 단순한 눈으로만 보아서는 안 된다는 의미에서 속담이 나타내는 비유는 여전히 우리에게 진리를 가르치고 있는 듯하다.

'게도 구럭도 다 잃었다'

대부분의 속담은 그 속담의 근거가 되는 배경 설화를 토대로 하여 만들어지는 것이 보통이다. 그러나 때로는 이미 세상 사람들의 입에 오르내리는 속담에다가 그럴듯한 설화를 만들어 붙이는 경우도 있다.

'게도 구럭도 다 잃었다'는 속담은 바닷가 갯벌에 게를 잡으러 나간 사람이 게는 커녕 게를 집어넣을 구럭을 잃어버림으로써 손해가 중첩됨을 풍자하는 데 쓰이는 것이었다. 그런데 이 속담에는 다음 같은 설화가 전하여 온다.

〈옛날에 게蟹라는 사람이 굴억屈億이라 하는 미남 친구와 아주 친하게 지내고 있었다. 굴억이 어찌나 잘 생겼는지 게의 아내는 굴억의 잘생김을 흠모한 나머지, 굴억과 정을 통하고 싶어서 자기 남편을 약을 먹여 죽여 버렸다. 그러자 굴억은 "선비는 자기를 알아주는 사람을 위하여 죽는 법이다. 나를 인정하던 유일한 친구 게가 죽은 마당에 내가 살아 무엇하랴." 이렇게 말하고는 게를 따라 죽고 말았다. 그래서 게의 아내

는 게도 잃고 굴억도 잃는 처량한 신세가 되고 말았다.〉

송남잡지松南雜識라는 책에 적혀 있는 이야기이다. 남편을 두고 외간 남자를 흠모한다는 것 자체가 문제되는 터에 남편을 독살하는 행동을 했다면 그것은 패륜悖倫의 극한에 이른 것이다. 그러한 독부毒婦에게는 무서운 형벌이 기다려야 할 것인데 죄없는 남자 하나를 더 죽게 하는 것으로 응징하면서 이야기의 결말을 삼고 있다.

음란이란 무엇이며 불륜이란 무엇인가? 부부의 인연은 어떻게 지켜져야 하는가? 이러한 인간사의 낡은 고민을 이 설화는 희화戱畵적으로 처리하면서 문제의 핵심을 피해가고 있다. 우리 조상들의 유머가 얼마나 높은 경지에 있었는가를 알게 하는 좋은 예라 하겠다.

인륜도덕이 사회적 관습에서 형성되는 삶의 유형이라고 사변적인 이론만 농락할 것인가, 앞으로의 세상에서도 여전히 일부일처와 성적性的 순결이 이 세상을 지탱하는 밑바탕임을 신념으로 삼을 것인가. 송남잡지의 해석 설화는 우리에게 이러한 질문을 준엄하게 던지고 있는 것이다.

'사흘 길 하루 가고 열흘 눕는다'

　연암燕巖 박지원朴趾源의 열하일기熱河日記에는 진덕재야화進德齋夜話라는 이야기편이 있는데, 거기에 허생許生의 이야기도 들어있다. 남산 묵적골에서 십 년을 기약하고 글 읽기에 여념이 없는 가난한 선비가 아내의 등살에 못 이겨 칠 년만에 책상을 털고 일어나 큰 돈을 벌고 도둑의 떼를 몰아다가 이상향도 건설하며, 나라의 재건을 위한 묘책도 건의하지만 종당에는 종적도 없이 표연히 사라진다는 내용을 담고 있다.

　여기에는 돈 버는 방법 하나가 소개된다. 나라에 필요한 물화物貨를 매점매석買占賣惜하는 것으로서, 제한된 지역 안에서만 물자가 생산되고 거래될 때에 일어날 수 있는 경제 현실을 꼬집는 것이다.

　우리는 이 허생의 이야기를 읽으면서 나라의 땅이 비좁고, 사람들의 생각이 또한 얕아서 무슨 일이거나 마치 접시에 담긴 물처럼 금방 넘치고 금방 바닥이 나는 현상을 안타까워 하게 된다. 부지런을 피우려 들면 이틀 분, 사흘 분의 일도 하루에 해낸다. 한국 사람은 도급都給을 주어야지 일당日當을 주었다가는 손해를 본다는 얘기는 노무자들이 스스로 고백하는 말이다.

이렇게 성급한 기질은 경제개발을 단시간에 이룩하는 성과를 거두기도 하지만, 돈 몇 푼 생겼다고 흥청망청 밤새는 줄 모르고 뚱땅거리는 폐단도 아울러 지니고 있다. 국민소득 4천불 안팎에서 과소비 풍조가 논의된 나라는 아마 우리나라 밖에 없지 않나 싶다. 이러한 악습도 고치려 들면 또한 하루 아침에 털고 일어나 언제 그랬느냐는 듯이 건전한 생활 풍토를 발휘할 수도 있으리라는 것은 한갓 부질없는 환상일까?

그래서 옛날 우리 조상들은 목마른 사람이 우물가에서 바가지 물을 퍼 마실 때에 여유를 갖게 하기 위하여 나뭇잎을 띄우는 슬기를 보이셨던 것일까? 그러면서 '일찍 단 쇠는 일찍 식느니라' 이르시며 무슨 일이건 성급한 행동을 경계하셨던 것일까? 그렇다면 다시 한 번 음미해 보아야 할 것 아닌가.

남녀간의 애정도, 돈벌이도, 글공부도, 그리고 나라의 번영 그 어떤 것도 세월과 함께 무르익어야 함을 가르치기 위하여 마련했던 이 속담을.

'사흘 길 하루 가고 열흘 눕는다.'

'더부살이가 주인 마누라 속곳 베 걱정한다'

'전원일기'라는 옴니버스 형식의 텔레비전 드라마가 여러 해에 걸쳐 수백 회에 이르도록 시청자들의 사랑을 받은 까닭은 무엇일까? 사람마다 자기 나름의 대답을 가지고 있을 것이다.

어떤 이는 최불암, 김혜자, 김수미, 고두심, 유인촌 등 탤런트들의 개성있는 연기가 마음에 든다 할 것이요, 또 어떤 이는 양촌 마을의 전체 분위기가 한국 사람들의 마음 속에서 점점 사라져 가는 고향마을을 연상시키기 때문이라고 대답할 것이다.

그러나 이러한 대답들을 모두 모아 간추린다면 결국 '전원일기' 속에는 한국 사람들이 지니고 있는 기본적인 심성이 유감없이 표출되기 때문이라고 할 것 같다.

그 심성은 농경사회가 필요로 하는 협동생활과 관계가 있다. '공동체 의식'이라는 말로 바꾸어 볼 수도 있다. 이웃 사람들은 단순한 이웃이 아니요, 나의 삶과 직결된 피붙이 이상의 존재들이다. 따라서 이웃집

의 희노애락은 이웃집만의 희노애락일 수가 없는 것이다. 그래서 오지
랖 넓게 옆집 일에 참견하고 뒷집 일을 근심하며 앞집 일에 팔을 걷어
붙이고 나선다. 도대체 '사삿일자기생활'이라는 것은 우리나라 전통사회
에서 문제가 되지 않는다.

남의 집 머슴살이하는 주제에 주인집 마누라의 속옷 지을 옷감 걱정
한다는 것은 말도 안 되는 일이다. 주제 넘는 일일 뿐 아니라, 속옷이
풍기는 은밀한 이미지 때문에 자칫하면 요상한 추문으로 번져서 몽둥이
찜질을 당할 수도 있는 일이다. 그럼에도 불구하고 머슴은 주인집 일을
걱정하다가 급기야는 주인마님의 '속곳 베'까지 걱정하기에 이른다.

물론 이 속담은 자기 분수도 모르고 남의 일을 걱정하는 '주제넘음'을
풍자하는 말이다. 그러나 이기주의가 팽배하여 나와 나의 가족의 문제
이외에는 냉담한 반응을 보이는 오늘의 세태를 생각한다면 이 '주제넘
음'은 이웃을 아끼고 감싸주며 살아왔던 협동의식, 공동체의식을 일깨
워준다는 점에서 긍정적인 덕목德目으로 재조명된다. 이웃에 대한 애
정어린 관심이 없는 사회는 결코 번영할 수 없을 것이기 때문이다.

다시 한 번 음미해 보자.

'더부살이 환자還子 걱정'

환자(還子) : 조선 왕조 때 관청에서 저장했던 곡식을 봄에 백성들에게 꾸어주었다가 가을에 거두어
들였던 일. 환곡, 조적이라고도 한다.

'사돈 밤 바래기'

결혼한 남녀의 양쪽 부모들은 자식들로 하여 '사돈'의 인연을 맺게 된다. 절친한 친구끼리 아들·딸을 서로 혼인시켜 각기 사위와 며느리로 맞이하였더라도 그 격의 없던 친구 사이는 갑자기 예의를 갖추어야 할 사돈 사이가 된다.

어느 날 한 친구가 다른 친구의 집을 방문한다. 내 딸이 친구의 집에서 며느리 노릇을 잘 하는가 궁금하기도 하고, 친구와의 허물없던 옛날 우정이 그립기도 했으리라.

오랜만에 두 친구는 바둑 한 판을 마친 뒤, 다담상을 마주한다. 시간 가는 줄 모르고 술잔을 기울이며 이야기를 나누다가 삼경이 넘어서야 헤어질 참이다.

옛날 같으면 대문 밖에서 '야심夜深한데 밤길 조심하게나'하고 돌아오면 그만이겠지만 새아기의 체면도 세워줄 겸, '자네 딸 참 잘 키웠네'라는 칭찬도 행동으로 표현할 겸, 동구 밖까지 배웅을 나선다.

거나하게 취했것다, 고담준론에 열이 올라 그만 두 사람은 고개 너머 사돈의 집까지 도달하고야 만다. 이야기를 핑계삼아 자기 집까지 바래다 준 저쪽 사돈이 고마워서 친구는 왔던 길을 되짚어 돌아선다.

이렇게 두 사돈은 우정과 예절이 어우러져 서로 바래주다가 밤을 밝히고야 만다.

어른들의 이러한 우정을 지켜보면서 젊은 부부는 무엇을 느끼고 배웠을까? 마주 보면 부부요, 돌아서면 남이라 하였는데, 어찌 젊은 부부 사이에 의견이 엇갈리고 티격태격 다투는 일이 없을 것인가.

그러나 가까울수록 예의를 갖추어야 한다는 어른의 타이르심이 생각나면 이들 젊은 부부는 재빨리 화해의 손길을 뻗쳤다. 그래서 "여보, 내가 과過했나 보오, 그만 화내시고 접어 주시구료. 허허" 이렇게 너털웃음으로 눙치는 남편이 되고, 그러면 못 이기는 체 눈을 흘기며 빙긋이 웃어 버리는 아내가 되는 것이다.

'사랑이 크면 증오의 가능성도 커지는 법. 사랑하지 않았다면 미워할 이유도 없지 않느냐. 인간이란 누구나 야누스 신처럼 천사의 얼굴과 악마의 얼굴을 동시에 갖고 있어서 오늘의 애인이 내일의 원수가 된다 해서 무엇이 이상한가.' 이렇게 외치며 이혼 소송에 열을 올리는 현대 사회는 모름지기 '가까울수록 정중하게'를 가르쳤던 속담-사돈 밤 바래기-의 뜻을 되새겨 볼 일이다.

'성부동姓不同 남이지'

예기禮記 예운편禮運篇에는 대동론大同論이라는 짤막한 글이 들어있다. 이 글은 인류의 궁극적인 목표는 모든 사람이 두루 잘 사는 평화로운 복지사회에 있음을 간명하게 밝히고 있다. 그 첫머리는 다음과 같은 말로 시작된다.

"올바른 도리가 실행되면 온 천하가 공명公明하게 되어 어진 사람을 지도자로 뽑고, 능력에 맞추어 일할 자리를 얻으며 서로 믿고 화목하고자 애쓴다.

그러므로 세상 사람들은 어버이를 섬기되 자기의 어버이만 어버이로 섬기지 아니하고, 자식을 아끼되 자기의 자식만 자식으로 아끼지 아니한다. 모든 늙은이가 편안하게 세상을 마치게 하고, 어른들은 부지런히 일하며, 어린이는 누구나 밝고 건강하게 자랄 기회를 누린다. 홀아비, 홀어미, 고아, 신체장애자, 질병으로 신음하는 이 등 외롭고 소외된 이들도 두루 삶의 혜택을 입게 한다."

2500년 전 옛날에 이미 복지사회의 모습이 어떤 것인지를 말하고 있는 대동大同의 이념에는, 현대적 개념의 만민평등과 사해동포주의가 분명하게 드러나 있음을 볼 수 있다. 모든 사람이 한 형제 한 집안이 될 때, 반목反目과 질시嫉視는 듣지도 보지도 못하는 낱말이 될 것이요, 이웃 간에 담장을 높이 쌓지 않아도 될 것이다.

그러면 이와 같은 고전적인 이웃사랑의 사상이 우리 속담에 어떻게 표현되어 있을까?

'성부동姓不同남'이라는 말을 생각해 보자.

글자 그대로 풀이하면 '성씨姓氏가 같지 않으니 남남 사이다'라는 뜻이다. 그러나 글자대로 풀이하는 것으로 끝나면 속담이 아니다. 역설逆說이나 반어反語의 맛이 스며 있어야 속담이 된다. 그러니까 '성씨가 다르니 남이라 하겠지만 사실은 친형제보다 더 친한 사이'라는 군더더기 뒷말을 빼버린 데에 묘미가 있다.

그렇다면 한 직장에서 일하는 우리들, 한 고장에서 일하는 우리들, 한 나라에서 사는 우리들은 모두모두 '성부동 남'이 아닌가? 우리의 옛 선조들은 '대동론'에서 가르치는 이웃사랑의 교훈을 소박한 속담 '성부동 남'이라는 한 마디로 압축하는 슬기가 있었거늘…

속담 2세들

　일찍이 함무라비 법전法典에도 '요즈음 젊은 사람들은 버르장머리가 없다'는 구절이 들어 있다고 한다. 동서고금을 막론하고 나이 든 사람들은 젊은 사람들을 못미더워 한다. 팔순 노인이 환갑의 아들에게 길 조심하라고 당부하는 것이 인간의 참모습이다.

　만일에 옛날 속담이 근자에 생긴 속담을 보면 무어라고 할까? 틀림없이 너희들도 속담이냐고 근엄한 표정으로 야단을 칠 것만 같다. 그러나 속담이란 보통사람들이 순박한 심정으로 세상을 바라보는 눈이다. 물론 자기 정당성을 합리화하는 방향으로 표현되는 것이지만 때로는 전혀 사심없는 비판으로 세상 모습을 폭로하기도 한다.

　그런 표현 가운데에는 옛날 속담을 일부 변경한 것들이 있다. 이때 세상을 긍정적으로 보느냐 부정적으로 보느냐 하는 자세에 따라, 재미있고 즐거운 웃음거리가 되기도 하고 세태 풍경을 날카롭게 꼬집는 칼날이 되기도 한다.

다음 표현을 보자.

'아니 땐 굴뚝에는 쥐 살기 좋다'
'백지장도 맞들면 찢어진다'
'손뼉도 마주치면 아프다 한다'

이런 것들은 관용어구로 굳은 속담이라 할 수는 없으나 들으면 재미
있고 우습다. 자꾸 쓴다면 그런대로 새로운 의미를 만들어낼 수 있을
것 같다. 이러한 기존 속담의 변개 현상을 놓고, 현대인의 발랄한 재치
에 찬사를 보내느냐, 경망한 짓거리라고 비난을 하느냐 하는 것은 사람
마다 다를 것이다.
다음과 같은 표현들은 어떤가.

'오는 말이 거칠어야 가는 말이 곱다'
'남녀 칠세 지남철'
'장부일언이 풍선껌'

위압적인 분위기가 으스스하게 감돌던 세상, 남녀간에 성 윤리가
무너져 가는 세상, 사회에 책임있는 지도급 인사들이 거짓말을 떡 먹듯
히는 세상, 기기에 항거하는 수단으로 보기에는 한없이 나약하게 보이
기는 하지만 그래도 이런 말들이 세상을 올바로 이끌고자 하는 서민들
의 함성喊聲임을 우리는 알아야 할 것이다.

'제 갖에 좀 나듯'

제6공화국이 시작된 뒤로 민주화의 물결을 타고 산업계에 불어 닥친 열풍은 근로자들이 임금 인상을 주장하면서 벌이는 여러 가지 모습의 파업들이다. 자본주의 체제하의 산업구조에서 자칫 잘못 생각하면 근로자들은 사용자들의 돈벌이에 이용당한다는 피해의식을 가지기 쉽고, 한편 사용자들은 마치 근로자들의 상전이나 된 것으로 착각할 수 있다.

그래서 파업은 극한투쟁으로 번지고 노사관계는 서로 원수가 된 것 같은 적대 감정으로 발전한다. 그러나 분명한 사실은 사용자와 근로자는 계약으로 맺어진 평등한 사이지 결코 누가 누구를 지배하는 상하관계가 아니라는 점이다. 근로자나 사용자는 하는 일이 다를 뿐 다같이 같은 배를 타고 있는 공동운명체의 구성원들이다. 우리나라의 경제발전에 어두운 그림자를 던진다고 걱정하는 소리가 들릴 때마다 생각나는 속담이 있다. '제 갖에 좀 난다', '자피생충自皮生蟲', '제 언치

뜯는 말馬' 같은 것들이다.

자기 살갗에 좀이 생기면 얼마 안 가 살갗은 좀이 먹어버려 없어지게 되는데, 그러면 결국 좀의 생활 터전도 잃게 되니, 드디어 살갗도 없어지고 좀도 죽어버리는 비극에 이른다. '언치'는 말 안장 밑에 말의 피부를 보호하기 위해 얹어 놓은 모포毛布 조각이다. 똑똑한 말은 언치를 물어 뜯지 않는다. 언치가 헤어지면 자기만 손해를 보기 때문이다.

형제간에 서로 헐뜯고 싸울 때, 친척끼리 흉을 보며 해치고자 할 때, 손해를 입은 사람은 누구이고 이익을 얻은 사람은 누구인가? 삼척동자라도 알 일이다. 아무도 이득을 보는 사람은 없다.

그런데 이 세상에는 어쩌자고 '누워 침 뱉기' '소경 제 닭 잡아먹기' 같은 쟁의爭議와 파업이 꼬리를 물고 있을까? 알맞은 선에서 해결점을 찾아내는 화해和解의 슬기는 가질 수 없는 것일까?

꼭 누군가가 죽어서 억울한 영혼이 유가족들의 서러운 가슴에 멍울로 남아야만 찔끔 물러서는 바보들을 일깨우기 위하여 우리 조상들은 일찍이 '제 갖에 좀 나듯'이라는 속담을 마련하였건마는……

'난 거지 든 부자'

옛날 우리나라의 '거지'는 단순한 비렁뱅이가 아니라 일종의 풍류객이었다. 다 찌그러진 벙거지에 귀 떨어진 쪽박을 들고 한 쪽 바지가랭이는 걷어 붙이고 다른 쪽 가랑이는 늘어뜨린 채 숟가락 장단에 맞추어 각설이 타령을 구성지게 부르던 모습을 연상해 보자.

원래 그들은 방랑 기질이 있는 사람이거나 어떤 사정으로 씨족이나 부족 공동체에서 쫓겨난 사람들인데, 흉년이 들어 어쩔 수 없이 구걸 행각을 벌이면서 형성된 집단이다. 그러나 그들은 각설이 타령이라는 노래를 부르고 출연료의 형식으로 양식이나 용돈을 얻은 것이니까 일종의 연예인이요, 직업인이라고 해야 옳을 것이다. 그러므로 거지라고 해서 반드시 멸시와 천대의 대상이 되었던 것은 아니다.

'난 거지, 든 부자'라는 속담은 외출했을 때에는 거지이지만 거처하는 집에 들어갔을 때에는 부자와 마찬가지로 부족함이 없다는 의미를 갖고 있다. 물론 '난 부자, 든 거지'라는 속담도 있다. 겉으로는 부자

행세를 하지만 실속은 형편없는 사람을 꼬집을 때에 쓰는 말이다. 이렇게 보면 이 세상에 누가 거지이고 누가 부자인지 알 수가 없다.

삼국유사三國遺事에는 거지로 말미암아 죽음에 이른 스님의 이야기가 있다. 정수正秀라는 스님은 깊은 겨울날 아기를 낳고 얼어 죽게 된 거지 여인을 불쌍히 여겨 자기 옷을 벗어 입히고 자기는 알몸으로 절에 돌아와 볏짚으로 몸을 가리고 그 밤을 지냈는데 이 사건이 조정에 알려져서 국사國師에 책봉되기에 이른다.

그러나 자장율사慈藏律師는 귀족의 신분으로 중이 되어 당나라에 유학하고 돌아와 통도사通度寺를 창건하고 불법을 널리 펴서 명성과 위세를 온 나라에 드날렸으나 만년에 자기 절에 찾아온 늙은 거지를 미친놈이 아니냐고 내쫓은 일이 빌미가 되어 목숨을 마치게 된다. 그 늙은 거지는 변장한 부처님의 현신이었다는 것을 뒤늦게 알고 자책과 회한의 나날을 보냈기 때문이었다.

조심할 일이다. 요즈음에도 우리들 앞에 거지로 보이는 사람이 사실은 아무 때라도 맞돈으로 거래할 수 있는 실력자요, 혹은 하느님이 보낸 행운의 전령사傳令使인지도 모를테니까….

'사모 쓴 도둑놈'

'왼손이 하는 일을 오른손이 모르게 하라'는 말은 개인의 선행이 겉으로 드러나지 않아야 선행으로서의 값이 인정된다는 것을 가르치는 성경 말씀이다.

그와 같은 논리는 정치권력에도 적용된다. 위정자의 힘이 백성들의 생활과 아무 관계도 없는 것 같아야 비로소 참다운 정치가 실현된 것이라 하겠다.

'해 뜨면 일하고, 해 지면 쉬면서 우물 파 마시고, 밭 갈아 먹으니 임금이 우리하고 무슨 관계요?'라고 읊었다는 중국 고대의 격양가擊壤歌는 정치의 이상理想이 어디에 있는가를 일깨워 준다.

그러나 어느 세월, 어떤 사람이 과연 격양가를 느긋하게 읊으며 법을 모르고 살아왔던가?

옛날 공자님이 제자들과 함께 태산을 넘어가고 있었다. 매우 험한 산길이었다. 어디에선가 여인의 구슬픈 울음소리가 들렸다. 가까이 찾아가 보니, 한 여인이 무덤 앞에서 흐느껴 우는 것이었다. 공자님은 제자를 시켜 연유를 물었다.

"오래 전에 저의 시아버님이 호랑이에게 물려 죽었습니다. 얼마 후엔 저의 남편도 물려 죽었는데, 이번에는 아들마저 물려 죽었습니다."
"왜 마을에 나가 사시지, 이렇게 무서운 곳에서 사십니까?"
"아닙니다. 여기서는 나으리들이 매긴 무서운 세금에 시달리지 않습니다."

이 말을 들으신 공자님은 탄식하듯 제자들에게 말씀 하셨다.

"잘 알아두어라. 가혹한 정치가 호랑이보다도 무섭다는 것을…"

그런데 요즈음 세상은 세금을 피하여 도망가 살 곳도 없으니 부득이 법을 다루는 사람들을 도둑놈으로 생각하는 풍조가 나타나게 되었다. 하기야 법을 제대로만 운용한다면 그럴 리가 없으련만…
'사모紗帽 쓴 도둑놈'이라는 옛스런 속담이 '장長자 붙은 놈과 교통순경은 허가낸 도둑놈들'이라는 신형 속담으로 이어지면서 이른바 '정치 도둑들'에 대한 백성들의 비뚤어진 심사는 고쳐지지 않고 있다.
권력을 쥔 사람이 은근한 소리로 으름장을 놓아 '무슨 재단'이니 '무슨 연구소'니 하는 것을 만드는 일이 없어야 '허가 낸 도둑놈' 이라는 불명예스러운 속담도 옛말로 사라져버릴 터인데....

'황정승댁 치마 하나 세 모녀 돌려 입듯'

세종대왕 시절 명 재상으로 이름을 떨친 황희黃喜 정승의 인품과 청빈에 관한 이야기들은 오늘 날 명리名利에 눈이 어두운 사람들에게는 진실로 하찮은 잠꼬대로 들릴 것이다.

'황정승댁 치마 하나 세 모녀가 돌려 입듯' 이렇게 4 · 4조로 짝을 맞추어 읊게 되는 이 속담은 옷 하나를 가지고 여럿이 나누어 입을 때에 그 마음의 여유를 칭송하던 말이다.

얼마나 무섭게 가난하였던가. 황정승댁에 손님이 찾아오면 그 부인이 나와 손님께 인사하고 물러갔다. 정승이 다시 큰딸과 작은딸을 차례로 불러 인사를 시키는데 큰딸이 입고 나온 치마는 조금 전에 어머니가 입었던 것이었고 또 작은딸이 나왔을 때에도 여전히 같은 치마를 입고 있었다.

세 모녀가 같은 천으로 치마를 해 입은 것이라고 속단을 해서는 아니 된다. 그때 황정승 댁에는 손님 앞에 입고 나설 수 있는 치마가 한 벌 밖에 없었기 때문이다.

황정승이 이처럼 궁핍하다는 사정을 짐작한 상감께서 어느 날 명을 내렸다.

> "오늘 남대문 안으로 들어오는 진상품은 모두 황정승 댁으로 보내도록 하라."

그런데 그 날은 마침 하루 종일 비가 내려서 진상바리가 하나도 없더니 저녁 무렵에 달걀 한 꾸러미를 들고 남대문을 들어오는 백성이 있는지라, 그것을 황정승 댁에 보냈다 한다.

그러나 어이하랴. 그 달걀은 공교롭게도 모두 곯은 것이어서 정승댁 식솔들은 그야말로 좋다만 꼴이 되었다. '계란유골鷄卵有骨'이란 한자 속담은 이렇게 하여 생긴 것인데, 이때에 뼈 골骨자가 쓰인 것은 '곯았다'는 말의 첫소리를 발음만 취하여 쓴 것이다.

이렇듯 숙명적인 가난 속에 살던 황정승이었지만 말년에 지은 다음 같은 시조를 보면 그분의 정신적 풍요가 얼마나 호방했던가를 헤아려 볼 수가 있다.

> '대추볼 붉은 골에 밤은 어이 떨어지며
> 벼 벤 그루에 게는 어이 내리는고
> 술 익자 체 장수 돌아가니 아니 먹고 어이리'

5공 비리의 울타리 안에서 수백 억 원 부정을 저지른 사람들은 진작에 황정승의 막걸리를 한 사발쯤 얻어 마셨더라면 좋았을 것을……

'말똥에 굴러도 이 세상이 좋아'

유식한 한자로 '전분세락轉糞世樂'이라는 말이 있다. '말똥에 굴러도 이 세상이 좋다'는 속담을 일컫는 말이다.

인생살이가 고통의 바다요, 슬픔의 수풀이라 할지라도 세상의 삶을 긍정적으로 바라보고 적극적으로 살겠다는 의지의 표현이다. 아무리 고생스러워도 죽는 것 보다야 사는 재미가 더 크지 않느냐는 여유있는 자세가 그 말 속에서 은은히 베어 나온다. 그만큼 느긋한 마음으로 여유를 두고 산다는 뜻이다.

무엇보다도 이런 속담은 일상생활에서 흔히 사용하는 평범하고도 비속한 말로 부담없이 쓰기 때문에 더욱 좋다. 도통한 스님이 함부로 욕지거리를 내뱉어도 그것이 조금도 천박하다거나 야비하다는 느낌이 들지 않는 것처럼, 속담에는 천박한 낱말이 들어있지만 그것이 천하게 느껴지는 것이 아니라, 오히려 천금의 값으로 우리를 무섭게 가르친다.

'똥 친 막대기'라는 말은 천하고 더러워서 보잘 것 없는 물건을 이르는 말이다. 그런데 다음 이야기와 대비하여 보자.

어떤 스님이 운문雲門이란 스님에게 물었다. "어떤 것이 부처입니까?" 운문이 대답하였다. "똥 묻은 마른 막대기니라."

불교에서 가르치는 이런 교훈을 알고 있는 우리 조상들은 '똥 친 막대기'라는 말을 단순히 천하고 더러워서 내버릴 것이라는 뜻으로만 받아들일 수는 없었다. 그것은 쓰이는 상황에 따라 단순한 나무토막이 되기도 하고 고귀한 부처님으로 변신하기도 한다.

'청보靑褓에 개똥'이라는 말은 어떤가? 하잘 것 없는 더러운 물건을 깨끗한 포대기에 쌌다는 말이니 값진 그릇 속에 담긴 허섭쓰레기라는 뜻임에 틀림없다. 흔히 잘 생긴 용모에 형편없는 인품을 빗대어 쓴다.

그러나 천리마千里馬가 비루먹어도 그것이 준총駿驄인 줄 아는 사람은 비싼 값에 사가는 법이니 청보에 싸인 개똥을 단순한 개똥으로만 생각하는 사람은 아직 속담의 진수眞髓를 모르는 사람이다. '개똥도 쓰일 나름'이어서 어느 날 갑자기 고귀한 보물로 바뀔는지도 알 수 없기 때문이다.

4장

우리말의 흐름

4장
우리말의 흐름

보은단報恩緞과 고운담
'제자'의 참뜻
구멍 뚫린 안내문
작가의 책임
독도獨島와 뚝섬
말言語을 가지고 노는 아이들
욕설의 한계
하룻강아지도 모르면서
불어라, 귀화의 바람아
엉터리의 운명
'무네미' 마을의 어제 오늘
법석法席의 비애

보은단報恩緞과 고운담

10년이면 강산도 변한다고 하는 말은 강산의 이름도 바뀐다는 뜻을 감추고 있다. 지금 롯데호텔의 지하 차고가 된 자리에는 반도호텔을 옆에 두고 아서원雅敍園이라는 중국 요리점이 있었다. 장안에서 행세하던 사람들의 연회장이었다. 그 전에는 어느 부호의 주택이었다가 봉명학교鳳鳴學校라는 교육 기관이 들어앉아 개화기 우리 민족의 선구적 등불 구실도 하였다. 그런데 세상에 전하는 바로는 그 자리가 선조 때 역관 홍순언洪純彦의 집터라 한다.

그가 명나라 북경에 갔다가 하루는 객수客愁를 달래기 위해 청루에서 천하 절색을 구한 일이 있었다. 이에 한 미인이 청초한 모습으로 나왔는데 용모는 아름다우나 근심이 가득하여 손님을 뵙고 울면서 말하였다. "공은 외국인이라 나라 법에 도저히 부부가 될 수 없은즉, 오늘 모시면 그뿐이라 이렇게 슬프옵니다." 그러면서 그 아비가 통주通州라는 마을의 관리로 공금을 횡령하고 죽으매 기루妓樓에 몸을 의탁하게 되었다는 사정을 아뢰는 것이었다.

의협의 사나이 홍순언은 2천금을 주어 그 여인을 자유의 몸으로 풀어 주니 그녀는 홍순언을 아버지로 모시겠다 맹세하고 헤어졌다. 그 후 명나라 예부시랑禮部侍郎의 아내가 된 그 미인은 홍순언이 재차 북경에 갔을 때에 자기의 재생지은再生之恩을 갚기 위하여 보은단報恩緞이라 수놓은 비단을 짜 두었다가 귀국길에 선물하였다.

이 이야기가 세상에 알려지자 홍순언의 마을을 보은단골이라 하더니, 그 집 담장에 효제충신孝悌忠信 같은 글자를 채색 벽돌로 새겨 넣고 흰분칠을 하자 마을 이름이 고운담골이 되었다.

다시 그것을 한자로 미장동美墻洞이라 하게 되어 '보은단'과 '미장'이 인연을 맺게 되었다. 그러나 일제시대엔 엉뚱하게도 황금정黃金町 일정목一丁目이라 하더니 오늘날 을지로 1가가 되었는데 이제는 속칭 '롯데1번가'라 일컫는다.

세월 따라 산천의 이름이 바뀌는 것은 어쩔 수 없으나 '롯데 1번가'만은 아무래도 입맛이 쓸쓸하다. 홍순언의 혼령은 아직도 거기에서 '보은단'과 '고운담' 소리를 듣고 싶어 바장이고부질없이 같은 길이나 가까운 거리를 오락가락 거닐다 있을 것이기 때문이다.

'제자'의 참뜻

여러 개의 낱말이 연이어 붙어 있는 복합어를 간편하게 줄이어 표현하고자 할 때, 첫글자 모아쓰기가 사용된다. 아크로님acronym, 頭字語이라고도 부르는 이러한 준말 만들기는 간편하게 표현하고자 하는 언어 경제의 한 가지 방법이다. '입학시험'을 '입시'라 하고 '국제연합'을 '유엔UN'이라 하는 것이 모두 첫글자 모아쓰기의 좋은 예들이다.

누군가가 지어낸 이야기 한 토막. 어느 날 점심 때 친구들과 어울려 음식점에 들어가 주문을 마치고 나니, 종업원이 부엌을 향하여 이렇게 외치더라는 것이다.

"곰보 하나, 갈보 둘"

그들은 즉시 곰탕과 갈비탕을 주문하면서 "보통으로 먹읍시다"했던 것을 상기하고 그것이 이 음식점에서만 통용되는 준말인 줄은 알았으나, 그 말이 연상시키는 다른 의미 때문에 그만 식욕이 싹 가셔 버리는 느낌을 받았다고 한다. 이러다간 우리나라 음식 이름에 온갖 육체적 불구자가 총동원될지도 모를 일이다.

그런데, 문제는 여기에 그치지 않는다. 일상으로 사용하는 범상한 낱말들을 아크로님의 방법으로 재해석함으로써 그 낱말의 정상적인 의미를 역설적으로 풍자하는 은어隱語의 세계가 젊은이들 사이에 널리 퍼져 가고 있기 때문이다. 중학교 다니는 딸아이가 나에게 농담을 걸어왔다.

> "아빠, 낱말의 뜻 좀 여쭈어볼까요?"
> "그래, 아무렴 네 물음에 대답 못할까?"
> "'청초하다'가 무슨 뜻이지요?"
> "그거야 깨끗하고도 예쁘다는 뜻이지."
> "아니예요, 청승맞고 초라한 것이라는데…"

기가 막혀 웃는 나에게 고등학교 다니는 아이는 더 엄청난 예를 제공하였다.

> "제자弟子의 참뜻이 무언지 아세요? 제멋대로 자란 놈이래요."

지극히 교육적인 용어를 이처럼 완벽하게 비교육적인 현상으로 풀이할 수 있는가? 가히 김삿갓의 후예라 할만하다. 그러나 내가 김삿갓을 만난다면 나는 이렇게 말씀을 드릴 생각이다.

> "삿갓 어른, 이런 것은 그저 아이들의 말장난이지 우리나라 현실과는 아무 상관이 없습니다."

구멍 뚫린 안내문

　단추 떨어진 저고리나 구멍 뚫린 바지를 입고 외출한 사람을 만났을 때, 우리는 민망하여 눈 둘 곳을 모른다.

　많은 사람이 읽어야 하는 안내문이나 표지판에 맞춤법이 틀리거나 잘 못 쓴 낱말을 보게 되면 우리는 어떤 느낌을 갖는가?

　오대산 국립공원을 관광하는 사람들이 적멸보궁寂滅寶宮, 상원사上院寺, 월정사月精寺는 찾아가면서도 슬쩍 지나쳐버리는 외로운 절이 하나 있다. 월정사에서 상원사를 향해 10리쯤 걷다가 왼쪽으로 뚫린 오솔길을 100m가량 올라가면 영감사靈鑑寺라는 절이 본전本殿 한 채만 덩그라니 서 있다.

　이렇게 볼품없는 절이지만 뜻있는 이가 발걸음을 멈추는 까닭은, 여기가 임진왜란에 모두 타버리고 오직 한 질만 남은 조선조실록實錄을 다시 찍어 보관했던 사고史庫 터의 하나기 때문이다. 지금 그 터에는 영감사 본전 뒤에 추춧돌만 남아 있으나 거기에서 우리는 삶의 기록을 온전하게 간직하려 했던 우리 조상들의 눈물겨운 노력을 배우게 된다.

  그러나 지난 봄, 영감사를 찾았을 때, 사고史庫터 앞에 세워 놓은 안내문은 나를 얼마나 우울하게 하였던지.

> "이곳 五臺山 靈鑑寺는 新羅時代 善德女王 14年(西紀645年) 當時 慈藏
> 律師께서 創建한 寺刹이며 朝鮮 宣祖王22年(西紀1590年)에 四溟大師가
> 오래도록 住錫하시면서 山地形이 吉地(三災不入地)임을 上王께 奏達하
> 여 史閣을 建立하고 實錄(全帙 888卷) 150掛을 當 寺刹에 留鎭하였음."

  한자 문제, 오해를 일으키는 문장 구조, 연대 착오, 맞춤법 등 지적해
야 할 것이 한두 가지가 아니었다. '150掛을'에서 괘掛 다음에 '를'이 와야
함에도 '을'이 쓰였다. 더구나 상왕은 새 임금에게 자리를 물려주고
은퇴한 임금을 가리키는 말인즉, 선조대왕 시절은 41년의 재위 기간
중에 선조 외에 다른 임금이 없었으니 상왕은 도대체 누구란 말인가?

  전국 방방곡곡에 이렇게 잘못된 안내판이나 표지판을 찾아 나선다
면 제대로 된 것은 몇 개쯤이나 될까? 온 나라에 단추 떨어지고 구멍
뚫린 안내문이 꽉 들어찬 것 같은 환각에 머리가 어질어질하다.

작가의 책임

내년이면 환갑이 되시는 ㅂ선생님은 한때 나와 이웃하여 사신 적이 있는 물리학 교수이시다. 일본에서 태어나 거기서 대학까지 마치고 계속 일본에서 연구 생활을 하다가 귀국하신 분이라 우리말 발음을 꼭 일본 사람처럼 하신다. 나만 보면 우리말을 잘못해 미안하다고 하시면서 가끔 잘 쓰이지 않는 우리말 낱말의 뜻을 묻곤 하셨다.

며칠 전 어느 모임에서 선생님을 뵈었더니 선생님은 나를 반기며 이런 말씀을 하셨다.

“요즈음 나는 우리나라 역사 소설을 읽어요. 그런데 모르는 낱말이 너무 많아요. 할 수 없이 수첩을 만들어 적어 놓았다가 사전을 찾아 바른 의미를 확인한답니다.”

“대충 읽으시면 어때서 그러세요?”

“아니, 국어학 교수가 그런 말씀을 하십니까? 나는 가끔 내가 진짜 한국 사람이 되려면 아직도 멀었다고 생각합니다.”

소설도 제대로 읽지 못하는 사람이 어떻게 한국사람 행세를 하느냐는 것이 선생님의 겸허한 자세였다.

그날 저녁, 나는 서점에서 최근에 간행된 소설에 어떤 것이 있는가를 살피다가 어떤 소설책 표지에 적힌 다음과 같은 광고문을 우연히 보게 되었다.

"죽음과 어둠의 분탕칠로 버려졌던 이땅에 뜨거운 생명의 불길을 놓아 흐드러지게 사랑을 꽃 피운 6·25문학 예술의 절정."

나의 낱말 실력으로는 '분탕칠'이 무엇을 뜻하는지 알 수가 없었다. 원래 '분탕焚蕩'은 재산을 낭비하는 무절제한 행위를 가리키는 말이오, 간혹 '분탕질'이라 하여 재물 낭비와 아울러 도덕적 방탕放蕩을 뜻하는 '난봉'의 의미로 쓸 수는 있으나, '분탕'이 도료塗料가 아닌 한, '칠'과 결합할 수는 없는 낱말이다.

문맥으로부터 추정할 수 있는 뜻은 '무질서'나 '혼돈'과 통하는 것이겠는데, 그것이 어떻게 '칠'에 연결되는지 알 수 없는 일이었다.

언어를 재료로 다루는 작가는 분명, 새 낱말을 만들 권리가 있다. 그러나 거기에는 분명한 한계가 있음도 명심할 일이다. ㅂ선생님이 혹시 이 낱말의 뜻을 물어 오신다면 나는 무어라고 대답할까? 궁벽한 사투리라고 둘러댈까? 잘못 만든 말인 듯싶다고 부끄러운 고백을 할까?

독도獨島와 뚝섬

대체로 6세기 초부터 우리나라의 사람 이름과 땅 이름은 한자로 표기되기 시작하여 최근까지 그 전통이 유지되어 왔다. 한자로 쓸 수 없는 이름은 이름이 아니라는 착각으로 1천 5백 년을 살아온 셈이다. 그런데 요즈음 새로 건설되는 길이나 마을 이름을 고유한 우리말로 정하려는 움직임을 보면서 우리는 새로운 문화인식이 어떻게 언어·문자 생활에 반영되는가를 지켜보게 된다.

한동안 한자화로 치닫던 현상은 이제 그 반대로 한글화 현상으로 바뀌어 가는 추세에 있다. 마치 화학에서 말하는 가역반응可逆反應을 보는 것 같다. 이러한 예는 '독도'와 '뚝섬'의 경우에서도 발견된다.

'독도獨島'를 한자 표기에 따라 막연히 우리나라 동해 끝에 있는 '외로운 섬'이라고 생각하는 사람들은 잠시 일사一簑 방종현方鍾鉉선생의 다음과 같은 의견에 귀를 기울여야 한다.

"나는 이 섬의 이름이 '석도石島'의 뜻에서 온 것이 아닌가 생각한다.

이것은 '돌섬' 또는 '독섬'의 두 가지로 부를 수 있을 것이니 여기서 문제는 독도의 외형이 전부 돌로 된 것 같이 보인다는 것과 '돌'을 어느 방언에서 '독'이라고 하는 것을 해결하면, 이 석도石島라는 명칭이 거의 가까운 해석이 되리라고 할 것이다."

한편 서울 근교에 있는 '뚝섬'은 한강과 중랑천이 마주쳐 형성된 삼각주로, '살곶이 벌'이라고도 하는데 조선조 이래 임금의 사냥터로, 혹은 군사들의 훈련장으로 이용되던 벌판이었다. 사냥 나온 임금의 수레 왼쪽에는 '독纛'이라는 기旗를 세워 임금의 거동을 표현하였다. 원수元帥의 큰 깃발도 '독纛'이라 한다.

이 벌판은 조선조 5백 년 동안 자주 '독纛'이란 깃발이 나부끼던 곳이었다. 그런데 이 글자의 우리식 발음이 '둑'이기 때문에 '둑도纛島'라 적어 놓고 점차 '뚝섬'이라 부르게 된 것이다.

그러고 보면 '독도獨島'의 본래 이름은 '돌섬독섬'이요, '뚝섬'의 본래 이름은 한자어인 '둑도纛島'가 아닌가? 이제 우리는 '둑도의 길'을 버리고 '뚝섬의 길'로 방향 전환을 하고 있다. 우리는 이 방향 전환이 우리의 민족문화를 꽃 피우기 위하여 어떤 의미가 있는가를 깊이 생각하면서 우리의 마음을 가다듬어야 할 것이다.

말言語을 가지고 노는 아이들

동요에는 대개 두 가지 장점이 있다. 그 하나는 경쾌한 곡조요, 또 하나는 노랫말이 제시하는 해맑은 세계다.

우리가 어른이 되어서도 가끔 어린이의 동요를 부르는 까닭은 세상살이에 때 묻고 이지러진 우리의 심성이 그 동심의 세계 속에서 씻기고 다듬어지기를 바라는 작은 소망 때문이기도 하다. 그래서 우리는 동요를 사랑하고, 동요를 부르는 순박하고 천진스런 어린이들을 사랑한다.

며칠 전 일이다. 동네의 골목길에서 귀에 익은 동요의 노랫가락이 들렸다. 나는 나도 모르게 그 가락에 따라 노래를 흥얼거리며 길을 걸었다. "학교 종이 땡땡땡, 어서 모이자." 그러나 그 노래의 진원지인 어느 집 담장 옆을 지나칠 때 나는 내 귀를 의심하였다. 분명히 노래는 그 노래인데, 노랫말이 전혀 엉뚱한 것이었다.

"학교종이 찌그러졌다. 엿 바꿔 먹자. 선생님이 때리면, 신고합시다."

아이들은 낄낄대며 웃었다. 그때 찌그러진 내 얼굴, 분노와 좌절로 핏기 잃은 내 얼굴을 본 사람이 있다면 구급차를 부르라고 정말로 파출소에 신고하러 갔을 것이다. 성질대로라면 떼쓰는 어린아이처럼 그 자리에서 기절이라도 하고 싶은 심정이었다. '아니지, 이럴수록 정신을 차려야지, 언어가 정상적인 의사 전달의 도구이기를 포기하고 뒤틀린 반어법反語法의 난무장이 되어 버리면 앞으로는 어떻게 말을 하고 사는가?' 이렇게 혼잣소리를 하고 있는데 담장 안에서 들려오는 두 번째의 노랫소리.

"햇볕은 쨍쨍, 개구리는 반짝, 홀랑 까진 대머리에 참기름을 발랐더니, 파리 모기 날아와서 맛있게도 냠냠."

아아, 나는 신음 소리를 낼 기력조차 상실하고 말았다. 이제 우리나라에는 참다운 의미의 어린이는 사라진 것인가? 누가 저 어린이들을 저토록 되바라진 말재주꾼으로 길렀는가? 가지고 놀 것이 그렇게도 없어서 "말言語"을 가지고 놀아야 하는가?

우리는 당분간 직설법直說法 이외의 어떠한 수사학적修辭學的 기교도 부리지 않아야 할까보다.

욕설의 한계

세상에 태어나서 평생토록 남에게 큰 소리나 욕지거리 한 번 아니하고 살다가 죽는 사람은 없을 것이다. 예수님도 교활하고 간악한 율법학자와 바리새파 사람들을 향하여 "이 뱀 같은 자들아, 독사의 족속들아! 너희가 지옥의 형벌을 어떻게 피하랴?" 이렇게 심한 말씀을 하시면서 저들의 위선을 고발하셨다.

이렇듯 욕설은 사람이 의롭지 못한 사람을 질책하는 경우에 있어서 그 정당성이 인정된다. 그러나 이 세상에 예수님처럼 완벽하게 의義로운 사람이 없고 보면, 욕설과 저주를 받아 마땅한 사람이 아무리 많아도, 자신있게 욕설을 퍼부을 수 있는 사람이 그렇게 많이 있을 것 같지는 않다.

천주교 박해가 극심하던 1백여 년 전, 프랑스 선교사 한 분이 상복喪服과 삿갓으로 변장하고, 신자들 몇 사람과 함께 길을 걷고 있었다. 주막거리 앞을 지날 때, 조심성 없는 주모가 부엌에서 설거지 물을 행길로 끼얹었다. 그 구정물은 신부님의 상복을 얼룩덜룩 더럽히고 말았다. 신분을 감추고 다니는 처지인지라 일행은 그 자리를 서둘러 빠져나와야 하였다. 인적이 드문 산길로 접어들자 그 신부님은 좌우를 둘러보며 "해, 해, 조심하지 않구" 이렇게 푸념하듯 말씀하시는 것이었다. 함께 걷던 신자들은 그 말씀이 조심성 없는 주모의 행동을 나무라는 것으로 짐작이 되기는 했으나 '해해'는 무슨 말인지 알 수가 없었다.

"신부님, '해해'는 프랑스 말입니까?"
"아닙니다. 한국말입니다. 한 해는 일년이지요? '해'가 두 번이면 이년 아닙니까?"

그제서야 사람들은 신부님이 주모를 향해 '이년! 조심하지 않구' 이렇게 꾸짖는 말씀을 간접적으로 나타냈음을 깨달았다. 일행은 신부님의 익살에 배를 잡고 웃으며 그 불쾌했던 기분을 씻어 버렸다고 한다.

이 이야기의 사실 여부는 알 길 없으나 "이년" 소리조차 입에 담기를 꺼렸던 그 신부님이야말로 세상을 향해 마음껏 욕설을 퍼부을 수 있었던 분이 아닐까? 그러나 우리들 평범한 사람들은 "네게서 나온 것은 네게로 돌아간다出乎爾者 返乎爾者也."는 성현의 말씀을 되새기며 입을 조심해야 할 것이다.

하룻강아지도 모르면서

어느 날 공자님은 용감하기는 하나 잘난척하기를 좋아하는 제자 중유仲由를 근심스러운 듯 부르셨다.

> "유야, 안다는 것이 무엇인지 가르쳐주랴? 아는 것은 안다고 하고, 모르는 것은 모른다고 하는 것이 정말로 아는 것이니라."

모르는 것도 아는 척하는 병통이 있던 중유는 스승의 근심어린 훈계를 끝내 저버리고 위衛나라에서 벼슬을 살다가 정난靖難에 휩쓸려 일찍 죽었거니와 모른다고 하는 사실을 솔직하게 인정하는 것처럼 아름다운 용기도 없을 것이다.

한국 사람으로 태어나 몇 십 년을 한국말만 하고 살아왔다 하여 한국어를 잘 안다고 할 수 있을까? 며칠 전, 시장에서 장사꾼들이 언쟁하는 장면을 구경하게 되었었다.

"육갑허네, 아니 어째서 네 말이 옳으냐?"
"그래 난 병신이라 고기값도 못한다."

이 대화 속의 '육갑六甲'은 원래 십간十干 십이지十二支를 결합하여 육십으로 한 주기週期를 이루는 육십갑자六十甲子를 일컫는 동양전래의 역산법曆算法용어다. "갑자, 을축, 병인…"하고 헤아릴 때의 신바람 나는 낭송식 계산이 무식한 사람에게는 알 수 없는 주문呪文을 외는 것 같았을 것이다. 그래서 '육갑한다'는 '알 수 없는 소리를 지껄이다'라는 부차적인 뜻을 지니고 속된 말로 전락한 것인데, 그것이 다시 고기肉값으로 둔갑하고 말았다.

이런 현상을 무식한 이들의 와전訛傳이라고 내버려둘 수만은 없다. 이것은 언어 교육이 안고 있는 문제점이다. 말은 배운 사람도 무식하게 만들 만큼 변모하는 수가 있기 때문이다.

"하룻강아지 범 무서운 줄 모른다"는 속담이 비유하는 뜻을 모르는 한국 사람은 없으리라. 그러나 '하룻강아지'의 원뜻이 무엇인지 아는 사람은 그리 많지 않을 듯싶다. '태어난 지 하루밖에 안된 강아지 새끼'라고 대수롭지 않게 대답하는 사람은 아직도 시골 노인들이 더러 소나 개나 말같은 짐승의 나이를 셈할 때 사용하는 다음과 같은 특수한 어휘를 모르는 분들이다.

"하릅, 이듭두릅, 사릅, 나릅, 다솝, 여숩, 니릅, 여드릅여듭, 아숩구릅, 담불나여릅."

'하룻강아지'는 한 살짜리 강아지로 '하릅 강아지'가 변한 말이다.

불어라, 귀화의 바람아

　고려 말에 이성계의 휘하 장수로 남정북벌南征北伐의 공이 커서 조선 왕조가 세워진 뒤에는 개국 공신으로 추대되었던 이지란李之蘭 장군은 원래 여진 사람으로 그의 본명은 쿠룬투란티무르古倫豆蘭帖木兒였다. 또 조선조 인조仁祖 때에 항해 중 표류되어 우리나라에 들어와 훈련도감訓練都監에서 전술 교관으로 일했던 박연朴淵 또는 燕·延은 원래 네딜란드 사람으로, 그의 본명은 얀 얀세 벨테브레Jan Janse Waltevree였다. 이들은 모두 한국 이름을 사용하며 한국 사람으로 살다 죽었다.

　그리고 우리나라에서 3대째 1백년을 넘어 선교사로 일하고 있는 언더우드Underwood 집안은 원두우元杜尤, 원한경元漢慶, 원일한元一漢이라는 한국식 이름으로 행세하면서 원주 원씨原州元氏 종친회로부터 명예 종친으로 추대된 것을 자랑으로 여기며 고마워한다고 한다.

　말도 마찬가지여서 타바코tabacco는 '담배'로 바뀌었고, 천차이·겸차이沈菜는 '김치'가 되었으며, 나베ナベ는 '남비'로 변신하였다. 한국땅

에서 살고자 하는 한, 당연히 밟아야 할 귀화의 길이었다. 그런데 어쩐 일인가? 요즈음에는 이 귀화歸化의 바람이 불지 않는다. 어느 날의 신문이건 광고란을 한번 훑어보자. '코트·바바리 바겐세일 - 참가브랜드, 엘레강스, 조이스, 라포레, 루디아, 아나나스, 세뇨라, 츄바스코, 모아, 바바, 가스따리앙, 러브오그…' 이것은 이름 높은 백화점이 무슨 쇼핑센터라는 이름으로 낸 광고였다.

그 아래에는 "그랜드 오픈 페스티발 - 오픈 세리모니, 오픈 서비스, 이벤트 홀 버라이어티 쇼, 멀티비전 프로그램", 광고주는 무슨 플라자라고 하는 보험회사의 신축 건물로 되어 있었다. 아마 누구든지 '그랜드 오픈 페스티발'을 '집들이 큰잔치'쯤으로 표현했으면 얼마나 점잖았을까 하고 애석해 할 것이다.

그러나 이러한 국적 불명의 외국말이 난무하는 것은 어쩌면 아주 일시적인 유행일지도 모른다. 우리 민족이 주견 없이 흔들거리기만 하는 못난 족속이라고는 생각할 수 없기 때문이다. 하지만 이렇게 자위하는 순간에도 '슈퍼마켓, 스낵코너, 드레스싸롱'의 간판들이 놀부의 박에서 튀어나온 잡귀처럼 춤을 추며 다가와 우리의 눈에 아프게 박히고 있다.

엉터리의 운명

사람은 환경의 지배를 받는다. 먹墨을 가까이 하는 사람은 몸 어디엔가 먹물을 묻히게 되고, 농사를 짓는 사람의 몸에서는 흙냄새가 나게 마련이다. 해서 운수행각雲水行脚을 즐기는 승려들은 깊은 산골, 물 맑고 경치 좋은 곳을 찾아가 마음을 가다듬고자 한다. 공자님이 "자기보다 나은 점이 없는 사람과는 사귀지 말라無友不如己者" 하신 말씀도 인간이 주위 환경의 영향권에서 자유로울 수 없음을 일깨우신 가르침이었다.

항상 부정否定의 뜻을 나타내는 말과 어울려 쓰이는 낱말은 어느 틈엔가 그 부정적인 뜻에 전염되어 본래의 의미가 훼손되는 경우가 있다. '엉터리'란 낱말이 그 대표적인 예가 될 듯싶다.

지금도 나이 지긋하신 어른들은 "이 사람아 그 엉터리도 없는 거짓말이 통할듯싶은가?"라고 말씀하시며 젊은이들의 잘못을 꾸짖으신다. 이 때에 '엉터리'는 사물의 골격骨格이요, 근거根據를 뜻한다. 그래서 '엉터리는 차라리 충실한 내용' '진실스런 모습'을 나타내는 데 더 어울리는 말이라고 생각할 수 있다. 그러나 실제로는 '엉터리가 없다'는 표현속에 자주 쓰이다 보니 그만 '없다'의 의미가 '엉터리'속에 잠입해 들어와서 '실속없는 사물' '진실스럽지 못한 사람'을 뜻하게 되었다.

　춘향전에 보면, 옥중의 춘향은 자기의 남은 재물을 팔아서라도 거지가 되어 돌아온 이도령에게 점잖은 양반의 위의威儀를 갖추어 주라고 자기 어머니에게 다음과 같이 호소한다.

　"… 한삼汗衫 고의袴衣 불초不草찮게 하여주오 …"

　여기에서 '불초하지 않다'는 '초초草草하지 않다'는 뜻과 완전히 같은 것이다. '초초草草하다'가 간략하고 초라하다는 뜻인데, '불초하다'를 그 반대의 뜻으로 해석한다면 춘향의 말은 해석상 모순이 생기고, 이도령을 박대薄待하라는 엉뚱한 뜻이 되어 버린다.

　긍정의 표현과 부정의 표현이 똑같은 의미를 나타내는 경우가 요즈음 말에서도 발견된다. '우습다'와 '우습지도 않다'가 바로 그것이다. 이런 표현이 나올 때에는 말하는 이의 감정을 측정하는 것이 중요하다. 이처럼 모순을 초월하는 것이 언어라 하여 함부로 말하는 사람, 거친 표현을 쓰는 사람, 그러면서도 탈속脫俗한 도인道人이나 된 듯이 위장하는 사람이 있다. 그러나 결국 그런 사람은 자기의 거친 말씨에 전염되어 '엉터리'의 운명이 되어버릴 것이다.

'무네미' 마을의 어제 오늘

찔레꽃머리 초여름 한철부터 가물어서 쩔쩔매다가 칠팔월 장마에 물이 넘쳐서 고생하는 것은 우리민족이 한반도에 터를 잡고 살아온 이래 변함없는 물난리의 풍속도이었다.

한글이 창제된 세종 25년도 예외일 수가 없다. 4월 25일에 북녘 들에서 기우제祈雨祭를 지내기 시작하여 날마다 혹은 하루걸러 갖가지 비를 비는 행사가 일어났다. 호랑이 머리나 도마뱀을 강물 속에 담그기도 하고, 산과 강에 빌기도 하였다. 종묘와 사직단社稷壇에도 빌었고 동서남북과 중앙을 지키는 용龍에게도 빌었다.

그러다가 5월 17일에 비가 내리니 기우제를 중지하라는 명이 각처에 하달되었다. 그러나 다시 가물어 6월 27일부터 또다시 하루걸이로 갖가지 기우제 행사가 벌어졌다. 임금님께서는 술도 금하시고 웬만한 잔치는 중지되었다.

종묘, 사직, 명산, 대천은 말할 것도 없고 뇌성보화천존雷聲普化天尊이라는 우레 소리까지 기우제를 받아먹는 하느님이 된다. 그러다가 7월 23일에 비가 내리기 시작, 24, 25일에 연거푸 큰 비가 내리고 8월 19일에 이르러 "한강 물이 넘쳐서 많은 집이 떠내려가고 침몰되었다."는 이야기를 마지막으로 그 해의 가뭄난리, 홍수난리가 끝났다.

이렇게 물난리가 많고 보니 '물넘이'라 불리는 마을이 온 나라에 널리 생겼다. "물이 넘친다"하여 붙인 이름이다. 이 '물넘이'마을은 부르기 쉽게 '무너미' 혹은 '무네미'로 바뀌었다. 온 나라를 통틀어 보면 '무네미' 마을의 숫자는 수백을 넘을 것이다.

이 마을들이 한자 이름으로 정리되던 시절, 어떤 곳은 뜻풀이하여 물 수水, 넘을 유踰자로 수유리水踰里가 되고 어떤 곳은 비슷한 발음을 취하여 '문암'으로 바꾸고 글 문文, 바위 암岩자를 붙여 문암리文岩里가 되었다. 수유리는 강북구에 있고, 문암리는 충남 공주에 있으나 이 두 마을의 토박이 이름은 모두 '무네미'일 뿐이다.

얼마 전 또 한 군데 무네미 마을을 찾아간 적이 있었다.

"무네미요? 응, 케무지를 찾으시는군. 요새는 무네미라면 몰라요. 케무지라고 해야지. 이 고개만 넘으시구려."

머리에 보따리 하나를 이고 가는 할머니가 알려주시는 말씀이었다. '무네미'가 이번에는 어째서 '케무지'가 됐을까? 그러나 한국 현대사의 비극을 아는 사람에게 이것은 그렇게 어려운 문제가 아니다. 그 마을엔 주한 미군 군사 고문단케이엠에이지, KMAG, Korean Military Advisory Group의 지부가 자리잡고 있었기 때문이다..

법석法席의 비애

회색 장삼의 스님 한 분이 어느 집 대문 앞에서 목탁을 두드리며 시주를 청한다. 구성진 불경 낭송이 끝나고 따악 딱딱딱 목탁소리도 멈췄다.

　　"시주를 부탁합니다. 나무관세음보살"

빼꼼히 열린 문틈으로 젊은 여인의 새된 목소리가 튀어나온다.

　　"우리집 예수 믿어요"

대문이 쾅 닫히고 빗장 걸리는 소리가 요란하다.
몇 해 전까지만 해도 가끔 볼 수 있었던 도회지 주택가의 풍경이다.
다행스럽게도 요즈음엔 예수를 믿는다는 것이 스님에게 시주할 수 없다는 의사표시가 될 수 없음을 깨달은 사람이 많아져서 이런 얘기가 우스개로 들릴 것이다. 그러나 이 우스운 대화 한 토막은 종교가 경직되었을 때의 비극적인 모습을 암시한다.

영어의 '도그마Dogma'란 낱말은 의심없이 진리로 받아들이지 않을 수 없는 '교의敎義'를 뜻하지만 거기에서 파생한 '도그마틱dogmatic'이란 낱말은 자기 주장만 옳다고 내세우고 다른 의견을 모두 죄악으로 몰아붙이는 '독선적獨善的'이란 뜻을 갖게 되었다. 종교 교리의 서글픈 일면을 이 낱말이 말해주는 셈이다. 종교 때문에 이 세상이 이나마 유지된다고 할 수도 있으나, 종교 때문에 부당하게 피를 본 사람은 또 얼마나 많은가?

우리말에도 '도그마'처럼 슬픈 변화를 입은 낱말에 '법석法席'이 있다. '법석'은 원래 부처님의 가르침을 강론講論하는 자리이다. 귀한 말씀이니 가능하면 많은 사람이 모여야 할 것이고 위의威儀를 갖추어 엄숙 장려해야 효과가 클 것이다. 그래서 '법석'이 벌어지면 절차가 복잡하고 많은 사람이 웅성거렸을까? 우리말에 '법석을 떨다. 법석이다. 법석거리다'는 모두 소란하고 시끄럽고 질서가 없는 것을 가리킨다. 혹시나 '법석' 마당에 자기 주장만 내세워 흑백논리의 팽팽한 대립으로 싸움판이 벌어졌기 때문에 생긴 말이 아닌가 하는 의심이 들기도 한다.

'야단법석野壇法席'이라는 말은 이제는 불교 용어로서보다는 무질서한 장면을 묘사하는 데 더 어울리게 되었으니 '법석'이란 낱말에 발언권을 준다면 필경 이렇게 하소연을 할 것이다.

"사랑하는 한국인 여러분, 제발 '법석'이란 낱말이 한국어에 없었던 것으로 해 주실 수는 없겠습니까?"

5장

우리말 뿌리캐기

5장
우리말 뿌리캐기

순男과 갓女
압父과 엄母
'사과'와 '무궁화'
숨바꼭질과 수수께끼
천재 소년 '밝은 누리'
'뒤안'의 뒤안길
사랑의 묘약妙藥 '상화떡'
몰록 깨달음頓悟과 점점 닦음漸修
남대문南大門과 마큰오래
'염천교'의 내력
'서울'에 숨은 의미
녹아버린 한사어들

숫男과 갓女

한자漢字문화에 짓눌려 지내는 동안, 고유한 우리의 토박이 말이 한자어로 대치됨으로써 고유어가 세력을 잃거나 아예 사라져버린 경우까지 있는데, 그러한 낱말 가운데에는 남녀를 가리키는 말도 포함되어 있다. 남녀를 순수한 우리말로는 무어라고 했을까?

이러한 의문이 생길 때에, 우리의 뇌리에 떠오르는 시조 한 수는 송강 정철松江 鄭澈의 훈민가訓民歌 중의 하나이다.

〈간나히 가는 길홀 스나히 에도스시
스나히 녜는 길흘 계집이 츼도스시
제 남진 제 계집 아니어든 일훔 묻디 마오려.〉

남녀유별男女有別이라는 유교적인 덕목을 강조하는 이 노래에서 우리는 남녀를 지칭하는 두 개의 낱말 '스나히'와 '간나히'를 얻게 된다.

불행하게도 이들 두 낱말은 오늘날 비속성卑俗性의 때를 묻히고 천박한 표현으로 전락하였지만 옛날에는 단순히 남녀를 가리키는 일반적인 의미의 낱말이었다.

그러나 이들 두 낱말은 좀더 자세한 분석을 요구한다. 훈몽자회訓蒙字會에 '순 뎡丁'이라 적혀 있는 것으로 보아 남자를 뜻하는 낱말은 단지 '순'이라는 일음절이었을 것이다. '수나히'는 '순男'과 '아히兒'의 복합형으로 보는 것이 좋겠다. 그렇다면 '간나히'도 그와 같은 복합형으로 보아야 한다. '갓나히' '간나히'와 같이 표기된 예도 있고 '갓어리'같은 낱말이 있는 것으로 보아 '갓'이라는 일음절 형태가 여자를 가리키는 낱말이었음을 추정할 수 있다.

따라서 '간나히' 역시 '갓女'과 '아히兒'의 복합형으로 보는 것이 좋겠는데 이 경우에 '나히'에 들어 있는 'ㄴ'을 어떻게 처리하느냐가 고민거리였다. 근자에 이르러 서북방언에 '사나나이'라는 이형태異形態가 있고, 칠대만법七大萬法에 '가수나히'가 있음을 들어 〈순+은+아히〉〈갓+은+아히〉로 분석함으로써 해결의 실마리가 잡히게 되었다(여기에서 '은'은 'ㅇ'와 'ㄴ'으로 다시 나뉘고 'ㅇ'는 연결모음이요, 'ㄴ'은 일종의 속격형태로 추정된다.)

이에 이르러 우리는 남녀를 가리키는 고유어가 순과 갓이었음을 확인한다. 이 '순'과 '갓'을 두고 우리의 옛 선조들은 무척 아름다운 상상을 즐겼다. 송남잡지松南雜識에 적힌 경우 하나만을 살펴보기로 하자.

- 스나히似那海 : 고려 때 이부춘李富春이라는 사람에게 '나히'라는 아들이 있었는데, 그 아들이 어찌나 준수하게 생겼던지 남자로 잘 생긴 이를 '나히'와 비슷하다 하여 '스나히'라 하였다.
  (似那海 : 麗朝李富春子 名那海 其貌甚美 故以男子似那海 稱之)
- 가스나히假似那海 : 고려 때 영남지방의 남자들을 뽑아 군인으로 내보내게 되었는데 남자 장정의 수가 모자랐다. 그래서 할 수 없이 여인으로 숫자를 채우니 징발된 여자군인을 '가스나히'라 부르게 되었다.
  (假似那海 : 或云 麗朝選嶺南丁出軍 而南丁不足 以女人代充 故謂假似那海)

　이러한 한자부회漢字附會의 어원해설語源解說은 오늘날 한갓 웃음거리를 제공할 뿐이지만 그 가운데 웃어넘겨서는 안 될 중요한 부분이 있다. 그것은 '사내다움' 곧 '남자다움'의 본질이 준수하게 잘 생긴 것이라고 생각하였다는 점이요, '가시내다움' 곧 '여자다움'의 속성에는 '사내'의 부족함을 채워주는 데 있는 것이라고 여겼다는 점이다. 물론 '잘생겼다'는 것을 단지 외모에 국한시켜 생각하지는 않았을 것이요, 남자의 부족을 채워준다고 할 때에도 단순히 숫자를 채우는 외형적인 보충을 넘어서는 경지를 함축하면서 논한 말일 것이다.

　옛날의 우리 선조들은 고유어의 의미나 어원을 생각할 적마다, 습관적으로 한자에 끌어붙이려는 잘못을 범하기는 했지만, 그들이 그 낱말에 대하여 품고 있었던 염원과 이상은 올바른 것이었다고 생각하지 않을 수 없다.

압父과 엄母

어버이 사라신제 섬길 일란 다ᄒ여라.
디나간 휘면 애닯다 엇디 ᄒ리
평싱애 고텨 못홀 일이 잇ᄲᆫ인가 ᄒ노라.

이 시조에서 강조하는 효행의 대상 '어버이'는 어떻게 구성된 낱말일
까? 그리고 그 두 분 부모를 각각 따로 가리키는 '아버지'와 '어머니'는
어떻게 만들어진 낱말일까?

이들 낱말에 대한 어원적語源的 탐색探索은 크게 두 가지 방향으로
진행되었다. 한자漢字에 관련짓기를 즐겼던 조선왕조 시대에는 언어의
계통도 고려하지 않고 한자에 끌어다 붙였고, 요즈음에 와서는 친족어
親族語 연구의 일환으로 형태의 분석을 통해 앞선 시기의 기본 형태를
추정하는 방향으로 진행되었다.

먼저 지봉유설芝峯類說의 설명부터 살펴보기로 하자.

〈오늘날 세상에서 아비를 '아부阿父'라 하고 어미를 '아미阿嬭'라 한다. 아프면 '아야阿爺'라 외치고 놀라면 '어머阿母'라 하지 않는가. 그런즉 굴원屈原이 말하기를 몹시 아프거나 크게 놀랄 때에는 부모를 부르지 않을 수 없다고 하였으니 일리가 있는 말이다. '아미阿嬭'라는 낱말 글자는 이장길전李長吉傳에도 나오고 최치원崔致遠의 진감비서眞鑑碑序에도 나오는데, 그것이 본래는 중국말唐語이다.〉

이와 같은 이수광의 설명에 따르면 이 세상의 모든 언어는 온통 단일 계통에 속해야 마땅하고 한국어는 어떤 언어와도 비교가 가능하게 된다. 엄정한 방법론의 수립과 조심스런 대비작업을 거치고도 결론 내리기를 주저하는 오늘날의 어원 연구태도와는 사뭇 거리가 있음을 보게 된다.

그러면 형태 분석에 초점을 맞추는 근래의 연구는 무엇을 문제 삼았는가? 응당 부모의 개념이 무엇인가를 논의할 필요는 없었으므로 앞선 시기의 부父와 모母를 가리키는 기본형태를 찾는 일에 관심이 모아졌다. 연구자마다 약간씩 의견 차이가 있기는 하지만 '압'과 '엄'을 기본형태로 추정하고 주격主格의 접미형태소接尾形態素 '-이'와의 결합으로 '아비' '어미'라는 지칭형指稱形이 생겼고 호격呼格의 접미소형태소 '-아'와의 결합으로 '아바' '어마'라는 호칭형呼稱形이 생겼다고 하는 것이 통념으로 되어있다. 그런데 문제는 '압'과 '엄'을 토대로 하여 파생한 현대어 '아버지'와 '어머니'가 각기 다른 접미형태소를 가지고 있는 점이다. '아버지' 쪽을 따르면 '어머지'라는 형태가 나올 법하고 '어머니' 쪽을 따르면 '아버니'라는 형태가 나올 법한데 그런 형태가 없다는 사실이 흥미롭다. 이에 이르러 우리는 '-지'가 남성과 관련되고 '-니'가 여성과 관련되는 형태로 볼 수 있겠다는 추론을 얻게 된다. 현대어 '아저씨'와 '아주머니'의 경우도 '−지' '−니'의 성별성性別性을 밑받침해 준다고 할 수 있다. 물론 '아주버니'라는 특이형特異形이 있음도 기억해 두자.

또 하나의 의문은 어째서 '아비'쪽은 '할아비, 한아비, 할배, 할아버지' 가 되었고 '어미'쪽은 '할미, 한어미, 할매, 할머니'로 되어서 '할−' 다음 에 대체로 '어'를 빠트리고 있는가 하는 점이다. 이것 역시 남성쪽은 '아'를 넣어 말함으로써 '어'를 없앤 여성쪽과 형태상의 차이를 두드러 지게 하려고 했다고는 볼 수 없을까? 이러한 사실을 통해서 낱말의 만들어짐과 쓰임이 한편으로는 자의적恣意的이고 무질서해 보이며, 다 른 한편으로는 체계적이고 질서있게 진행된다는 점을 배우게 된다.

'어버이'는 분명 '업'과 '어시'의 결합형태이다. '업'이 '압'과 짝을 이루 는 이형태라면 '엄'과 짝을 이루는 '암'이라는 이형태도 있음직한데 그 런 낱말은 발견되지 않는다. 또 '어시' 는 부모 양성兩性을 함께 가리키 는 낱말로 추정된다思母曲을 기억해 보면 좋을 것이다. 그런데 아버지쪽의 의미가 강하게 드러나는 '어버이'를 부모 양위父母兩位분을 가리키는 대표명사로 굳힌 까닭은 무엇인가? 나는 이 '어버이'라는 낱말에서 가 부장적家父長的 권위로 목에 힘을 주는 '아버지'보다는 겸손스레 여필종 부女必從夫의 미덕을 발휘하시는 '이미니'의 모습을 연상한다.

'사과'와 '무궁화'

배꽃梨花을 노래한 시조時調는 있는데 어째서 사과꽃을 노래한 시조는 없는 것일까? '사과'란 말은 어디에서 왔으며 사과는 우리나라 사람들이 언제부터 먹기 시작했을까?

능금나무과에 속하는 것으로 알려진 이 사과는 야생능금을 개량한 것이라 하는데, 십여 년 전 까지만 해도 '홍옥紅玉', '국광國光'같은 재래종밖에 모르던 우리나라 사람들이 요즈음엔 '부사', '골덴'과 같은 개량종에 입맛을 들이고 있다. 이 '사과'에 대한 최초의 기록은 아마도 남강만록南岡漫綠의 다음 일절一節이 아닐까 싶다.

〈사과의 모양은 능금과 같은데, 크기는 그 몇 배나 되고 맛이 담박하고 달며, 시거나 쓴 맛이 없다. 효종孝宗대왕 갑오·을미년간1654~5에 인평燐坪대군이 연경燕京에 사신使臣으로 갔다가 그 나무를 수레에 싣고 돌아왔다. 열매가 맺기를 기다려 진상進上하려 하였으나 무술년1658에 대군이 죽고 기해년1659에는 효종대왕께서도 승화하셨는데 그 다음해인 경자년1660에 가서야 열매가 맺기 시작하였다. 인평대군의 여러 아들이 그 열매를 진상하니 현종顯宗께서는 혼전魂殿에 바쳐 차례를 지내도록 하였다. 이것이 이 과일의 유래이다. 사람들이 모두 맛보고자 하나 얻기가 쉽지 않았다. 오늘에 이르러서는 온 나라에 두루 퍼져있다. 사과查果라고도 하고 빙과氷果라고도 한다.

(查果形如林檎 而大則數倍 且味淡甘 不帶酸澁氣. 孝廟甲午乙未年間 燐坪大君使燕得其數載車以還. 將待其結實而進之 戊戌大君卒 己亥孝廟賓天 至庚子始結實. 燐坪諸子獻之 顯廟命薦于魂殿茶禮. 始此果之來也. 人皆思欲一嘗而不可得. 今則幾遍國矣 查果一名氷果)

이 기록에 따르면 우리나라에서 사과가 들어와 퍼진 것은 겨우 삼백수십 년이다. 따라서 '사과'라는 낱말도 중국으로부터 들어온 외래어임이 분명하다. 다산 정약용茶山 丁若鏞은 아언각비雅言覺非에서 다음과 같이 적고있다.

내柰는 빈파蘋婆인데 이것은 산앵山櫻을 뜻하는 것이기도 하다. 방언으로 내柰를 사과沙果라 하고, 산앵山櫻을 '벗'이라 하는데 이 말이 잘못 전하여 '멋'이라고 한다.(柰者蘋婆也. 訓之爲山櫻. 方言柰曰沙果 山櫻曰벗 又訛爲멋)

이 기록은 앵도과에 속하는 '버찌'를 '사과'라 하고 있으니 이것은 분명한 잘못이다. 한자어의 오용誤用을 개탄하며 한자어의 바른 사용을 위해 지은 아언각비雅言覺非에 스스로 실수를 범하고 있다. 앞에서 남강南崗이 빙과氷果라 한 것은 때로 그것을 빈과蘋果라고도 적기 때문이 아닐까 싶다. 그러면 '사과沙果'가 본래 우리말이 아니요, 중국말임을 확인할 수 있는 근거는 어디에 있는가? 그것은 1690년에 간행된 것으로 추정되는 당시의 중국어 어휘집 역어유해譯語類解이다. 이 책 상권 식이편 과실조食餌篇 果實條에는 다음과 같이 적혀있다.

〈사과沙果 사고, 사궈 ○ − −〉

'사고' '사궈'는 각기 중국어의 속음俗音과 정음正音의 표기이고 ○다음에 − − 는 사과沙果를 우리의 한자음대로 읽는다는 뜻이다. 원래는 중국음대로 발음하였을 것이지만 즉시 '沙果'의 우리말 한자음에 이끌려 '사과'라는 낱말이 보편화되었을 것이다.

이 '사과'의 경우처럼, 외래어의 본적本籍을 찾아내는 것도 어원탐색의 중요한 분과分科의 하나이다. 우리나라 말에는 중국과의 오랜 문화적 교섭의 결과, 중국어로부터 들어온 차용어들은 한자로 적히고 우리말 한자음으로 읽히기 때문에 중국어라는 느낌을 주지 않는 수가 있다.

무궁화는 오늘날 의젓하게 '무궁화無窮花'로 적으면서 우리 민족의 영원성을 표상하는 방편이 되고 있지만 사실에 있어서는 '목근화木槿花'라는 중국어에 기원을 두고 있는 낱말이다. 역시 역어유해譯語類解 하권 화초편花草篇에는 다음과 같이 적혀 있다.

〈木槿花 무긴화, 뭉긴화 ○ 무궁화〉

목근화木槿花의 중국음 '무긴화'가 '무궁無窮'이라는 한자에 부회附會되면서 민족의 염원을 투영投影하고 있으니 나쁘다고는 할 수 없으나 흔히 목근화木槿花는 변천무상變遷無常을 나타내는 데 쓰이던 꽃나무인 줄을 아는 이가 몇이나 될 것인가. 백거이白居易는 다음과 같이 노래하였다.

소나무도 천년이면 마침내 썩고
(松樹千年終是朽)
무궁화는 하루만에 영화를 마치네
(槿花一日自成榮)

숨바꼭질과 수수께끼

'꼭꼭 숨어라 머리카락 보인다.' 중학교 들어간 언니는 꼬마들 놀이에 감독관이 되어 이렇게 소리치면 타작마당 한 구석 노적가리에 둘러섰던 동네 꼬마들이 술래를 남겨놓고 숨을 곳을 찾아 달아났다. 한 아이는 옆집 울바자 안으로 뛰어들어 장독대 아래로 엎드렸고, 또 한 아이는 굴뚝 뒤로 사라졌다. 다른 아이들은 웃뜸의 정자마루를 향해 뛰어가고 있다. 술래는 제자리에서 감았던 눈을 뜨고 노적가리 둘레를 빙빙돌며 동무들이 숨었을 만한 장소에 눈길을 모은다.

우리들은 예닐곱 살 어린 시절, 동네 골목에서 즐기던 이 술래잡기 놀이의 추억을 간직하고 있다. 그러면 '술래잡기'라는 말, 그리고 같은 뜻의 '숨바꼭질'이란 말은 어떻게 생긴 것일까?

'술래'는 조선왕조시대의 '순라군巡邏軍'이라는 낱말에서 온 것이다.

오늘날의 방범대원의 일을 하던 군사들이니 정확히 말하면 도성都城 안의 순찰 경비병이라고나 할까? '술래잡기'는 그러니까 '순라군의 도둑잡기'라는 말의 준말인 셈이다.

'숨바꼭질'은 사전을 찾아보면 두 개의 뜻이 적혀있다. 하나는 '술래 잡기'의 뜻이고 다른 하나는 '헤엄칠 때 물속으로 숨는 짓'이라고 하였으니 '잠영潛泳 함영涵泳'의 뜻이다. 원래는 잠영潛泳의 뜻뿐이었으나 그 행위가 물속에 들어가 떴다 잠겼다 하므로 숨었다隱 나타난다現 하는 숨기 행위에 결부되어 '술래잡기'의 뜻을 가지게 된 것이라고 짐작된다.

16세기 초에 간행된 것으로 보이는 박통사언해朴通事諺解 초간본初刊 本에는 '숨막질'이 보이고 18세기 간행의 물보物譜에는 '숨박질迷藏'이 보인다. '숨막질'은 현대어의 '무자막질 무자맥질'과 관련되는 낱말이다. '숨막질'이 '숨박질'로 바뀐 것은 음운론적音韻論的 현상으로는 설명되지 않는다. '뜀-박-질' '곤두-박-질' 같은 낱말에 이끌리어 '숨박질'로 되었는지 알 수 없다. 그것이 20세기에 들어와 '숨바꼭질'이 되었다. '숨기潛行·隱身'와 '숨呼吸+바꿈交替'의 의미를 모두 연상시킬 수 있다는 이유가 작용하지 않았나 싶다. 이 때에 '딸꼭질'의 '-꼭질'을 생각할 수도 있겠다. 그러나 '딸꼭질'이 아무리 들숨吸과 날숨呼에 관계된다 할지라도 '딸꼭'은 의성어擬聲語이므로 '숨-박-질'이 '뜀-박-질'에 영향받은 것과 같은 차원에서 논의할 수는 없다.

'수수께끼'란 낱말은 어떤가? 오늘날 이 낱말은 이미 지난날의 지능 계발과 사고력 증진의 역할을 상실하고 풍자諷刺와 야유揶揄의 언어유희쪽으로 기울어 버렸다. 현대에는 시시한 말놀이쯤으로 지능을 발달시켜야 할 만큼 어리석은 사람이 없어진 때문일까, 아니면 풍자를 통해서만 지능을 나타낼 수 있는 세상이 되어 버린 때문일까?

'수수께끼'의 사회적 기능이 이렇게 변화된 것처럼, '수수께끼'라는 낱말의 형태도 시대에 따라 변화를 거듭하였다. 17세기 후반에 간행된 박통사언해朴通事諺解 초간본初刊本에 '내 여러 슈지엣말 니를 거시니我說幾箇謎'라고 하는 구절에서 '슈지엣말'이라는 낱말이 처음 나타난다. 그 후 약 백 년쯤 뒤에 간행된 물명고物名考와 물보物譜에는 '슈지겻기謎謎'라는 말로 바뀌어 나타난다. 그리고 또 백 년쯤 지난 19세기 말엽부터는 '수수께끼'라는 낱말이 쓰이고 있다. '겻기'는 15세기에 '겨루다, 경쟁하다'의 뜻으로 쓰인 '겻고다, 겻구다'의 명사형이다. 따라서 '겻기'가 선행先行하는 낱말 다음에 붙은 사이시옷과 ㅣ모음 역행동화의 결과, '께끼'로 된 것은 쉽게 짐작할 수 있는 일이다. 그러나 최초의 형태 '슈지엣말'과 두 번째 형태 '슈지겻기'에서 슈지가 무엇인가를 추정한다는 것은 그리 쉬운 문제가 아니다. '-엣말'이 뒤따른 것으로 보아 명사임에는 틀림없다. 그러나 또한 그것이 한자어일 가능성이 높다. 한자어일 경우 그것은 중국어 발음이 반영된 외래어인가 아니면 한국 한자음으로 바뀐 것인가를 문제 삼아야 한다. 외래어라면 '수지誰知'나 '수지須知' 정도를 추정할 수 있고, 한국 한자어라면 '수지手指'같은 것도 추정할 수 있다. 만일 '수지手指엣말'이라면 농아자聾啞者의 '수화手話'를 뜻할 수도 있다. 그러나 아직까지 '슈지'가 무엇인지를 분명하게 밝히는 문증文證이 없다. 다만 '슈지겻기'에 해당하는 근세중국어 '야미亞謎, 啞謎'는 은어隱語를 뜻하므로 '은어隱語, 수화手話, 미어謎語'가 모두 의미론적意味論的으로는 쉽게 알아들을 수 없는 말, 곧 비밀탐색秘密探索의 경지가 공통으로 들어 있음을 확인할 뿐이다.

그 '슈지'가 다시 '수수'로 바뀐 것은 역시 음운론의 범위를 넘어서는

것이니 이 문제는 다른 쪽에서 해결의 실마리를 찾으라는 또 하나의
수수께끼가 아닌가.

천재 소년 '밝은 누리'

아기가 태어나면 이름을 짓는다. 대체로 그 이름에는 그 아기의 미래가 설계되어 있다. 앞으로 한 세상을 어떻게 살아갔으면 좋겠다는 부모의 희망사항이 그 이름 속에 스며 있는 것이다.

이름이 잊혀진 역사상의 인물인 경우에는 그 사람의 과거가 반영되어 있다. 삼국사기三國史記 열전列傳에는 겨우 50명의 인물을 소개하고 있는데, 그 중에 '효녀 지은知恩'의 이야기가 들어있다. 일찍 아버지를 여의고 나이 서른이 넘도록 시집도 가지 않으면서 어머니를 효성스럽게 봉양한 한 여인의 이야기이다. 이런 여인이 신라에 한 둘이 아니었겠지만 유독 '지은'이란 여인 하나가 소개되어 있다. 그런데 그 이름 '지은'은 그 여인의 진짜 이름이 아닐 가능성이 높다. 부모의 은혜를 효성으로 보답할 줄 알았다는 뜻으로 후세의 사람이 '알 지知'와 '은혜 은恩'자를 붙여 이름을 삼은 것이 아닐까?

천수대비가千手大悲歌라는 향가의 작자로 알려진 신라의 여인 희명希

明의 경우도 마찬가지이다. 그녀가 어린 자식의 실명失名을 안타깝게 여겨 분황사 좌전 북벽에 그려져 있는 관세음보살을 찾아가 아이를 시켜 자기가 지은 노래를 부르게 하지 않았다면 그의 이름은 후세에 전해지지 않았을 것이다. 그런데 그 이름이 '바랄 희希'자와 '밝을 명明'자이니 결국 어린 자식이 밝은 세상 보고 살기를 바란다는 그녀의 염원을 나타내고 있는 것이다. 이 역시 원래에는 이름이 전해지지 않은 여인이었으나 역사가의 붓끝에서 그런 이름이 생긴 것이라고 보아야 한다.

신라 사람으로 태어나서 처음으로 분명한 자기 이름을 가졌던 이는 신라 시조 박혁거세朴赫居世일 것이다. 그가 어떻게 임금의 자리에 올라갔는지를 삼국유사三國遺事에서는 다음과 같이 적고 있다.

〈전한前漢 지절地節 원년기원전 69년 임자壬子 삼월 초하루에 여섯 마을의 어른들이 각기 집안 아이들을 거느리고 알천閼川의 언덕 위에 모여서 의논하였다.
"우리는 위로 백성을 다스릴 어른이 없으므로 백성들이 모두 마음이 허랑하여 제멋대로 행동하니 덕있는 사람을 찾아 임금으로 모시어 나라를 세우고 도읍을 정하면 어떠하겠는가?"
그리고 높은 곳에 올라 남쪽을 바라보니 마침 양산揚山 밑 나정蘿井곁에 이상스러운 기운이 번개빛과 같이 땅에 비치더니 거기에 흰 말 한 마리가 꿇어 앉아 절하는 형상을 하고 있었다. 모두들 그 곳을 찾아가 보니 붉은 알이 하나 있는데, 말은 사람을 보고 크게 울다가 하늘로 올라가 버렸다. 그 알을 깨어 보니 용모가 단정하고 잘 생긴 어린 아이가 나왔다. 놀랍고도 이상스러워 그 아이를 동쪽 샘물로 데리고 가서

목욕을 시켰더니 몸에서 광채가 나고 새와 짐승이 따라와 춤추며 천지가 진동하고 해와 달이 청명해지는 이변이 일어났다. 그래서 그를 혁거세赫居世 왕이라 하여 받들어 모셨다. 그런데 이 혁거세赫居世는 신라 말이다. 혹은 불구내弗矩內 왕이라고도 하니 '밝게 세상을 다스린다光明理世'는 뜻이다〉

한자로 적힌 옛날 이름은 대개 두가지 방식을 택하고 있다. 하나는 뜻 적기 방식이요, 또 하나는 소리적기 방식이다. '밝을 혁赫', '있을 거居' '누리 세世'의 석자는 뜻적기 방식으로 쓴 것이니 '혁거세'라 읽을 것이 아니라 '밝음이 있을 누리'라고 읽어야 할 것이요,거居의 뜻적기 풀이는 의문점이 없지 않다그것이 소리적기 방식의 '불구내'와 결국 같은 발음을 나타낸 것이라고 보아야 한다.

오늘날 우리는 한자를 뜻적기에 따라 읽는 전통을 잃어버렸다. 그래서 열세 살에 여섯 마을 촌장의 추대를 받아 임금의 자리에 나아간 천재소년 '밝은 누리'는 엉뚱한 발음 '혁거세'로 후손들에게 불려지고 있다. '박朴'이라는 성씨姓氏도 '밝은 누리'의 첫 자 '밝'을 소리적기 방식으로 나타낸 글자라고 보아야 한다. 그렇다면 박朴과 혁赫은 결국 같은 글자를 두 번 쓴 셈이다.

어쨌거나 여섯 마을 어른들은 천재 소년 한 명을 발탁하여 '밝은 누리' 천년의 역사를 시작했었다. 요즈음 새 시대를 열어가는 우리들처럼.

'뒤안'의 뒤안길

한국에서 고등학교를 졸업한 사람이면 미당未堂 서정주徐廷柱의 '국
화 옆에서'를 모르지는 않으리라. 그리고 완벽하게 암송하지는 못해도
몇 구절 흥얼거릴 수는 있으리라.

한송이 국화꽃을 피우기 위해
봄부터 소쩍새는
그렇게 울었나 보다.

한 송이 국화꽃을 피우기 위해
천둥은 먹구름 속에서
또 그렇게 울었나 보다.

그립고 아쉬움에 가슴 조이던
머언 먼 젊음의 뒤안 길에서

이제는 돌아와 거울 앞에 선
내 누님같이 생긴 꽃이여.

노오란 네 꽃잎이 피려고
간밤엔 무서리가 저리 내리고
내게는 잠도 오지 않았나 보다.

이 시에서 우리의 상상력을 자극하는 황홀한 싯귀 한 줄을 뽑아
보라면 대개는 대뜸 '머언 먼 젊음의 뒤안길에서'를 지적할 것이다.
그러나 이 구절에 나오는 '뒤안'이란 낱말을 깊이있게 이해하는 사람은
많지 않을 것이다.

그것은 표준어로 쓰이는 '뒤란'도 아니요, '뒤꼍'도 아니다. 별로 정취
를 풍기지 않는 낱말 '뒤뜰'은 더욱이나 아니다. 그것은 일차적으로는
'뒷동산'이라는 공간개념을 뜻하는 것이라 할 수 있으리라. 그러나 단
순한 뒷동산이 아니라 그 뒷동산에서 느끼고 생각했던 지나간 시절이
함께 숨쉬는 공간이다. 이제는 이미 과거가 되어버린 공간이요. 시절
이기는 하지만 어쩌면 현재의 의식 속에 침전되어 지금의 삶에 방향타
노릇을 하는 슬기의 공간인지도 모른다. 그것은 애초에 철없음과 당돌
함, 우쭐댐과 흥겨움을 동반하고 있었으나 결국 몇 번인가 벼랑을 굴러
떨어지는 경험을 거친 끝에 자신의 부끄러움을 진솔하게 드러내 보일
만큼 성숙한 자태와 회오의 능력을 바닥에 감추고 있는 의식의 공간이
다. 그래서 그 '젊음의 뒤안길'은 이제 '늙음의 뒤안길'로 자리바꿈을
하면서 시인으로 하여금 국화꽃이 피는 내력과 곱게 늙어가시는 누님
의 아름다움이 어떻게 동질적인가를 노래하게 하였다.

이처럼 뜻풀이에 까다로운 '뒤안'이란 낱말은 그 생긴 내력이 또한 간단하지 않다. 16세기 두시언해杜詩諺解에 이 낱말이 처음 선보일 때에는 ㅎ끝소리를 갖고 있는 '위안ㅎ'이었다.

　　어버싈 이바도디 오직 져고맛 위안ㅎ로 ㅎ놋다養親唯小園,
　　어버이를 봉양함에 오직 작은 동산으로 농사를 지음이네

　　　　　　　　　　　　　　　　　　　　　　　　　(杜詩諺解 21 : 33)

이 예를 보면 '위안'은 동산을 뜻한다기 보다는 농사를 짓는 전장田莊을 뜻하는 것이었다. 물론 경관이 좋은 정원庭園을 뜻하는 경우도 있었다.

　　일훔난 위안ㅎ 프른 므를 브텟고 名園依綠水,
　　이름이 알려진 동산은 푸른물 구비도는 옆에 자리하였고

　　　　　　　　　　　　　　　　　　　　　　　　　(杜詩諺解 15 : 17)

그런데 이 '위안'은 원래 한자漢字인 '동산 원園'자를 가리키는 중국음이므로 말하자면 중국어에서 차용한 외래어인 셈이었다. 이 '위안'이 그후 얼마 안 되는 사이에 '뒤안'으로 바뀐다.

1527년에 간행된 훈몽자회訓蒙字會에는 두시언해에 나타난 바와 같이 '위안'이었으나 그 뒤, 1575년에 간행된 것으로 보이는 광주천자문光州千字文에는 '위원'이라 적혀 있다. '원園'의 한국 한자음을 반영시킨 결과이다. 그러다가 17세기에 간행된 신증유합新增類合에 가서야 비로소 '뒤안'이란 낱말이 보인다.

동산은 대체로 집의 뒤쪽에 있으니까 '후원後園'이란 뜻을 밝히기

위하여 '뒤'와 '위안'을 결합하여 '뒤안'이란 복합어를 만들어낸 것이라
고 생각된다. '위안'이란 순수 외래어를 어떻게 하면 우리말답게 다듬
을 것인가를 고민했던 우리 조상의 슬기가 노오란 국화의 향기처럼
퍼진다고는 생각지 않는가?

사랑의 묘약妙藥 '상화떡'

남녀가 서로 즐겨 부르는 노래라 하여 조선왕조의 점잖은 선비들에게 푸대접을 받은 고려속요들은, 가만히 생각해 보면, 인간의 마음속에 굽이굽이 감추어져 있는 감정의 가닥들을 진솔하게 드러내 보인다는 점에서 현대인들에게는 오히려 아름다운 사랑의 노래로 재평가 받는다. 그러한 고려속요에 '쌍화점雙花店'이라는 노래가 있다. 그 첫째 연은 다음과 같다.

쌍화점에 쌍화雙花 사러 가고신댄
회회回回아비 내 손목을 쥐여이다
이 말씀이 이 점店 밖에 나명 들명
다로러거디러
조고맛감 새끼 광대 네 말이라
호리라
더러둥셩 다리러디러 다리러디러

다리로거디러 다로러
그 자리에 나도 자라 가리라.
위위 다로러거디러 다로러
그 잔데같이 덤거츠니 없다.

이 노래는 갑·을 두 명의 여인이 주고 받는 대화의 형식 속에 악기로 연주할 때에 묘사음으로 추정되는 후렴구들이 삽입되어 있다. 먼저 갑 여인이 말한다.

"쌍화점에 쌍화를 사러 갔더니, 회회아비가 은근히 내 손목을 잡았습니다. 이 소문이 가게 안팎으로 나고 들고 하였지요. 가게를 드나들던 조그마한 꼬마 광대의 소행임이 분명합니다."

이 여인은 마치 자기의 행위는 조금도 탓할 것이 없는데 짓궂은 꼬마광대의 입놀림으로 억울하게 나쁜 소문이 난 것이라고 짐짓 발뺌을 한다. 이러한 발뺌을 통하여 스스로 자기 행위의 떳떳함과 자랑스러움을 나타내려 한다.
그러자 을 여인이 응수한다.

"그 밀회의 장소에 나도 가고 싶군요. 그런 곳처럼 축복받은 곳이 또 있을라구요?"

나쁜 소문을 비난하고 흉보는 것이 아니라 자기도 동참하고 싶다는 부러움을 고백하고 나선다. 이런 정도로 애정 표현이 노골적이고 적극적이었으니 점잖은 선비들이 눈살을 찌푸렸을 법도 하다.

이쯤하여 우리의 관심을 낱말 쌍화로 옮겨 보자. 이 노래가 처음 수록된 악장가사樂章歌詞에 솽雙화花라 적혀 있고 또 다른 문헌에는 상화霜花라고 적혀 있으니 오늘날 '쌍화'라 발음하는 것은 분명 잘못된 것이다. '상화'라고 적고 또 그렇게 발음해야 옳다.

그러면 그 상화는 무엇인가? 18세기 중엽 영조英祖 시대에 빙허각憑虛閣 이李씨라는 분이 저술한 규합총서閨閤叢書는 책 제목 그대로 여성 백과전서라 할 수 있는 것인데, 바로 그 책의 병과제품餅菓諸品 난에는 상화만드는 방법이 자세하게 적혀있다. 국어대사전에 현대어로 풀이 한 바를 따라 옮겨 적는다.

〈칠석七夕날 절사節祀에 쓰는 떡. 밀기울에 막걸리를 타서 쑨 죽에 가루 누룩을 넣어 하룻밤을 지낸 다음, 이것을 걸러 밀가루를 넣고 반죽 해서 잰 뒤에 꿀팥 소를 넣고 다시 재어서 물에 담가, 거기서 뜨는 것을 건져서 시루에 쪄 냄.〉

고려시대에 사랑하는 남녀들이 즐겨 먹었을 이 상화떡은 조선왕조 시대에 오면 칠석날의 제사음식이 되었음을 알겠다. 상화점의 상화도 남녀의 인연을 맺게 한 사랑의 떡이었고, 칠석도 사랑하는 남녀의 재회 를 상징하는 명절이니 상화떡이 남녀간의 애정을 다지는 데 공헌하는 것은 천 년을 변치 않는 전통이었다.

그런데 요즈음엔 상화떡을 볼 수가 없다. 그 만드는 법을 보면 꿀팥 소요즈음 젊은이들은 일본말 '앙꼬' 라고 해야 더 잘 알아 듣는다.를 넣은 밀가루

증편이라고 할 수 있다.

나는 이 상화떡이 전통문화의 계승과 재현이라는 관점에서 다시 세상에 인기를 얻었으면 어떨까 생각해 본다. 그리하여 모든 젊은이들이 이 상화떡을 나누어 먹고 인생의 아름다움을 노래하게 하였으면 좋겠다. 아마도 실연失戀의 고통에서 신음하는 젊은이들은 이 상화떡을 먹으면 칠석님의 축복을 받아 새로운 인생을 활기차게 시작할 수도 있을 것이다.

'상화'는 원래 천년의 전통을 지닌 사랑의 묘약妙藥이기에.

몰록 깨달음頓悟과 점점 닦음漸修

나이가 들어간다는 것은 무엇일까? 학교 졸업하고, 취직하고, 결혼하고, 그러다가 첫아이 돌잔치 차리고, 과장에서 부장, 부장에서 이사로 승진하고, 또 어느 틈에 돌잔치해 준 아이가 결혼을 하게 되어 청첩장을 돌리는 일을 가리키는 것은 아닐 것이다. 세월의 흐름을 따라 인생살이에서 겪게 되는 여러 가지 행사는 분명 나이 들어감을 알리는 외형상의 변화이다. 이 변화에 곁들여 얼굴에는 잔주름이 늘고 머리터럭은 희끗희끗 세어간다. 그리고 얼굴 표정은 점점 편안하고 온화해진다. 천성으로 타고난 음성이 아무리 탁하고 거칠어도 시간이 쌓아 놓은 경륜과 슬기로 말미암아 그 음성은 어느 틈에 정감이 뚝뚝 흐르게 된다. 그러니까 나이 들어간다는 것은 결국 말씨가 아름다워지는 것이라 할 수 있겠다.

해마다 초여름 한철이면 새벽잠을 깨우는 뻐꾸기 울음을 들을 때, 삼복 중 무더위에 매미 울음을 들을 때, 그리고 서늘한 바람이 모시

적삼 깃섶을 말리는 초가을 저녁에 문득 귀뚜라미 소리를 들을 때, 우리는 그저 또 한 계절이 지나갔다는 세월의 무상을 느낄 뿐만 아니라, 저들 미물微物도 지나간 세월을 딛고 일어서며 크게 깨쳤음을 알리는 오도송悟道頌을 노래하는 것이라고 생각한다.

우리들도 삶의 굽이마다 크고 작은 깨달음의 노래를 부른다. 어떤 이는 뻐꾸기 울음과 함께 깨닫고, 어떤 이는 노염老炎의 나무 그늘에서 매미의 울음과 더불어 세상 바라보는 눈을 바꾼다. 또 어떤 이는 굼뜨게도 겨울밤 문풍지 우는 소리에야 화들짝 놀라 일어나 앉아서, 눈을 꿈벅이며 지나간 세월을 되짚어 헤아린다. 살아온 길이 다르고 인연이 다르니 사람마다 깨달음의 때와 장소와 방식이 다르다.

일찍이 보조국사普照國師 지눌知訥 스님은 이와 같은 삶의 깨달음悟이 닦음修과 짝을 이루어야 함을 주장했다. 이른바 돈오점수頓悟漸修의 이론이다. 그러면 '돈오頓悟'를 쉬운 우리말로 무엇이라 하는가? '돈頓'이란 글자는 '갑자기, 홀연히'라는 뜻과 '한꺼번에, 모두 다'라는 두 가지 뜻을 지니고 있다. 앞의 것은 '문득', 뒤의 것은 '몰속'이라는 낱말로 나타낼 수 있다. 그런데 지눌스님의 책, 목우자수심결牧牛子修心訣 언해본에는 '돈오'를 '문득 아롬'이라 풀이하고 있다. 이렇게 되면 '한꺼번에, 모두 다'라는 의미는 빠져 버린다. 그래서 불가에서는 이 언해본 풀이에 만족하지 않고, 두 가지 뜻을 모두 나타내는 알맞은 표현을 탐색하여 온 듯싶다. 최근에 간행된 김탄허金呑虛 스님의 보조법어普照法語 역해본에는 다음과 같은 구절이 보이기 때문이다.

　　"묻되, 네가 돈오頓悟와 점수漸修의 두 문門이 천성千聖의 궤철軌撤이
라 말씀하시니 깨달음이 이미 몰록 깨달음일진댄 어찌 점수漸修를 가차
假借하며, 닦음이 만일 점점 닦음일진댄 어찌 돈오頓悟를 말하리오."

　여기에서 우리는 '몰록'이라는, 사전에도 없는 낱말 하나를 발견한
다. 아마도 이 낱말은 '몰속'과 '문득'의 두 가지 뜻을 모두 나타내기
위하여 불가에서 꽤 오래 전부터 통용하여 온 것인 듯싶다. 이렇듯
불가에서는 범상하게 쓰이던 낱말이 지눌을 모르는 세상 사람들, 국어
를 공부하는 사람들에게도 알려지지 않다가 그야말로 '몰록' 세상에
나타난 것이다.

　그러나 '쉬임없는 닦음'이 없다면 '몰록 깨달음'이란 결코 일어나지
않는다 하였다. 삶의 굽이마다 우리가 헤쳐 온 격랑激浪이 얼마나 거칠
고 높았는지를 아는 사람들은 어느날 자기도 모르게 '몰록 깨달음'을
얻고, 그것이 참으로 '몰록' 찾아왔음을 기뻐하지만, 그의 굵은 손마디,
이마에 패인 깊은 주름살은 그것이 결코 '몰록' 찾아온 것이 아님을
증명한다. 적어도 두보杜甫의 다음 시 구절을 기억하며 나이 들어 자기
나름의 오도송悟道頌을 읊고자 애쓰는 사람들에게는.

　　"잠깰 무렵 새벽 종소리 듣노라니　　　欲覺聞晨鍾(욕교문신종)
　　사람으로 하여금 깊은 반성하게 하네.　　令人發深省(영인발심성)"

남대문南大門과 마큰오래

'눈·코·입·귀' 같은 고유어는 '이목구비耳目口鼻'라는 한자어보다 더 많이 쓰이고 알아듣기 쉽다. 그런데 '사내·계집'같은 고유어는 '남자·여자'보다 알아듣기 쉬운지 모르겠으나 속된 느낌이 들어 자주 쓰이지는 않는다. 이렇듯 우리말에서 고유어와 한자어는 쓰임새와 느낌이 각기 다른 채, 우리말 어휘의 이중구조를 이루고 있다.

그러나 어떤 낱말은 오랫동안 한자어 쪽만을 즐겨 쓴 결과, 고유어를 잃어버리고 말았다. 그 대표적인 경우가 '문門'이라는 낱말이다. 가옥家屋은 '집'이요, 대청大廳은 '마루'인데 문은 짝이 되는 고유어가 없다. 이때 생각나는 분이 계신다. 1923년에 '조선어문경위朝鮮語文經緯'라는 자그마한 책을 펴내신 권덕규權悳奎 선생이시다.

애류厓溜 권덕규 선생은 1890년에 태어나시어 1950년 6·25가 나던 해에 집을 나가신 후 실종되셨으니 세상을 누린 햇수가 육순六旬이었다.

세상에 거칠 것이 없이 살아간 분이 한둘일까마는 근세의 선비로

애류 선생만큼 융통무애融通無碍, 바람처럼 사신 분은 다시 없을 것이다. 돈을 손에 쥐지 않는다는 것이 조선조 양반들의 규범이라면, 돈이 손에 들어왔을 때 기분좋게 날려버리는 것은 애류선생이 세워 놓은 식민지 지식인의 규범이었다. 북촌北村에 기거하시던 집을 팔고 나서 그 돈을 저고리 안주머니에 넣어 두고 요슴사슴 술값으로 날려버린 날, 취기醉氣로 바뀌어 사라진 집을 향하여,

"네 이놈! 지금까지 내가 네 속에서 살았다마는 이제부터는 네가 내 속에서 살아야 하느니라"하며 호통을 쳤다는 얘기는 일제치하의 질식할 것 같은 시대 분위기에서 뜻있는 지식인들에게 끝없는 해방감과 청량감을 선사한 사건으로 오늘날까지 진정으로 자유로운 지식인의 신화가 되어 전해 내려오고 있다. 몇 푼 돈에 팔려 배운 바를 왜곡하여 권세에 아첨하기를 애쓰는 오늘의 인물을 보면 애류선생은 무어라고 눈을 부릅떠 호통을 칠지 모를 일이다.

선생은 「조선유기朝鮮留記」, 「을지문덕乙支文德」 등의 다수를 책을 내셨으니 국사학자라고도 할 수 있으나, 주시경周時經 선생의 가르침을 따라 우리말 연구에 더 많은 정열을 쏟으셨으므로 국어학자로서의 비중이 더 크다 하겠다. 즉 1921년 조선어연구회의 창립에 힘썼고, 우리말 큰사전의 편찬, 한글맞춤법 통일안의 작성 등에 기둥 노릇을 하였다. 그리고 「조선어문경위」라는 책을 남기셨다.

이 책은 국판 202면에 불과한 얇은 것이지만 선생의 번득이는 탁견卓見과 몇 가지 고귀한 우리말 자료로 말미암아 국어를 사랑하는 사람들이 아껴 마지 않는 보물이 되었다. 바로 이 책에 '문門'이란 낱말의 고유어가 밝혀지고 있다. 51면에 있는 다음과 같은 한 줄의 글귀.

　오래뜰 : 오래와 뜰 門庭.

　여기에서 우리는 '문門'의 고유어가 '오래'였음을 확인한다. 물론 국어학도들은 '문'의 고유어가 '오래'라는 것을 잘 알고 있다. 최세진崔世珍의 훈몽자회訓蒙字會에 '오래 문門'이라 적혀 있고 소학언해小學諺解에도 '문 오래며 과실 남글門巷果木'이란 구절이 있기 때문이다.

　그러나 '오래'라는 낱말이 16세기를 고비로 하여 사라진 말이거니 하였는데 애류선생이 1923년에 펴내신 책에 '오래뜰'이란 낱말을 밝혀놓음으로써 그 낱말이 20세기 초엽에도 여전히 살아있었음을 증명한 것이다.

　아주 옛날 가야의 말로 문門을 '돌'이라 했다는 「삼국사기三國史記」의 기록도 이 기회에 알아둘 필요가 있다.

　"전단돌栴檀梁, 이것은 성문城門의 이름이다. 가야말로 문門을 돌梁이라 한다." '노들나루'를 노량진鷺梁津이라 하고 '울돌목'을 명량鳴梁이라 하므로 '량梁'이란 한자는 '돌'로 읽히는 것이다.

　자, 그러면 '동대문東大門'이니 '남대문南大門'이니 할 것이 아니라 '새큰돌, 새큰오래', '마큰돌, 마큰오래',로 부르면 어떨까? 나는 숭례문崇禮門을 지나칠 때마다 '마큰오래'를 입 속으로 조용히 불러보곤 한다.

'염천교'의 내력

하루가 다르게 변모하는 서울 거리를 거닐다 보면 십여 년 전 아담하던 단층 기와집 자리에 으리으리한 수십 층 빌딩이 버티고 서 있음을 보게 된다. 그래서 문득 이십년 전이나 삼십년 전, 아니 한 백년쯤 전에는 이 자리에 무엇이 있었을까 하는 회상의 나래를 펼치게 된다. 내가 지금 이글을 쓰고 있는 우리 집터만 해도 몇 해 전 북한산 기슭을 깎아내어 집을 지은 곳이고 보면, 백 년 전 이 자리는 소나무나 떡갈나무가 무성하던 수풀이요, 까치와 다람쥐들의 삶의 터전으로서 세검정洗劍亭과 어울려 운치를 돋구던 풍광 좋은 산자락이 아니었던가.

'상전벽해桑田碧海'라는 말이 있다. 땅덩어리가 생긴 이래 수억만 년에 걸쳐 바다가 산이 되고, 산이 바다로 바뀐 지질학적 연륜을 뜻할 수도 있겠고, 개발과 재개발을 거듭하는 동안 글자 그대로 뽕밭을 푸른 바다로 바꾼 인간의 삽질을 뜻할 수도 있겠다. 그러나 말을 공부하는 사람들에게는 '상전桑田'이라는 말이 엉뚱하게 '벽해碧海'라는 말로 둔

갑을 하는 현상을 비유하는 말로 삼을 수도 있다.

다음은 말소리가 엉뚱한 변천을 겪은 상전벽해의 실례實例한 토막.

남대문에서 서쪽으로 뻗은 길을 따라 중림동으로 가노라면 서울역에서 서대문 쪽으로 난 의주로義州路와 만나게 되고 또 그 길과 나란히 뻗은 경의선京義線 철길 위에 있는 '염천교鹽川橋'라는 다리를 건너가게 된다. 우리는 이 '염천교'라는 다리를 건널 적마다 혹시 이 근처에 '소금내'라는 시냇물이 있지 않았나 하는 생각을 갖는다. 서울에는 '모래내'라는 곳도 있는 데다가, '염천교'라는 한자에 '소금 염鹽'자와 '내 천川'자가 있기 때문이다.

그러나 그 근처에는 개울이라 할 만한 것이 있었을 것 같지가 않으니 분명 '염천교'라는 이름에는 모종의 흑막이 있으리라는 생각을 떨쳐버릴 수가 없다.

아니나 다를까, 조선왕조 시절의 한양성 지도를 펼쳐보니 남대문 서녘으로 바로 그 염천교 어름에 염초청焰硝廳이란 관아官衙가 있었음을 발견하게 되었다. 염초청이라 하면 경판본 춘향전에 나오는 방자놈의 심경을 묘사하는 구절을 연상하게 된다.

"방자놈 마음이 염초청 굴뚝이요, 호두각 대청이라"

하는 구절이 바로 그것이다. 여기서는 무언가를 바라는 마음이 간절하다는 비유의 뜻이거니와 '염초청'이란 도대체 무엇인가?

그것은 조선조 후기에 훈련도감訓練都監 관장하에 있었던 화약火藥 공장의 이름이다. 세월이 무상하여 그 화약공장 '염초청'은 흔적도 없어졌으나 그 이름만은 세상 사람들의 입에 오르내리더니 마침 그 언저리에 육교陸橋가 생기매 사람들이 그저 옛날 이름을 붙여 '염초청다리'라 하였을 것이다. 물론 그 육교는 경의선 철로 때문에 생긴 것이므로 그 철도가 완성된 1906년보다 한두 해쯤 일찍 만들어졌을 듯싶다.

그런데 문자 쓰기 좋아하는 사람들은 '무슨 교橋'라는 두 음절 한자 이름을 붙여야 직성이 풀릴 판이었다.

그래서 '초'자 하나를 빼고 '염청교焰廳橋'라 부르기도 하였을 터인데, 이것은 또 세월이 흘러 '염초청'의 존재를 모르는 사람들에게는 '염청'이라는 말이 전혀 이해할 수 없는 낱말이 되고 말았다.

'다리'라 하면 당연히 냇물 위를 건너는 것이니 '염청'의 '청'은 분명히 '내 천川'자를 잘못 발음하는 것이라고 생각하였을 법하다. 그러고 보니 '염'자는 쉽게 연상되는 '소금 염鹽'자를 붙이게 되었다.

이것이 '염천교'라는 다리 이름의 내력이다. 상전벽해라더니 '염초청 다리'가 '소금내 다리'로 둔갑을 한 셈이다.

오늘도 나는 염천교 다리 위에서 북향을 하여 인왕산을 바라보다가 돌아왔다. 다리 아래로는 아담한 녹지대가 꾸며져 있는데, 사실 이곳은 십여 년 전까지 수산물시장이 있어서 비린내가 코를 찌르던 곳이었다. 그런데 지금은 저렇게 아름다운 공원이 되다니…….

이제 또 앞으로 백 년이 지나면 '염천교'는 어떤 모습으로 바뀔 것인가.

'서울'에 숨은 의미

조선왕조 건국 이래 600년 동안 민족과 영욕榮辱을 함께 하며 살아온 도시, 나라의 심장으로 정치·경제·문화의 중심 무대로 민족의 역사를 지켜본 도시 – 서울은 비록 이름 없는 골목, 하찮은 돌조각일지라도 조상의 숨결이 틀림없이 배어 있으리란 생각 때문에 국민의 사랑을 받아오고 있다.

아직 서울 올림픽의 감동과 열기가 가시지 않은 시월 초순의 어느 날 저녁, 나는 종로 뒷골목의 대폿집을 들어서다가 이미 거나하게 취한 손님들의 다음과 같은 대화를 듣게 되었다.

"서울이 이젠 명실공히 '동방의 등불'이 된 것이지 뭐."
"뭘 그래. 그저 '금따는 콩밭'쯤으로 보는 게 어때?"

서울 올림픽을 한마디로 요약한 이 대화 때문에 나는 며칠 동안

'서울'의 의미가 무엇인가를 곰곰 생각하지 않을 수 없었다. 타고르의 시구에서 '동방의 등불'을 인용한 분은 올림픽 이후 서울의 발전을 강조한 것이었고, 김유정의 소설 제목 '금따는 콩밭'을 연상한 분은 금메달에 얽힌 불상사를 풍자적으로 꼬집은 것이리라.

원래 '서울'은 수도首都라는 의미의 보통명사이지 '서울특별시'를 가리키는 고유명사가 아니었다. 그런데 8·15 광복이 되고 우리 정부가 수립되면서 일제 때에 쓰던 '경성京城'이란 이름을 피하여 '서울'을 수도의 이름으로 삼자 그것이 고유명사의 지위를 굳히게 된다.

'경성'이란 낱말은 삼국사기三國史記에 나타나기도 하지만 낱말로 굳은 것은 아니었고, 분명한 낱말로 쓰인 예는 지금부터 300년 전 김만중 金萬重의 서포만필西浦漫筆이 아닌가 싶다.

> "그풍신수길는 경성을 지키지 못한 뒤에는 임금의 수레 머무를 곳이 평안도가 아니면 함경도가 될 줄을 알았으므로 군대의 길을 동서로 나눈 것이니 그의 계책으로 우리 임금을 꼭 사로잡고자 함이었다."
> (彼知京城不守後車駕所駐 非浿西則嶺北 故東西分路 計在必獲)

기묘하게도 그 내용이 임진왜란과 관련이 있고 보니 경성은 이래저래 일본과 인연이 있는 낱말인 듯하다.

'경성'에 앞선 이름에는 '한성漢城'이 있다. 조선왕조 500년간 한결같이 사랑을 받았고 아직도 중국 사람들이 사용하는 이름이다. 이 '한성'은 '한양漢陽'이라는 자매명칭까지도 거느리고 있다. 그러나 이런 이름에서는 '서울'의 의미가 밝혀지지 않기에 나는 방향 전환을 시도한다.

그래서 두시언해杜詩諺解와 용비어천가龍飛御天歌를 생각해 냈다.

　　"슬피 셔울흘 ᄉ랑ᄒ노라悄悄憶京華"는 두시언해에 있는 구절이요.
"셔ᇥ 사자使者를 ᄭ리샤ᄫ京使者"는 용비어천가에 나온 구절이다.
'서울'의 옛 이름 '셔ᄫᆞᆯ'. 그렇다. '셔ᄫᆞᆯ'은 신라新羅의 옛 이름 '서라벌徐羅
伐', '서벌徐伐'을 연상시킨다.
　　"나라 이름을 서라벌 또는 서벌이라 하였다. 오늘날 세속에서 경京자
를 뜻풀이할 때에 서벌이라 하는 것은 이 때문이다."
　(國號徐羅伐及徐伐 今俗訓京字云徐羅伐以此故也)

　삼국유사三國遺事의 이 기록은 결국 '서라'와 '서울'의 '서', '벌'과 '서울'
의 '울'의 대응관계를 확립시킨다.
　'벌'은 '벌판', '갯벌'같은 낱말로 지금도 살아 있으니 그것은 '넓은
들판'을 뜻하는 '평원平原' 또는 '평원에 세운 촌락村落'의 뜻으로 볼 수
있거니와 '서라'는 도대체 무엇이란 말인가?
　어떤 이는 '동쪽東, 새로움新, 새벽曙'의 뜻을 나타내는 것이라 하고,
또 어떤 이는 '금빛金, 무쇠鐵'의 뜻을 가진 것이라 주장한다. 그러나
어느 것이라 단정하기는 어려운 처지이다. 더구나 '서라벌'은 신라에만
있었던 것은 아니다. 백제 쪽에도 '서라벌'에 대응하는 '소부리所夫里',
'사비泗沘'라는 낱말이 있지 않은가!
　그렇다면 이런 낱말들은 그 뜻하는 바가 '동쪽 평원'이었건, '금빛
평원'이었건 그 뿌리가 적어도 이천 년 전 삼국시대 초기까지 거슬러
올라가는 것이요, 어쩌면 민족의 기원起源과도 맥이 닿아 있을 것 같다.
　'동방의 등불'이니 '금따는 콩밭'이니 하던 술꾼들이 목청을 높여 부

르던 '서울찬가'의 노랫가락이 내 귓전에 다시 맴돈다.

"종이 울리네, 꽃이 피네, 새들의 노래, 웃는 그 얼굴…"

녹아버린 한자어들

결혼식 주례를 자주 하시는 나의 은사님 한 분이 주례사에서 약방의 감초격으로 빼놓지 않으시는 말씀이 하나 있다. 어떤 주례사에서건 이 말씀을 시작으로 하여 다른 이야기를 양념으로 섞으시는데 그 약방의 감초격인 말씀은 대략 다음과 같은 내용이다.

"결혼이란 별것이 아닙니다. 아내는 남편을 닮고, 남편은 아내를 닮는 것입니다. 그러므로 결혼이란 서로 다른 생활환경, 서로 다른 집안 풍습, 서로 다른 성품과 기질, 서로 다른 식성과 버릇을 가진 남녀가 부부가 되어 서로 닮으며 살아가는 긴 여행입니다. 나도 한 사십 년 남짓 결혼생활을 하다 보니 마누라 얼굴을 보면 내 얼굴을 보는 것인지 마누라 얼굴을 보는 것인지 모를 때가 있습니다."

이 이야기는 언어의 경우에도 그대로 통하는 진리이다. 한자어는 우리 한국어 쪽으로 시집온 말이라 할 수 있다. 시집온 때로 말하면 이천 년이 넘을 정도로 오래 되었다물론 비교적 늦게 시집을 와서 백년이나 이백년 밖에 안 된 한자어도 있다. 그러는 동안 처음에는 한자어 본래의 특성을 강하게 유지하고 있었으나 우리말의 풍토 속에서 점차 토박이 고유어의 모습을 닮는 한자어가 생기게 되었다. 이 때에 어떤 면을 닮느냐 하는 것은 한자어의 기질에 관계되는 문제라 하겠다.

여기에서 '닮는다'는 말의 기본은 언어의 경우에 말소리가 원래 모습을 찾아보기 어려울 정도로 바뀌는 것을 가리키는 것이지만, 말뜻이 바뀌는 경우도 아울러 취급하는 것이 보통이다. 결국 '닮는다'의 뜻을 '바뀐다'로 확대 해석을 하는 것인데, 그러한 기준으로 하여 한자어의 바뀐 모습을 다음 세 가지로 갈라 볼 수 있다. ① 말소리만 바뀐 것 ② 말뜻이 바뀐 것 ③ 말소리와 말뜻이 모두 바뀐 것.

요즈음 젊은이들은 '양말'이라는 낱말이 '서양식 버선'이라는 의미의 한자어 '양말洋襪'임을 의식하는 사람이 거의 없다. 이것은 말소리도 말뜻도 바뀌지 않았지만 그 낱말에 너무도 익숙하게 된 나머지 어원을 생각할 겨를이 없어진 탓이라 하겠다이 때에 한자 실력이 약해졌다는 이유는 슬쩍 눈감아 버리는 것이다.

'성냥'은 '석류황石硫黃'이 말소리를 바꾼 것이요, '숭늉'은 '숙냉熱冷'이 말소리를 바꾼 것이다. '술레잡기'에서 '술래'는 '순라巡邏'라는 말소리가 바뀐 것인데 어린이들은 '술래'의 원뜻이 도둑을 잡는 '경찰관'의 의미라는 것을 까맣게 모르고 있다. '싱싱하다'는 말을 '생생生生하다'와 관련을 맺어 이해하는 사람은 많지만 '얌체'를 '염치廉恥'와 연관시키는 사람은 그렇게 많지 않다. 이 경우는 말뜻도 바뀌었기 때문이다.

우리가 무의식적으로 사용해서 그렇지 낱말의 말뜻은 모순을 극복하면서 종횡무진으로 바뀌기도 한다. 가령 '하양까망' 또는 '흰검뎅'이란 말이 있다고 하면, 그런 모순되는 표현이 어떻게 가능하냐고 하겠지만 '백묵白墨'이란 낱말을 글자 하나하나 원뜻대로 풀이하면 별수 없이 '흰검뎅'이란 말이 될 수밖에 없다. 역사적으로 보면 처음에 글씨 쓰는 재료로 먹墨이 개발되고 나중에 하얀 석회가루를 굳힌 '흰뎅(?)'이 생기자 그것을 '흰먹' 곧 '백묵'이라 부르게 된 것이다. 더 웃기는 것은 '노랑백묵' '파랑백묵'을 어원을 밝혀 풀어 놓으면 '노랑하양까망' '파랑하양까망'이라는 뜻이 되어버린다는 점이다. '흐지부지'라는 말은 '어물쩍 없어짐'을 가리키는 말쯤으로 아는 사람이 많으나, 사실은 '사리고 조심하며 숨기고 감춘다'는 의미를 가진 '휘지비지諱之秘之'가 말소리도 말뜻도 바뀐 결과 그렇게 된 것이다.

'동냥은 아니 주고 자루 찢는다'는 속담에 나오는 '동냥'이란 낱말도 꽤나 기구崎嶇한 변화를 거친 말이다. 옛날에 탁발托鉢하는 스님들이 밥을 얻으러 마을로 내려올 때에는 장대 끝에 방울을 매어 달아 흔들었던 모양이다. 그래서 '동령動鈴'이란 낱말이 곧바로 '구걸求乞'을 뜻하는 말로 바뀌어 '동냥자루'라는 낱말까지 생기게 되었다. 이렇게 녹아버린 한자어를 생각하면 요즈음 물밀듯 밀려오는 서양 외래어들도 고유어처럼 옷을 갈아입는 것은 시간문제일 것이라는 생각이 들기도 한다.

6장

사람이 되는 길

6장
사람이 되는 길

신언서판身言書判의 후유증
귀를 기울인다는 것
하늘보다 높은 사람
압존壓尊의 원리
입술이 더러운 사람들
옛날 딸의 글, 오늘의 아버지 글
말이 된다는 것
말을 잘한다는 것은
시詩를 읽을 때
사람 이름 땅 이름
엽전이 별수 있어
시조를 지으시던 한문 선생님

신언서판身言書判의 후유증

옛날 중국 당나라에서는 관리를 선발하는 데 네 가지 기준이 있었다. 첫째는 위풍이 당당한 체모요, 둘째는 변정辯正의 언사言辭요, 셋째는 준미遵美한 해법楷法이요, 넷째는 우장優長한 문리文理이었으니, 의젓한 몸매, 온건하고 부드러운 말씨, 또박또박 적은 예쁜 해서체의 글씨, 그리고 사리 분명하고 논리정연한 문장을 일컫는 것이었다. 이 네 가지는 다시 몸매와 말씨, 글씨와 판단력이라는 의미의 '신언서판身言書判'이란 말로 축소되어 사람을 평가하는 일반적인 기준으로 널리 쓰이게 되었다. 잘 생기고 말씨 곱고 글씨 잘 쓰고 논리적인 사람이라면 사실 그 외에 더 볼 것이 없을 법하다.

그런데 아는 것이 병이라고 나는 이 '신언서판'이란 한 마디 말 때문에 지나간 이십여 년 동안 우리 집안에서 꽁지빠진 공작새꼴이 되어 체통을 잃은 가장家長노릇을 하였다. 생각 할수록 분통이 터지는 일이었지만 그 책임이 온전히 나에게 있는 것이었으므로 나는 이 말이 우리 집 식구의 입에서 나오기만 하면 빙그레 웃으며 어디 쥐구멍이 없는가 하고 식구들의 시선을 피한다.

　사건의 발단은 이러하다. 우리 부부가 결혼하고 아직 큰 아이가 세상에 나오기 전이었으니 결혼한 지 두 해 안팍쯤 되었을까? 신혼기간이라고 할 수 있었다. 우리 부부는 역시 신혼의 친구 집에 초대되어 갔었다. 대부분 낯익은 친구들이었으나 그 부인들은 신혼초의 조심성으로 필요이상 얌전들을 빼고 있었고, 또 얼마간은 자기를 돋보이게 하려는 과시욕을 나타내고 있었다. 한 친구의 부인은 자꾸 골치가 아프다고 미간을 찌푸리며 왼쪽 손으로 이마를 짚는 시늉을 했었는데 그녀의 손가락에는 다른 부인에게는 없는 금강석 반지가 끼어져 있었다. 이런 분위기에서 식사가 시작되고, 우리 남자들은 두어 순배 술잔이 돌아가자 또 그 남자들 특유의 호기를 부리며 말소리가 커지고 있었다. 누구의 입에선지 이런 말이 튀어 나왔다.

　"그래 맞아. 사람은 모름지기 신언서판이 번듯하고 볼 일이야!"

그러니까 다른 친구가 말을 받았다.

　"신언서판이 절대기준이랄 수는 없지. 풍신수길은 꼭 원숭이처럼 생긴데다가 무식하기까지 했었다는 데 뭘"

　그때 누구를 흉보기 위한 얘기였는지는 기억에 없으나 아무튼 사람을 평가하는 기준으로 '신언서판'이 자꾸 거론되고 있었다. 아내는 내 옆구리를 꾹꾹 찌르더니 "여보 신언서판이 무슨 문제유?" 하는 것이 아닌가? 나는 아내의 다음 말을 들을 생각도 않고, "아니. 당신은 신언서판이 뭔지도 몰라?" 아내를 바라보며 언성을 높였었다. 아내는 얼굴이 빨개지며 입을 다물고 말았다.

그때, 아내가 말하고자 했던 것은 '신언서판'이 아무래도 외형에 치우친 기준이지 인간의 내면에 감추어져 있는 덕성을 알아보는 데는 미흡하다는 말을 꺼내려는 것이었다고 했다. 그러나 나는 경망하게도 아내가 '신언서판'이란 낱말의 뜻을 묻는 줄 알고 언성을 높여 핀잔을 준 것이었다. 그러지 않아도 금강석 반지가 풍기는 속기俗氣어린 분위기 때문에 실망을 하고 있는 차에 나의 아내가 내 경망한 핀잔으로 하여 완전히 까무라칠 것 같은 좌절감을 맛보았다고 했다.

그 후 아내의 복수가 얼마나 끈질기게 전개되었던가!

내가 어쩌다 식구의 말을 잘못 알아듣거나 남의 언행을 비판하려 할 때에는 이제 열여섯 살의 막내딸까지 나에게 이렇게 오금을 박는다.

"아빠! 신언서판 기억하세요?"

나에게 있어 신언서판은 사람을 평가하는 기준이 아니라 나의 경망한 말버릇을 꾸짖는 금강역사의 눈망울이다.

귀를 기울인다는 것

안톤 체홉의 단편소설 '비탄悲嘆'은 남의 이야기를 올바로 듣기가 얼마나 어려운가를 일깨워주는 소설이기도 하다.

가난한 마부馬夫 이오나 포타포브는 며칠 전 아들이 죽었다. 천지가 무너져 내리는 슬픔을 누구에겐가 말하고 싶은 이오나는 마차를 타는 손님들에게 눈치를 보아가며 얘기를 건다. "며칠 전에 제 아들놈이 죽었답니다." 첫 번째 손님은 "허, 무슨 병으로 죽었노?" 하고 말대답은 했지만 즉시 마차를 잘 못 몬다고 야단을 친다. 두 번째 손님은 "사람이 란 모두 죽는 법입니다."하고 제법 초연한 반응을 보인다. 모두들 건성으로 들어 넘길 뿐, 이오나의 슬픔을 함께 나누지 않는다. 숙소로 돌아온 이오나는 젊은 동료에게 얘기를 붙여보지만 그는 두 마디도 듣지 않고 잠에 곯아떨어진다. 이 불쌍한 이오나가 드디어 이야기 상대를 생각해 찾아간 곳은 그의 말馬이 건초를 씹고 있는 마구간이었다.

"아무렴 내가 이제 마부 노릇하기는 너무 늙었지? 내 아들놈이라면 얼마나 잘할까? 틀림없는 일등 마부인데, 살아 있기만 하다면 말야."

우적우적 건초를 씹는 말 앞에서 이오나는 비로소 아들 이야기를 마음놓고 꺼내는 것이었다.

지난 연초, 어느 모임에서 나는 오랜만에 동창 ㅈ군을 만났다. 한 직장에 다닌다고는 하여도 워낙 기구가 크고 전공하는 분야가 다르고 보니 그런 모임 같은 경우가 아니면 자주 만나기가 어려운 처지였다. 하지만 우리들은 학창시절 꽤 가까이 지냈었고 그러한 느낌만은 서로 변함이 없는 사이이다. 우리들은 공통점도 많았다. 대학시절 고학을 한 것, 비슷한 시기에 연애를 시작한 것, 아내들끼리도 서로 친구 사이인 것, 또 종교가 같은 것 등. 그런데 마침 그 무렵 우리나라 여류소설가의 한 분이시던 ㅅ여사가 작고한 지 얼마 지나지 않았었다. 그 ㅅ여사는 ㅈ군의 처삼촌댁이 되는 분이었으므로 나는 당연히 ㅈ군에게 그 아내의 작은 어머님에 대한 조문弔問인사부터 했었다. 그렇지만 '처삼촌 무덤에 벌초하기'라는 우리나라 속담도 있지 않은가? 나는 그저 의례적인 인사에 그치고 즉시 잡다한 세속사의 이야기로 화제를 바꾸며 시간을 보냈다. 서로 집안 안부도 물었고, 아이들 교육문제도 얘기하였다. 평소에 다변이던 그 친구는 그날따라 말수가 적었지만 나는 특별히 이상하다고 생각지도 않고 헤어졌다. 집에 돌아와 나는 아내에게 ㅈ군의 얘기를 전했다.

"여보, ㅈ군의 큰아들이 대학입시공부에 너무 열중하다가 그만 졸도하기까지 했었대."

"네? ㅈ교수가 뭐라고 말씀하십디까?"

"우리집 큰놈이 입시공부하다 쓰러졌어' 그러던데?"

"그렇게만 말하고 말았어요?"

아내의 표정이 하도 이상해서 나는 ㅈ군이 그 말을 하던 때를 가만히 돌이켜 보았다. 무언가 다음 말을 할 것 같았는데 그만 내가 "이 사람아, 공부를 적당히 시켜야지. 하긴 부전자전父傳子傳일 터이니 할 수 없지 뭐." 이렇게 농담으로 받아 넘기니까 입을 다물어 버리던 것이 생각났다. 그러나 그것이 이제 와서 무슨 소용이란 말인가!

나는 아내의 다음 말을 들으면서 내 얼굴에 연신 모닥불을 붓고 있었다.

"너무 참담한 소식이라 당신에게 이야기할 기회를 찾던 중이었어요. 그 아들이 죽었단 말예요."

가까운 친구조차 '비탄悲嘆'속의 이오나를 만들면서 무슨 염치로 남들에게 화법話法의 예절을 가르치겠는가! 부끄러워 견딜 수가 없었다. 그날 이후 반년이 지난 지금까지 나는 ㅈ군에게 사죄할 말을 찾아내지 못하고 있다.

하늘보다 높은 사람

〈여자가 출가하면 지아비가 어버이를 대신하게 되니 전생의 연분이요, 금세의 부부 됨이라. 지아비를 하늘에 견주는 까닭은 그 뜻이 가볍지 않기 때문이니 지아비는 굳셈으로, 지어미는 부드러움으로 서로 아끼고 사랑하느니라. 집안에서도 서로 대접하되 공경하고 소중히 여겨 마치 손님 대하듯 할지니라. 지아비가 무슨 말을 하거든 귀 기울여 자세히 듣고 지아비가 좋지 않은 일을 하거든 공손하게 권간勸諫하여 화禍를 입지 않도록 할 것이니라. 지아비가 외출하거든 모름지기 어디에서 무엇을 하는지 마음에 새길 것이며, 황혼이 되어도 돌아오지 아니하거든 조심스런 마음으로 등잔불을 돋우며 저녁밥을 따뜻하게 해놓고 문 두드리기를 기다릴 것이니 지어미로서 먼저 편안히 잠자리에 드는 버릇을 가질 수 없느니라. 지아비가 만일 병들어 앓거든 밤을 새우며 수고하여 백방으로 좋은 약을 구하여 정성껏 치료하여 건강을 회복하도록 힘쓸지니라. 만일 지아비가 성내어 큰 소리를 치거든 결코 마주 꾸짖어 대들지 말고 몸을 사려 참으며 진정하였다가 목소리를 낮추어 마음을 편케 할지니라.〉

18세기 초, 영조英祖대왕 시절에 우리말로 번역된 〈여사서女四書라는 책에서 뽑은 일절이다. 세월이 흐르고, 사회구조가 바뀌어 남편 섬기는 일이 옛날과 사뭇 달라진 오늘날, 옛날식의 부부관계를 무조건 강요한다는 것은 정말 시대에 뒤떨어진 잠꼬대가 될지도 모른다. 그러나 세상이 천만 번 바뀌어도 부부관계에서 반드시 생각해야 할 사항은 어떠한 경우에도 상대방의 인격을 존중해야 한다는 것, 그리고 가까운 사이일수록 마음의 상처를 입기가 쉬우므로 평범한 언행도 예절에 맞추어야 한다는 사실이다.

어린 시절, 나는 부모님들이 언성을 높여 싸우는 것을 본적이 없다. 두 분 사이의 말씨는 언제나 정중하고 공손하였다. 전화가 없던 시절이라 외출하셨다가 혹시 긴급한 일이 생겨 집으로 돌아오는 시간이 늦어질 경우, 아버지는 인편을 통하여서라도 귀가시간이 늦는다는 것을 반드시 알려 오셨다. 그러나 보통은 집을 나가실 때 다음과 같은 말씀을 나누시는 것이었다.

"여보, 오늘은 좀 늦으리다. 나 기다리지 말고 애들이랑 저녁식사 하시구려."

"예, 알겠어요. 과음하시지 않도록 하십시오."

아버지가 의관衣冠을 갖추어 문 밖으로 나서시면 어머니는 반드시 우리를 불러 "애들아, 아버지 나가신다." 이렇게 말씀하시며 대문을 열고 한 옆으로 비켜 서셨고, 우리들은 쪼르르 마당으로 뛰어나와 "아버지, 편안히 다녀오십시오." 이렇게 합창을 하며 아버지의 뒷모습을 향하여 꾸벅 절을 하는 것이었다.

지금 생각해 보면, 나의 부모님들은 지나치다 싶을 정도로 서로간의 행동과 말씨가 온공溫恭하고 예절바르셨다는 느낌이지만 그렇다고 하나도 부자연스러운 점이 없었을 뿐 아니라 오히려 은근하고도 훈훈한 분위기가 감돌았던 것으로 기억된다.

엊그제 나를 찾아온 내 아우는 나를 보자 불쑥 이런 말을 던졌다.

"형님, 남권신장男權伸張운동이라도 펼쳐야겠어요."

"왜? 집에 무슨 일이 있었니?" 놀라 묻는 나에게 아우는 대답했다.

"저의 집 얘기가 아니구요, 제 친구에 동갑내기 부부가 있는데 그 친구 부인을 만나면 언제나 마음이 상해요. 자기 남편을 가리켜 꼭 '그 애가, 저 애가' 하거든요."

"오라, 그 법률공부한 여인 말이구먼…"

나는 이렇게 응수하면서 지아비 부夫자가 하늘 천天자 꼭대기에 점이 덧붙었다고 "남편은 하늘보다 높은 사람이니라." 농담 반, 진담 반의 우스개 말씀을 하시던 옛날 친정 어머니들이 생각났다.

압존壓尊의 원리

며칠 전에 어느 가정주부로부터 다음과 같은 편지 한 통을 받았다.

〈저는 30세의 가정주부입니다. 집안이 번족한 편이어서 위로는 시부모님 내외분, 시숙어른, 시고모님이 계시고, 또 아주버님과 도련님 아기씨도 계십니다. 저의 남편은 34세의 회사원입니다. 아이는 여섯 살짜리 딸과 네 살짜리 아들 그렇게 둘입니다. 자그마한 아파트에 우리식구 네명이 살림을 나와 있는데, 집안 어른들이 자주 찾아주시는 편입니다. 그래서 저는 남편이 없을 때에 시댁어른을 모시고 말씀을 나누는 경우가 많습니다. 그 때마다 어른 앞에서 남편을 가리켜 말할 때, ㄱ만 입버릇이 되어 시어머님께 '아빠가 오늘 늦으시다고 했어요' 하는 실수를 해서 시어머님으로부터 꾸중을 들은 적도 있습니다. 그래서 저는 바른말 쓰기에 남다른 조심성을 갖고 있는 편입니다. 그런데 최근에 문제가 생겼습니다. 남편이 다니는 회사에 사장 아드님이 외국 유학에서 돌아와 새로 전무專務자리에 앉았는데 그 분은 남편의 고등학교 삼 년 후배라는 것입니다. 그 전무님이 저희 집으로 'ㄴ과장님 계세요?'하고 전화를 거는 일이 있는데, 이럴 경우 저는 남편을 높여 말해야 할지 낮춰 말해야 할지 잘 몰라 우물쭈물 쩔쩔맵니다…〉

나는 이 편지를 받고 무척 유쾌한 기분이었다. 전통적인 예절에 밝은 젊은 부인이 이분 말고도 많이 있으리라는 생각이 들기 때문이었다. 전통 문화의 계승이라는 것이 이렇게도 줄기차고도 끈질긴 것이라면 요즈음 젊은 사람들이 바른 말씨를 익히지 못했다고 지레 근심을 하는 것도 우스운 일이 아닌가 싶었다.

신분제도가 엄격하고 서열이 분명하던 옛날에는 웃사람에 대한 공대恭待의 표현이 그 서열에 따라 질서정연하게 결정되었다. 그 중에 기본이 되는 원리가 이른바 압존법壓尊法인데, 이것은 어른에 대한 공대가 그 보다 더 높은 어른 앞에서는 줄어드는 표현방법이다. 화투놀이에서 높은 끗수가 낮은 끗수를 누르고 이기는 것과 같은 원리라고나 할까? 그래서 할아버지에게 아버지를 가리켜 말할 때는 '애비가 할아버님께 말씀 여쭙지 못하고 나갔노라고 할아버님 들어오시면 말씀 여쭈라 하였습니다.' 같은 표현을 하게 된다.

그러나 이와 같은 신분과 서열을 중시하는 압존의 원리가 복잡한 현대사회에 투영되면서 미묘한 갈등을 낳게 되었다. 나이 어린 직장의 상사에게 남편을 높일 것인가 낮출 것인가 하는 문제가 바로 그것이다. 이 때에 우리는 현대사회의 본질이 평등에 기반을 둔 민주사회라는 대전제에서 문제를 풀어가야 할 것이다. 사회적 직위는 그것이 아무리 높은 것이라 할지라도 옛날 신분사회를 반영하는 것이 아니다. 따라서 남편의 후배가 되는 직장의 상사에게 남편은 여전히 선배로서의 권위를 누려야 마땅하다. 그러나 만일 학교의 선후배라는 과거의 인연이 없는 사이이고, 분명히 공적인 용무로 남편을 찾는 전화임이 분명하다면 상대방을 존중하는 뜻에서 남편을 낮추어 말해서 나쁠 것도 없다.

한국어의 어려움은 무엇보다도 이와 같은 존대표현의 미묘함에 있다. 이것은 한국어의 드높은 향기요, 아름다움이기도 하다. 한 두 마디의 존대표현으로 상대방의 마음을 흔들 수 있는 힘의 언어가 이 세상에 한국어 말고 또 있는 줄 아는가? 향기 드높고 아름다운 장미에 가시가 많다는 것을 생각하며 존대의 표현을 익힐 일이다.

입술이 더러운 사람들

옛날에는 날씨가 오래 가물면 고을마다 성안에 있는 다리 밑에서 기우제祈雨祭를 지냈다. 도마뱀을 잡아다가 거의 말라붙은 냇물 속에 그것을 넣으며, 비를 내리게 해달라는 뜻의 축문祝文을 관원官員이 외우도록 되어 있었다. 그 축문에 이런 구절이 나온다.

〈석척석척 홍운조우淅蜴淅蜴 興雲造雨〉

한문이 아니면 축문이 통하지 않던 시절이라 "도마뱀아! 도마뱀아! 구름을 몰아다가 비 좀 내리게 해다오"라는 말을 그렇게 한문으로 표현한 것이었는데, 고을의 벼슬아치가 양반 체면에 다리 밑으로 내려가기 싫으니까 흔히 아랫사람들을 시켜서 그 축문을 읽게 하였다. 그랬더니 언제부터인지 "석척석척 홍운조우"라는 구절이 "철석철석 흐물흐물"이란 야릇한 소리로 바뀌어 버렸다고 한다. 한자를 잘 모르는 하예

배下隷輩들이 한자의 음을 제대로 외우지 못하고 다른 사람에게 일러주는 과정에서 이처럼 요상한 말이 만들어진 것이다.

우리 속담에 "초생달은 잰 며느리가 본다"는 말이 있다. 초생달은 초저녁에 잠깐 나왔다 지는 것이므로 행동이 민활한 며느리라야 구경할 수 있다는 데에서 생긴 말로 알려져 있다. 그러나 원래는 "초생달은 잿머리에 가야 본다"는 말이었다. 초생달은 초저녁에 야트막한 산 언덕에 잠시 떠 올랐다가 사라지므로, 마을에서도 좀 높직한 산마루잿머리에 올라가야나 볼 수 있으니, 귀한 사물은 그만큼 노력을 해야 얻을 수 있다는 교훈을 담고 있었던 말이다.

"최생원崔生員의 신주神主 마르듯"이란 속담도 비슷한 사정으로 와전訛傳된 것이다. 어쩐 일인지 최씨 성을 가진 사람이 인색하다는 말이 있더니, 최생원이 제사도 잘 지내지 않으므로 사당에 모신 조상의 신주가 배가 고파 메말라 버렸다는 뜻으로 풀이하고 있다. 그러나 이 속담도 원래는 "초상初喪 안에 신주 마르듯"이었다. 초상 중에는 제사를 지내지 않으므로 죽은 혼령이 흠향歆饗할 것이 없어 굶주린다는 무척 해학적인 속담이었는데 그만 최씨들을 꼬집는 험담이 되고 말았다.

말이란 이처럼 다리를 건너 옮겨갈 적마다 요상스럽게 변모가 되는데 대개는 악의에 찬 험담으로 바뀐다. 인간의 심성 속에 숨겨져 있는 못된 심술이 발동하기 때문이다.

세익스피어의 비극 "오델로"에서 비극의 오델로는 간신奸臣 이아고의 말을 곧이듣고 자기의 정숙한 아내 데스디모나를 죽인다. 자기 아내의 행실을 의심하는 것부터가 못난 남편으로서의 첫걸음을 내디딘 것이려니와, 아내를 죽음으로 몰아넣을 만큼 사랑하였다면 아내로부터 변명이 되건 해명이 되건 직접 진지하게 이야기를 듣고, 그리고 믿어주는 마음의 여유는 왜 가지지 못하였던 것일까? 부부 사이에 마음을 터놓고 대화를 나누지 못하는 처지라면 그런 사람들의 사회생활이 결코 원만하다고는 할 수 없을 것이다.

인간사의 그 많은 비극이 이처럼 제삼자第三者의 말에서 비롯되는 것임을 깨달은 우리 선조들은 그래서 여성의 못된 행실을 손꼽는 칠거지악七去之惡에 "구설口舌"이라는 조항을 집어넣었던 것이었다. 어찌 "입놀림"이 여성들에게만 국한된 문제이랴만, 남의 말 옮겨대기에 열이 오르는 계 모임 같은 곳에서 슬며시 자리를 뜨는 여인, 당사자의 말이 아니면 들으려 하지도 않는 여인이야말로 슬기있는 여인, 바람직한 여인이 아닐 것인가!

일찍이 이사야 선지자는 하느님을 뵈옵고 그 말씀을 받아 옮기기 전에, 자신을 돌아보고 이렇게 고백하였다.

"큰일이옵니다. 저는 아무 말도 할 수 없습니다. 저는 입술이 더러운 사람, 또한 입술이 더러운 사람들 틈에 끼어 살았나이다."(이사야 6:5)

옛날 딸의 글, 오늘의 아버지 글

잘못 쓴 글을 이해하는 것이 암호해독_{暗號解讀} 같던 옛날 우스개 이야기.

강 건너 마을로 시집간 딸아이가 친정으로 편지를 보냈더니라. 친정 어머니가 겉봉을 뜯어보니 가로대,

〈바두구지가 버거니 미메 하자 주소다〉

도무지 무슨 소린지 알 수가 없더니라. 글이라 하면 한문을 일컫는 것이요, 언문諺文은 글축에도 끼지 못했건만, 농군의 말로 언문 편지나마 보낼 수 있었다는 것이 대견하기는 했으나, 모녀의 언문 실력이 피차 그런 처지라 읽어낼 재간이 없음이더라. 할 수 없이 영감에게 보이매, 한참을 들여다 보던 영감이 마누라에게 이르니라.

"집에 내 두루마기 짓는다고 두었던 광목 있지 않소. 그거 한 반 필쯤 끊어 보내주구려."

"아니, 그걸 달라고 했습니까? 그럼 영감 두루마기는 어떻게 하구요"

"그 애가 버선이 다 해어졌는데 볼댈 천이 없는 모양이오. 두루마기는 차차 짓지 뭘…"

이때, 딸이 쓴 작대기 글에 아버지가 풀이한 요령은 알맞은 받침을 붙여가며 읽은 것이었으니,

〈발뒤굼치가 벌거니 미뎅무명 한자 주사이다.〉

군색한 문장 실력만큼이나 가난하던 시절의 가슴 메어지는 인정의 이야기 아닌가.

그런데 요즈음은 세월이 좋아져서 누구에게나 한글 편지나 안내문 쯤은 누워 떡먹기다. 이렇게 세상이 바뀌니까 이번에는 무식해서가 아니라 유식함을 자랑하고 싶어 글쓰기를 잘못하는 사례가 생기게 되었다. 암호 해독까지는 아니더라도 누구나 알아들을 수 있는 쉽고 부드러운 표현이 아닌 것만은 분명한 글이 가끔 눈에 뜨인다.

1. 승강구의 문은 자동으로 개폐됩니다.
2. 주행중 승강구 답판 위나 문에 기대 서지 맙시다.
3. 승하차 시에는 뛰어 내리거나 타지 맙시다.

서울 시내를 남북으로 운행하는 버스 안에서 내가 이 안내문을 처음

보았을 때, 나는 갑자기 웃음이 나오는 것을 억지로 참아야 했었다. 왜냐하면 아주 재미있는, 그러니까 그 안내문을 작성한 회사 중역이 자기 막내딸의 질문 공세에 쩔쩔매는 장면이 머리 속에 그려졌기 때문이었다.

> "아빠, 버스 안내문은 글을 읽을 수 있는 초등학교 어린이라도 읽고 알아들어야 하지요?"
> "그야 물론이지."
> "그럼 아빠, '개폐'니 '답판'이니 하는 것은 나도 잘 모르겠는데, 저 안내문은 좋은 글이 아니군요?"

이쯤 됐으면 그 유식한 아빠는 재빨리 '아차, 그렇구나. 그럼 우리 그 글을 고쳐볼까?'하고 어린 딸의 의견에 귀를 기울여야 당연할 터인데 사건은 다른 쪽으로 흘러서 '이놈아, 그것도 모르면 어떻게 해'하면서 어린 딸의 머리통에 알밤 한 대를 선사하는 것이나 아닐까?

사람의 의식은 참으로 묘한 것이어서 두 번째 내가 그 버스를 탔을 때는, 뽀루퉁 화가 난 그 중역의 따님이 새로 고친 안내문을 아빠의 책상위에 탁 던지듯 놓은 장면이 내 뇌리에 떠오르는 것이었다. 다음은 새로 고친 글─.

> 1. 타는 문과 내리는 문은 자동으로 열리고 닫힙니다.
> 2. 차가 달릴 때, 문에 기대거나 디딤판 위에 서 있지 맙시다.
> 3. 타고 내릴 때에는 서두르지 말고 여유있게 행동합시다.

　나는 그후로도 여러 번 이 버스를 탔지만 나의 의식세계에서는 아직도 세 번째 타기를 보류하고 있다. 새로 고친 안내문이 보이지 않기 때문에.

말이 된다는 것

연암燕巖 박지원朴趾源은 능양시집서菱洋詩集序라는 글에서 사물을 인식 하는데 있어 세상 사람들이 얼마나 답답한 고정관념에 빠져 있는가를 다음과 같이 개탄한다.

〈본 것이 적은 자는 백로를 들어서 까마귀를 비웃고, 오리를 들어서 학을 위태롭게 여기고 있다. 그 물건 자체는 아무렇지도 않건만 혼자서 걱정이 많으며, 하나만 자기의 소견에 어긋나도 만물을 부정하려고 든다. 아, 저 까마귀를 보건대 그 날개보다 더 검은 빛도 없는 것은 사실이지만, 언뜻 비치면 엷은 황색도 되고, 햇빛에서는 자줏빛으로 번쩍이다가 눈이 아물거리면 비취색으로 변한다. 그러므로 푸른 까마귀라 일컬어도 좋고, 붉은 까마귀라 일컬어도 좋을 것이다. 그 물건에는 일정한 빛깔이 없는 것이거늘, 내가 먼저 일정하게 만들어 버리고 만다. 아! 까마귀 하나를 검은 빛에다 봉쇄해 버리고도 오히려 부족한 모양이다. 이제는 천하의 모든 빛깔을 까마귀 하나에다 봉쇄시켜 버리려고 하는 것이다.〉

고정관념에 묶여서 세상 사물을 융통성 있게 관찰하고 이해하려고 하지 않는 사람들에게 있어서, 연암의 이러한 지적이 새로운 눈을 뜨게 하는 뇌성벽력이 될 수 있다. 그러나 일상 언어의 세계에서는 이러한 문학적 상상력을 함부로 쓸 수는 없다.

얼마 전 일이다. 음식점에서 점심을 먹다가 무심코 눈을 들어 벽을 보니, 아주 단정한 해서체楷書體로 적힌 족자가 걸려 있는데 거기에는 다음 여덟 글자가 들어 있었다.

〈精神一倒 何事不成 정신일도 하사불성〉

나는 깜짝 놀랐다. 흔히 '정신을 외곬으로 집중하면 무슨 일인들 이루지 못할까 보냐'라는 뜻으로 쓰이는 말로서, 집중한다는 의미의 글자에 '이를 도到'를 쓰는 것이 상식이었기 때문이다. 그러다가 가만히 생각해보니 '거꾸러질 도倒'를 사용해서 뜻이 안 되는 것도 아니라는 생각을 하게 되었다. "정신이 한 번 거꾸러져 미칠 지경에 이른다면 성공하지 못할 일이 어디 있으랴" 이렇게 풀이할 수도 있는 것이다. 그러나 그런, 얼마간의 문자유희文字遊戲와 시적 상상력詩的 想像力을 허용하면서 우스개로 보아 넘긴다면 모르거니와, 미상불 점잖은 표현이 아닌 것만은 분명하였다. 그래서 나는 주인에게 말을 걸었다.

"주인어른 저 족자에 글자 하나가 잘못되었다는 거 아시지요?"
"그러믄요, 하지만 말이 될 뿐만 아니라 더 멋있지 않습니까?"
"물론이지요. 말이 된다고 할 수 있지요, 허나 그것은 어디까지나 재치

놀음이요, 웃음거리 아닙니까?"

이렇게 대답하면서 나는 연암의 붉은 까마귀, 푸른 까마귀를 생각하였다. 연암이 붉고, 푸른 까마귀를 거론한 것은 문학적 창작에서 새로운 안목의 계발을 역설한 것이지 검은 까마귀조차 없애 버리려고 했던 것은 결코 아니었다. 그런데 근자에 이르러서는 말이 된다고 하여 검은 까마귀를 부정하면서 붉은 까마귀를 만들어 내려고 한다.

고속버스 안내양들의 관광지 소개하는 말을 들을 때에도 붉은 까마귀식 말투가 튀어 나온다.

"왼쪽으로 보이는 것이 망향의 동산이 되겠습니다."
"이것 봐! 안내양, '망향의 동산입니다' 그래야지 '동산이 되겠다'니?"
"왜요? 말이 안 되나요?"
"허허 그런가? 말이 된다는 것은……"

그러나 나의 훈계조 가르침은 결국 말문이 막히고 만다.

말을 잘한다는 것은

　방학철이 되면 제법 활기를 띠는 영업 장소가 있다. 아파트 단지 안에 자리잡은 수퍼마켓 이층 같은 곳이면 더욱 좋은 명당자리일 것이다. 이렇게 말하면 많은 사람들은 대뜸 초등학교 어린이들을 상대로 하는 만화가게 같은 것을 연상할지도 모른다. 그러나 그런 곳이 아니다. 이곳은 부모의 허락없이 드나드는 곳이 아니라, 부모의 권유로 찾아가는 곳, 그러니까 부모님의 꿈이 서려 있는 곳이다. 이름하여 웅변학원.

　내가 사는 동네 어귀에는 이층집 한쪽 구석에 주산, 속셈, 붓글씨학원과 웅변학원이 나란히 붙어 있다. 며칠 전부터 초등학교 2, 3학년짜리 어린 소년의 목소리가 골목 안을 쨍쨍하게 울리고 있다.

　"소년 여러분! 우리나라의 미래를 두 어깨에 걸머진 대한민국의 아드님 따님 여러분!"

한 번은 40대 남자의 변사조 음성이고 또 한 번은 그 말을 받아 반복하는 어린 소년의 째지는 듯한 목소리이다.

그 소년의 어머니는 자기 아들이 수줍고 소심하여 남 앞에서 묻는 말조차 제대로 대답하지 못하는 것이 안타까웠으리라. 그래서 뭇사람 앞에서 당당하게 말하는 씩씩한 아들을 만들고 싶었으리라.

우리는 지난 13대 대통령 선거전을 보면서 우리나라의 말하기 교육이 얼마나 부실한가를 뼈저리게 깨달아야 했었다. 이미 다 아는 낡은 이야기이지만 말하기의 바른 모습은 첫째 음성이요, 둘째 내용이다.

음성에는 한 나라 안에서 모범이 되는 표준발음을 지켜야 한다는 것과 가장 자연스런 억양과 어조를 지켜야 한다는 것을 포함한다. 어떤 대통령 후보는 이중모음을 발음하지 못하는 부분이 있었다.

"이대한위대한 강주광주시민 여러분! 우리의 승리는 학실확실합니다"라고 말하여 "확실한 후보"라는 별명을 얻은 바 있다. 제 나라 말조차 정확하게 발음하지 못한다는 점에서 우리는 그 분의 연설을 들을 때마다 안타까운 마음을 금할 수 없었다.

내용은 물론 말하고자 하는 바의 진실성과 논리성인데 이것은 반드시 말하는 이의 자세와 인품을 반영하게 되어 있다. 어느 대통령 후보는 "내가 대통령이 되면"이란 표현을 거침없이 사용하였다. 이것은 "여러분이 저를 대통령으로 뽑아 주신다면"과는 엄청난 거리가 있는 것이다. 비록 거짓말이라도 좋으니 겸허함이 드러나는 표현을 할 수는 없는 것일까 하는 심정이었다.

이러한 한탄과 조바심은 결국 우리나라 국어교육에서 말하기 교육이 제대로 이루어지지 않고 있다는 것을 일깨우는 것이었다.

젊은 엄마들이 아들의 숫기를 키우고, 또 그 아들이 당당한 언변을 구사하기를 꿈꾸면서 웅변학원을 보낼 때, 정확한 표준 발음도 익히기를 바라는 것일까? 그리고 무엇보다도 평상시의 자연스런 억양과 어조가 변조된 억양과 어조보다는 훨씬 더 친밀감을 주고 설득력이 높다는 것을 알기나 하는 것일까?

오늘도 우리 동네 이층집 웅변학원에서는 그 이상한 변사조의 목소리와 그 목소리를 흉내내는 새된 어린 소년의 목소리가 엇바뀌며 골목 밖으로 울려 퍼지고 있다.

"소년 여러분! 우리나라의 미래를 두 어깨에 걸머진 대한민국의 아드님 따님 여러분!"

시詩를 읽을 때

　우리말의 바른 쓰임새를 가르친다는 일과 아름다운 우리 시詩를 가르친다는 일은 똑같은 것이어야 하는데 때로는 그것이 서로 어긋난다. 시의 가치와 문학성을 온전하게 유지하려면 철저하게 원문대로 외고 감상하여야 한다. 그런데 거기에는 사투리도 있고, 잘 못 쓰인 말씨도 있고 맞춤법도 가끔 잘못 적혀 있다. 그러니까 바람직한 언어문자 생활의 모범이라기엔 부족할 수도 있다. 그러나 아름다운 한 편의 시가 잘못 쓴 몇 개의 낱말 때문에 바람직한 언어문자 생활에서 벗어났다고 한다면 이것 또한 어폐가 있는 말이 아닐 수 없다.

　완벽한 언어문자 생활이란 것은 우리들의 의식 속에서만 꽃피는 한갓 환상인가? 이렇게 생각하면서 고등학교 국어교과서에 실린 시들을 훑어본다.

　1학년 책에는 이상화李相和의 「빼앗긴 들에도 봄은 오는가」가 실려 있다. 여기에는 〈답답워라답답하여라〉 〈지심기음〉 〈웃어웁다우숩다〉 등

사투리가 나온다, 2학년 책에는 신석정辛夕汀의 「그 먼 나라를 알으십
니까」가 실려 있는데 여기엔 그 제목부터 〈알으십니까아십니까〉로 잘
못 표기되어 있다. 3학년 책에는 한용운韓龍雲의 「님의 침묵」이 실려
있다. 이것은 1920년대의 표기를 어정쩡하게 현행 맞춤법으로 바꾸면
서 말투는 그대로 두었기 때문에 현대어와는 다른 표현이 생겼다. 〈참
어참아 떨치고 갔습니다〉 〈날어날아갔습니다.〉 〈사러사라졌습니다.〉
〈나는 님을 보내지 아니 하얐하였습니다.〉 [-애]와 [-에]가 현대어와는
정반대가 되어버렸다.

　이래저래 시詩를 통하여 올바른 언어문자 생활의 모범을 보일 수는
없다는 생각을 굳히면서 박목월朴木月의 유고시집遺稿詩集『소금이 빛나
는 아침에』를 펼쳐 들었다. 「행복의 얼굴」이라는 시에 눈길이 머문다.

　　　행복은 무지개가 아니다.
　　　행복을 추구하면
　　　그것은 자취를 감춘다.

　　　그것은 발견되어지는 것이며
　　　또한 수천 수만의 얼굴을 가진 것
　　　그 옆얼굴은 시시각각으로
　　　새로운 얼굴로 피어나는 것이며
　　　시시각각으로 변해 가는 얼굴이다.

　'되다'가 이미 피동被動의 생성生成을 뜻하는 말이어서 '발견되는'으
로 충분한데 어째서 '발견되어지는'이라는 이중의 파동 표현을 하였을

까? '되어지는'과 발음이 유사한 것에 '뒈지는'이라는 고약한 낱말이 있어서 이 낱말의 부당성을 소리 높이 외치던 나는 고만 시인 박목월의 이름에 눌려 기가 죽고 말았다.

'그것은 발견되는 것이며' 이렇게 둘째 연을 적었다고 가정하자. 그 랬다면 아마도 '그것은' 다음에 '저절로'라든가, 아니면 '그저' 또는 '아무도 모르게' 정도의 부사어가 들어가야만 하지 않았을까? 그렇다면 그 고약한 연상을 감내하면서 '발견되어지는'이라는 표현은 그것이 지니는 고유하고도 독특한 이미지를 발산하지 않았을 것이다. 따라서 '되어지는'이라는 이중 피동의 부적절한 표현은 결코 뒈지는 일 없이 번영할 것이 아닌가.

이제, 고전적인 표현에 얽매어 있어야 할 것이 있는 것에 우선해야 한다는 이상론理想論을 유보하고, 모든 국어 선생님들은 하릴없이 언어 현실을 있어야 할 이상으로 인정하는 미네르바의 올빼미가 되어야 할까 보다.

사람 이름 땅 이름

동양철학이라는 거창한 이론적 배경과 입산수도入山修道 10년이라는 오랜 수련 기간을 간판에 내세운 거리의 작명가作名家들은 요즈음 곱고 예쁜 인상을 주며 등장하는 한글 이름을 앞에 놓고 어떤 해설을 붙일지 자못 궁금하다. 그들에게는 사람의 이름은 말할 것도 없고, 회사나 상점의 이름도 반드시 한자漢字로 지어야 하는 것으로 되어 있기 때문이다. 필경 한글 이름에도 한자식의 음양오행陰陽五行을 끌어다 붙여가며 그럴싸한 풀이를 하겠지만 그것이 부질없는 궤변임은 두말할 필요도 없다. 곱고 아름다운 한글 이름이 점점 더 늘어나는 것을 보아도 알 수 있거니와 이제 한자漢字이름의 음양오행에 자신의 운명을 예속시키려는 바보는 없을 듯싶다. 이러한 현상은 분명히 의식意識의 현대화요, 민주화요, 자유화라 할 만하다.

우람이, 소담이, 보람이, 진달래 같은 이름을 통해서 우리는 그야말로 오천 년을 꿰뚫는 민족의 정체성正體性을 확인할 뿐 아니라 한국어의 감칠맛에 대해서도 새삼스런 감동을 받는다. 이러한 의견에 의심을 품는 사람은 그전 버릇대로 중국사람과 구별되지 않는, 그리고 한자 뜻을 모르고 이름을 불렀을 때, 아무런 느낌도 받을 수 없는 이세민(李世民), 양소유(楊少遊)를 고집하면 그뿐이다. 더구나 이러한 우리말 이름짓기는 사람 이름에서 가게 이름에까지 번지고 있다. 얼마 전 어느 일간신문은 다음과 같은 10여개의 멋진 가게 이름을 선정하여 표창하였다.

고우네화장품점, 다닐목대중음식, 때깔보세원단, 바람멀미카페, 108강의 실분식점, 세시반다방, 엄마손한식점, 즈려밟고신발가게, 힘나라운동복점, 황금벌판에 메뚜기 뛸 때분식점.

영업의 성격과 가게 이름을 대비시켜 놓고 불러보면 저도 모르게 무릎을 치며 '옳거니!' 소리를 지르게 만드는 이름들이다.

그런데 이러한 우리말 이름짓기 움직임에 가장 굼뜬 부분이 있다. 아마도 땅 이름, 길 이름이 아닐까? 일찍이 삼국시대에 한자 이름으로 바꾸는 작업에 앞장섰던 것이 사람 이름, 땅 이름, 벼슬 이름이었으니 이제는 다시 사람 이름 다음에 당연히 땅 이름이 우리말로 고쳐져야 하리라. 서울 시내나 고속도로의 도로표지판을 보면 무엇보다 '길'을 가리키는 낱말이 겨우 '길' '거리' '로路' '가街' 정도에 머물고 있음에 놀란다. 영어에는 길을 나타내는 낱말이 적어도 예닐곱은 넘는다. street, aveune, lane, road, way, yard, court, boulevard, 심지어 반달형으로 구비진 길은 반달이라는 뜻의 crescent를 길 이름으로 쓴다. 명칭이 다양하고 풍부할수록 생각의 폭이 넓어지고 생활도 다채로울 수 있음을 생각할 때, 우리는 거의 획일화한 한자 표기에 눌려 우리의 삶을 위축시켜 온 것이 아닌가 하는 후회가 없지 않다. 영어에서도 마당을 뜻하는 yard, court, garden, boulevard 같은 낱말을 길 이름의 보통명사로 삼고 있으니 우리도 〈뜰, 뜨락, 마당, 큰마당, 골고을, 목, 골목, 뜸, 마실, 구비, 모롱이, 등, 등성이, 기슭, 마루, 고개, 자리, 터〉 같은 낱말을 길 이름의 보통명사로 삼는다해서 아니 될 것도 없다. '그리스도의 몸'corpus christi, '독수리 고개'eagle pass라는 미국 텍사스 주의 도시 이름을 예로 들 필요도 없다. 다만 황진수黃眞秀 대신에 '황 참슬기'로 바꿀 수 있는 의식意識의 깨우침이 문제될 뿐이다.

이미 사람 이름에서는 그 싹을 보였으니 이제는 마을 이름 길 이름도 자연스런 우리의 옛 이름들을 되살려 한국 땅의 한국스러움을 되찾아 주는 일도 서둘러 해 나아가야 할 것이다. 그러면 이력서에 다음과 같은 주소 성명이 나타날 날도 멀지 않으리라.

서울특별시 종로구 자두나무골 둘째 모롱이 32번지 6호, 황금보슬비, 여자, 나이 25살 운운.

엽전이 별수 있어

　　스무 살 안팎의 젊은 여자 대학생 서너 명이 복잡한 지하철 차칸 한 구석에서 이야기 꽃을 피우고 있었다.

　　"정말 한심하단 말야, 우리말은 왜 그렇게 비과학적이지?"
　　"또 무얼 가지고 그러니?"
　　"배, 배, 배, 말, 말, 말, 너 무어가 무언지 구별할 수 있어?"
　　"바다의 배, 과일의 배, 우리 몸의 배, 언어라는 말, 그걸 왜 몰라?"
　　"그렇게 말하면 누가 모르니? 그냥 '배', '말'이라고 하나만 말하면 무얼 뜻하는지 모른단 말이지."
　　"그건 그래. 〈눈에 눈이 들어가니 눈물이냐 눈 물이냐〉이런 말도 있지 않아?"

　　나는 이 여대생들의 대화를 엿들으면서 그들이 재미삼아 지껄이는 것이 아니라 한국어에 대한 기막힌 열등의식에 빠져 있음을 발견하였

다. 그러나 정말로 기막힌 감정에 빠진 것은 몇 십 년 우리말을 가르쳐
온 나 자신이었다.

이 세상에 동음이의어同音異議語 : 소리가 같으나 뜻이 서로 다른 낱말가
없는 언어는 없다. 그런데 어째서 몇 개의 동음이의어가 있다 하여
그것을 비과학적이라고 비관하는 것일까? 한국 사람, 한국 역사, 한국
문화 등 한국 것이면 무조건 좋지 않은 것이라는 자기모멸自己侮蔑의
악습은 언제부터 싹튼 것일까? 짐작컨대 일본 제국주의자들에게 나라
를 빼앗긴 1910년부터 다소 의식이 있는 지식인들이 자조自嘲와 냉소冷
笑의 심정으로 "엽전이 별 수 있어?" 하고 자신과 민족을 싸잡아 멸시하
던 병든 말버릇에서 그 연원을 찾을 수 있을 듯싶다. 세상이 온통 잿빛
하늘로 덮여 있던 암담한 시절에는 웬만큼 역사의식이 뚜렷하지 않고
서는 그와 같은 자기비하自己卑下의 심정에서 벗어나기 어려웠을 것이
다. 더구나 교활한 일본인들은 사대주의니 당파싸움이니 하면서 은근
히 우리민족의 자주적인 역량을 깎아 내리고 있었으니, 자칫 정신을
차리지 않으면 그러한 최면술에 말려들었던 것도 사실이다.

그러나 이제 세상은 달라졌다. 아시안 게임과 서울 올림픽을 개최한
우리나라는 소득면에서도 1인당 지엔피G.N.P가 1만 달러, 세계 11위의
경제력을 자랑한다. 활기에 넘쳐 발전하는 새 시대에는 거기에 맞는
시대정신이 있는 법이다. 그 시대정신은 식민지시대의 찌꺼기인 자기
모멸의 감정을 용서하지 않는다.

영어에서는 말하는 사람의 처지에서 '예, 아니오'를 말하고, 한국어
로는 말을 듣는 사람의 처지에서 '예, 아니오'를 말한다. 그러면 이러한
지식을 토대로 하여 영어를 쓰는 민족은 주관이 강하며 주체적主體的이

고, 한국어를 쓰는 민족은 주관도 없고 의타적依他的이라고 말할 것인가? 또 미국에 사는 우리 교포가 "한국으로 나간다", "미국으로 들어간다"고 말하는 것을 탓하는 사람도 있다. 어째서 '한국으로 들어온다'고 말하지 않느냐고 말이다. 참으로 답답한 일이다. 미국에 살고 있으니까 미국을 기준으로 말한 것이지 거기에 다른 의미가 들어있는 것은 아니다. 오히려 미국 교포들은 그들이 미국 시민권을 가지고 있으면서도 〈우리나라〉라는 말을 반드시 〈대한민국〉을 뜻하는 말로 사용하고 있었다.

언어 표현상의 논리와 그 언어를 사용하는 민족의 의식구조와는 아무 관계가 없다는 진리를 우리 모두 깨우쳐야 하겠다.

시조를 지으시던 한문 선생님

어느덧 오십 년 가까운 세월이 흐른 나의 중학 시절 이야기다.

신록新綠이 연두빛 새순으로 돋아나는 초여름, 점심식사를 끝낸 오후의 교실, 마음은 까닭없이 창 밖으로만 내닫고, 몸은 나른하여 무거운 눈꺼풀로 졸음을 부르고 있었다.

꼭 이런 때에 한문漢文을 담당하셨던 ㄱ선생님은 그 독특한 돋보기 안경을 번뜩이며 교실로 들어 오시자마자 '내가 오늘은 시조時調 한 수를 읊을 것잉께 잘 들어보드라구.' 이렇게 말씀하시며 칠판에 다음과 같이 적어 놓으셨다.

엄동설한 다 지나고 또 사흘이 지난 뒤에,
높은 데 풀이 돋고 낮은 데 나무 나되
사람들 어이하여 차다차다 하는고.

우리들은 모두 칠판에 적힌 이 이상한 시조를 웅얼거리며 선생님의
다음 말씀을 귓가로 흘릴 참이었다.

"애들아, 엄동설한이 지나면 무슨 계절이냐? 봄이지? 자, '봄 춘春'자
를 써놓고 보자. 그런데 또 사흘이 지나갔구면. 사흘은 삼일三日이니까
봄 '춘春'자에서 삼일三日을 빼자. 어이쿠 '사람인人'자 하나가 남았네.
아따, 사람 '인人'자 하나 찾아내기 힘드네. 자, 다음엔 높은 곳에 풀이
돋았으니 '사람 인人'자 꼭대기에 풀초머리艸를 얹고, 낮은 곳에 나무라
했으니 '사람 인人'자 밑에 '나무 목木'자를 써 볼까? 아하 '차다茶'자로구
나. 아, 그러니께 사람들이 '차다茶' '차다茶' 그러능거 아니여?"

우리들은 어느새 졸음을 잊고 '차다茶'자를 써보며 좋아하였다.
어느 날이던가, 선생님은 내 이름을 부르시더니 온 반 아이들이 내
이름을 한자로 분명하게 쓸 수 있도록 해주시겠다고 장담을 하시는
것이었다. 그리고 다음과 같은 시조 한 수를 또 적어 놓으셨다.

청룡은 달을 몰고 백호는 나무를 타는데
죽림이 우거진 북문을 지나니
앞마을 넓은 터를 그 무어라 하던고.

우리들은 이제 웬만큼 선생님의 수법에 익숙해 있었으므로 '선생님,
글자가 하나예요? 둘이예요?'하고 떠들어댔었다.

"하나도 아니고 이것은 자그마치 다섯 개다. 다섯 개. 그렇지만 중심

이 되는 글자는 하나라구."

빙글빙글 웃으시던 선생님은 '그 기其'자 하나를 큼지막하게 쓰시더니 그 옆에 '돌 기期, 바둑 기棋, 키 기箕, 터 기基'를 나란히 써 놓으시는 것이었다. 우리들은 해설을 들을 필요도 없었다. '그 기其'자가 청룡이 되어 달과 어울리면 '돌 기期'자가 되고, 백호가 되어 나무와 어울리면 '바둑 기棋'자가 되고, 북쪽 머리에 '대 죽竹'자를 얹으면 '키 기箕'자요, 남쪽 아래로 '흙 토土'자와 합하여 '터 기基'자가 되는 것임을 알아낼 수 있었기 때문이었다.

그런데 나는 오늘 어쩌다가 ㄱ선생님을 생각하게 된 것일까? 한자 공부가 힘들다는 우리집 막내둥이의 투정 때문이었던가? 양지바른 창가에서 졸음을 참던 학생의 눈빛 때문이었는가? 방랑 시인 김삿갓은 술 한잔에 시 한 수였다지만 우리의 ㄱ선생님은 한자 하나에 시조 한 수이었다. 도수 높은 안경알 덕분에 부엉이라는 별명을 얻으셨던 선생님이 늘 하시던 말씀이 생각난다.

"이 부엉이의 말씀인데 말이여, 앞으로의 세상에선 한자 몰라도 괜찮을지 몰라. 허지만 너희들 시조 모르면 그게 한국 사람이여?"

7장

우리말에
귀를대면

7장
우리말에 귀를대면

그그제와 그글피
암·수의 대결
'운전수'와 '식모'
눈썹과 손톱
글
사람과 넋
세 개의 낱말
웃음과 울음
'아재'의 교훈
귀화어
'싼 것'과 '비싼 것'
'있다'와 '없다'

그끄제와 그글피

    사용하는 어휘의 많고 적음이 생각의 높낮이에 비례한다는 통속적인 관념을 나는 사랑한다. 세익스피어가 몇 만의 단어를 자유자재로 구사했는지 단테의 신곡神曲에는 몇 만의 단어가 쓰였는지에 대해서 정확한 지식을 갖고 있지는 않지만 그들이 평범한 작가들보다는 엄청나게 많은 어휘를 구사하였으리라는 사실을 나는 믿는다. 어휘가 많으면 많을수록 복잡한 대상을 보다 정확하게 나타낼 수 있음은 틀림없는 사실이다.

    이름에 대해서도 나는 묘한 편견을 가지고 있다. 1930년대의 천재 시인 이상李箱은 그 이름이 이상하게 들려서 시도 '이상'한 시를 쓰게 되었고 19세기 영국의 시인 워즈워드Worthword는 그 이름처럼 단어의 가치를 증명하기 위해서 훌륭한 시를 남긴 것이라고 나는 믿는다.

    이런 생각을 하다가 나는 문득 날짜를 꼽는 단어가 우리말에는 얼마나 다채롭게 발달했는지를 깨닫는다. '오늘'을 중심으로 하고 과거로 거슬러 올라가면 '어제, 그제, 그끄제'가 있고 미래로 내려가면 '내일, 모레, 글피, 그글피'가 있다. 지나간 날은 사흘까지, 다가올 날은 나흘까지가 각기 독자적인 이름을 가지고 있다. 이 세상에서 허다한 문화 국가들의 어떤 말을 들추어 보아도 날짜를 꼽는 단어가 한국말처럼 다채로움을 발견할 수 없었음은 기막히게도 놀라운 사실이었다.

영어만 해도 고작해야 '오늘'과 '어제'가 있고 '내일'이 있을 뿐이 아닌가. 영어를 쓰는 사람들이 이토록 머리가 둔해서 날짜 꼽는 단어가 '예스터데이' '투데이' '투모로우' 정도라는 것은 참으로 알다가도 모를 일이다. 아, 그리고 우리 한국어는 또 얼마나 미래 지향적인가. 과거에 대해서는 사흘까지 기억한다면 미래를 위하여서는 나흘까지 미리 계획하고 생각한다는 그 멀고도 깊은 사려가 한국어 속에는 스며 있지 않은가. 누가 나더러 이 말을 궤변이라고 한데도 나는 양보할 생각이 없다. 이미 한국어를 운명적인 자세로 사랑하는 나는 한국어의 어휘가 부족하다는 사람들에게 늘 이 날짜 꼽는 얘기를 하면서 한국인과 한국어의 미래를 낙관하여 왔었으니까.

암·수의 대결

　우리말 사전을 조용조용히 펼쳐 나가면서 단어가 만들어진 경위를 생각해 보는 때가 있다. 언어가 세계를 그리는 도구라면 한국어는 한국적인 세계를 그리는 도구일 것이다. 어떤 단어에는 단군 할아버지 때로부터 줄기차게 사용되어 왔을 법한 길고 긴 연륜이 보이고 또 어떤 단어에서는 김포 공항에 갓 도착한 외국 유학생의 모습 같은 것이 보인다.

　할머니의 옛날 애기에 귀기울이던 고향 집의 겨울밤 같은 단어가 있는 가하면 중공업 단지의 트렉터 구르는 소리 같은 단어도 보인다. 그러나 그 어느 것이건 한국 사람의 표정 아닌 것이 없고 한국 사람의 숨결 아닌 것이 없다. 그 중에서도 한자어와 순수한 우리말이 복합되어 있는 단어 가운데서 나는 가장 한국적인 맛을 느낀다.

　그 중에서도 '암－기'와 '숫－기' 이 두 단어는 나에게 기묘奇妙한 상상력을 자극한다. 암수는 세상 만물의 생성자인 음양陰陽이나 생명체의 자웅雌雄을 모두 포함하는 고유어固有語인데 여기에 '－기'라고 하는 접미사가 붙어 있다.

그것은 아마도 한자의 '기氣'에서 유래하였으리라. '객기客氣' '농기弄氣' '결기決氣' '화기火氣' 냉기冷氣' '화기和氣' '취기醉氣' '부기浮氣' 한기寒氣' 등 이루 헤아릴 수 없다. '암'과 '수'에도 '－기(－氣)'를 붙일 수는 있으리라.

그러면 '암기암끼·앙끼'는 무엇이고 '숫기숫끼·숙끼'는 무엇인가. 흔히 '암－기'는 암상궂고 시기하는 마음을 가리키고 '숫기'는 수줍어하지 않고 쾌활한 기운을 뜻하는 말로 풀이 된다. 요컨대 '암기'에는 여성적 특질이요. '숫기'는 남성적 특질이다. 모두가 투쟁적이고 자기보호 적이라는 점에서는 공통되어 있다. 바로 이 점이 세상을 발전시킨 원동력인지도 모르겠다. 한 가지 흠이 있다면 '암기'에는 여성의 긍정적인 측면 보다는 부정적 측면이 강조되어 있다는 점이다. 그러나 이 단어는 남존여비 시대의 유물이니 필경 앞으로의 세대에는 '암기'라는 단어 속에 온화와 자애의 함축 의미가 스며들 날이 올는지도 모르겠다.

'운전수'와 '식모'

언제부터인지 우리는 자동차 운전사에게 '기사님'이란 칭호를 붙이고 있다. 운전수, 운전사, 운전수 아저씨, 운전사 어른 같은 말들이 더 구수하고 다정하고 진지한 표현인 듯싶은데, 그러나 요즈음 운전사를 직접 대면했을 때에 아무도 그들을 '운전'이란 말을 붙여 부르지 않는다. '안 기사님' '박 기사'하는 것이 상례로 되어 있다.

이 '기사'라는 단어는 대단히 관료적인 냄새가 풍기고 또 기술직에 일반적으로 적용될 수 있어서 미상불 부드럽게 대우한다는 의도가 내포되어 있다. 그러나 부드럽게 표현하겠다는 의도 자체에 이미 운전직에 대한 천시관賤視觀이 도사리고 있다는 것도 숨길 수 없는 사실이다.

자고로 단어 자체에는 아무런 감정적 의미가 붙어 있지 않다. 다만 그 단어를 쓰는 사람들의 선입견이 그것을 아름답게 하기도 하고, 추하게도 만들어 버린다. 일찍이 노자는 '식모'라는 말을 '생의 근원'이란 뜻으로 사용하였었다.

我獨異於人 而貴食母
내 홀로 남들과는 달리 생의 근원을 소중히 여기네.

그의 ≪도덕경≫제 20장에 있는 끝 구절이다. 그런데 어느 사이 이
한자어가 다른 경로를 거쳐서 우리에게 '부엌데기'를 가리키는 천박성
을 지니게 되었는지 모를 일이다.
한 가족의 영양 문제를 관리하고 있으니 그 집안에서 '생의 근원'을
이루고 있는 셈이다. 그러나 그것에 이미 경멸감이 스며들고 나니까
우리는 어쩔 수 없이 '가정부'라는 궁색한 단어로 바꿔치기를 하는 수
밖에 없었다.
단어들이 사는 세상에 가면 운전수와 식모들이 둘러앉아 이렇게
한탄 할 것이다.

"단어무상單語無常이야, 내 몇 번쯤 윤회輪廻를 거듭하면 생주이멸生主異
滅의 수레바퀴를 벗어나 탈속脫俗을 할 것인가?"

눈썹과 손톱

    탁마琢磨하지 않으면 보석을 얻을 수 없는 것처럼 언어도 닦이고 다듬어지지 않으면 빛을 잃은 보석이다. 보석을 갈고 닦는 데 세월과 기술이 필요하듯 언어를 아름답게 다듬으려면 그만큼 끊임없는 노력과 재능이 있어야 한다.

    시인이 원래 그런 것이긴 하지만 미당未堂은 인식론적 차원의 유현幽玄한 개념들을 지극히 소박한 일상용어로부터 곧잘 차용해 왔다. 그의 제5시집 ≪冬天≫에는 일곱 편의 시에서 '눈썹'이란 단어가 쓰이고 있다.그는 고집스럽게 '눈섭' 이라고 쓴다. 〈동천〉에서는 눈썹이 하늘에 옮겨 심어도 자라나는 의식의 나무이고 〈추석〉에서는 눈썹이 눈도 맞추고 가슴에 꺼리기도 하며 비수 밑에 숨어 살기도 하고 바위를 박아 넣는 공간이 되기도 한다. 〈여행가〉에서는 눈썹으로 절간을 짓고 〈연꽃 위의 방〉에서는 눈썹이 뻐꾸기에 전하는 선물이 된다. 〈내가 또 유랑해 가게 하는 것은〉에서 이 시인은 그 눈썹이 무서워 도망도 치다가 '석류

꽃을 보면서 그것이 춘향의 눈썹 너머에서 피어난 것이 아니냐고 반문
도 한다. 한 폭의 동양화 속에 무심코 빗겨 뻗은 한 줄기 난초 잎새
같은 것으로 영상되는 이 눈썹이 어떻게 이렇듯 심오한 심령 세계의
시간적 공간적 질서를 가지게 되는 것일까.

그가 '눈썹'처럼 아끼는 단어에 또 '손톱'이란 것이 있다. 이 손톱도
≪동천≫이란 시집에 다섯 번쯤 나오는데 그것은 꿈 속을 찾아드는
관문이기도 하고 못다 부른 노래, 전생의 추억, 그리고 꿈들이 서리어
사는 세계이기도 하다.

한 시인의 붓 끝을 적절하게만 통한다면 범상한 단어들도 모두 미당
의 눈썹이나 손톱처럼 중량급의 의미를 지닌다. 그래서 우리는 시인을
사랑하고 아끼게 되는 것이지만 다시금 따지고 보면 우리가 참으로
사랑하는 것은 시인들이 찾아내어 보석인 듯 갈고 닦은 언어, 그리고
그것으로 하여 우리가 누리는 황홀감이리라.

글

만일 언어의 색상과 향기를 분석해 내는 X광선 같은 것이 있어서 한국어를 투사投寫해 본다면 을지문덕 장군의 호령이 검붉은 핏빛으로 내비칠까, 아니면 상사몽相思夢에 잠 못 이루던 공민왕의 베갯머리 향 내음이 신선도처럼 피어오를까.

먼저 우리말 가운데 '글'이란 단어를 투사해 보기로 하자. 이 단어는 한자의 경서 시문經書詩文따위에 두루 대응하는 대단히 폭이 넓은 포괄적인 개념임을 알게 된다. 그리고 X광선에 투사된 음영에는 '긋다획(劃)'와 '그리다화(畵)' 같은 동사와의 관련성을 흐릿하게 암시하고 있음을 보게 된다. 말하자면 '글'의 어원은 필묵으로 종이나 비단 폭에 금을 그어 무엇인가를 만들어 낸 하나의 조형造形임을 보여준다.

그 조형 가운데서 가장 작고 추상적인 단위를 우리가 '글씨'라고 부르고 보다 크고 구체적인 단위를 우리가 '그림'이라 부른다는 사실도 알게 된다. 따라서 '글'과 '그림'은 같은 조상에서 가지를 치고 나온

형제의 단어가 아닌지 의심해 볼 만하다.

'그린다'는 말도 크게 나누어 두 가지 대상에 적용된다. 첫째는 외계 대상 즉, 나무, 돌, 산, 구름 등을 그리는 초보적인 작업이 끝나면 드디어 우리는 보이지 않는 사물들도 그려낸다. 이 두 번째의 그림이 바로 '글'이다. 빛깔도 향기도 없는 글이지만 그런 것이 없기 때문에 더욱 찬란하고 향기로울 수 있다. 마음도 그리고 정도 그린다. 마음과 정이 흘러가는 온갖 대상들을 그린다. 그리다가 미처 다 그리지 못한 것을 '그리움'이란 단어 속에 잠시 머물러 있게 한다. 그리하여 그리움은 우리의 사연이요, 또 이상이 되어 우리로 하여금 '글' 밖으로 벗어나지 못하게 한다.

'글'이란 결국 '그리움을 그린 그림'이라고나 할까. 이렇게 우리말을 하나씩 X광선에 투사해 나간다면 우리 민족이 모두 그리움으로 뭉쳐 서로 사랑해 마지 않는 민족임을 결론하게 될지도…….

사람과 넋

'사람'을 조어론造語論의 관점에서 분석하면 '살一生'이라는 동사 어간이 쪼개져 나올 법하다. 그리고 사람의 삶의 모습을 '살림살이'라 부르고 삶의 형태가 아름다울 때 그를 '좋은 사람'이라 부른다. '사람 ①이면 사람 ②이냐 사람 ③이어야 사람 ④이지'라는 경구도 있다. 여기에서 '사람④' 이야말로 좋은 사람인데 하기는 그것도 주관적이어서 특정한 사람이나 집단이나 사회에 좋은 사람이지 보편적 절대치로서의 좋은 사람은 아마 이 세상에 존재하기 힘든 것 같다.

사람을 두 쪽으로 가르면 하나는 몸이요, 또 하나는 마음인데 이를 육신과 영혼이라고 한다. 그러면 육신은 몸이니까 마음은 영혼이어야 할 터인데 마음과 영혼은 꼭 맞아 떨어지는 같은 뜻의 단어가 아니다. 마음처럼 종잡을 수 없이 넓은 의미의 영역을 가진 것도 드물다. 영혼은 차라리 '넋'이라고 해야 옳다. 넋은 몸이 죽은 뒤에도 살아남아 있는 신비한 어떤 것인데 마음은 몸과 함께 죽으면 사라지는 인식 능력과 같은 것처럼 생각된다. 그러니까 사람의 몸 값은 몸 값에 있는 것이 아니라 '넋 값'에 있는 것이라 할 수 있다.

옛부터 사람들은 몸을 사고파는 일이 흔히 있어서 미국 역사책에는 노예 시장의 슬픈 곡성이 아직도 여운을 남기고 있으며 우리나라에도 노비들의 몸이 팔려가고 팔려올 적마다 팔릴 수 없는 넋들이 거접居接할 곳이 없어서 산천에 방황하는 일들이 많이 있었다. 그 넋들은 무당이 굿을 베풀어 '넋두리'를 시키면 조금은 원한을 풀기도 하였다. 이 넋들이 사람몸을 떠나서 얼마나 오래 살 수 있는 것인지는 아무도 모른다. 그 넋은 인연을 맺었던 몸들이 이 세상에서 다 죽어 없어지면 비로소 우주 만상 안에 아무 미련이 없는 순정 무구純情無垢한 정령으로 신격화하는 것이나 아닌지……

세 개의 낱말

    몇 해 전, 미국에서 인기를 끌고 있던 흑인 작가 앨릭스 헤일리의 ≪뿌리≫라고 하는 실명 소설에는 노예였던 자기 조상을 추적해 낸 끈질긴 집념과 노력의 이야기가 들어 있다. 2백여 년 전 아프리카 대륙의 어느 이름모를 땅에서 노예 상인들의 손에 의해 미대륙으로 잡혀와 이리저리 팔려다닌 흑인들이 어떻게 가문의 승계承繼가 유지되었길래 자기의 조상을 찾아낼 수 있었다는 말인가?

    이 소설을 읽으면 대를 이어가는 혈연적 전통은 부계가 아니라 모계 母系쪽이라는 것이 드러나며 또 그렇게 대를 잇게 해 주는 정신적 유대의 매개체는 단지 잘 알 수 없는 '아프리카' 낱말 세 개라는 사실이 밝혀진다. 그 세 개의 낱말이 7대 간의 2백 년에 걸쳐 구전되어 오지 않았다면 그 작가는 영원히 자기의 조상이 '아프리카' 어느 지역 어느 종족에 유래하는 지를 결코 밝힐 수 없었을 것이다. 비록 와전되어 불확실한 것이지만 이 세 개의 낱말은 2백 년의 공백이 생긴 한 집안의 족보를 완성하게 하였을 뿐만 아니라, 미국 내에 거주하는 수천 만 흑인들에게 다시 한 번 분명하게 자기 영혼의 특질을 확인하게 하였다.

언어는 이렇듯 병신스런 몇 토막의 말일지라도 인간 존재의 가장 심원한 곳과 연결되어 있다. 그래서 우리가 만일 조상을 추모하고 기리는 정성으로 그들에게 우리를 확인시킬 수 있는 세 개의 낱말을 제시해야 한다면 우리는 무엇을 골라야 할 것인지를 생각하게 되는 것이다. 마찬가지로 우리가 우리의 귀여운 자손들에게 우리들 자신과 동일시同一視할 수 있는 우리말 세 마디를 남겨야 한다면 무엇이 알맞는가도 생각하게 되는 것이다.

나는 '뿌리' 이야기를 7순의 내 어머님께 해 드리고 당신을 특징지을 수 있는 세 마디 말씀을 청하였다.

"글쎄……. 부숭부숭 뒤뚱뒤뚱 둥글둥글이라고 할까?" 하며 웃으셨다.
"풀이를 좀 해 보시지요."
"천진했던 초년, 고생살이한 중년, 화락한 노년 아니냐."

나는 내 어머님의 그 분방한 언어 감각의 상징성에 대해 다시 한번 찬미를 보냈다.

웃음과 울음

사람은 이성의 동물인 동시에 또한 감정의 동물이기도 하다. 그 감정은 옛부터 일곱 가지로 나누어 '희노애락애오욕喜怒愛樂愛惡欲'이라 하기도 하였고 '희노우구애증욕喜怒憂懼愛憎欲'이라 하기도 하였다. 일곱 가지일지 일흔 가지일지 알 수 없는 이 미묘한 정서의 움직임은 우리가 사람으로 살아간다는 사실을 만끽할 정도로 우리를 울리기도 하고 웃기기도 한다. '울음'과 웃음은 인간의 감정을 표출하는 가장 선명한 행동 양식이다. 슬프면 울고 기쁘면 웃는다. 이것은 누구나 이해할 수 있는 초보적인 표현법이다.

그런데 이 두 단어는 놀랍게도 그 어간모음 '우'가 공통으로 되어 있다. 여기에는 무슨 기연奇緣이 숨겨져 있는 듯싶다. 구강의 가장 깊숙하고 또 높은 자리 후부고모음後部高母音에서 울리는 '우'소리는 감정이 지닌 절박성을 반영하는 데 더없이 좋은 것이 아닌지 모르겠다. 그러나 더 복잡한 문제는 그 다음에 오는 어간말자음語幹末子音에 있다.

음성 상징론에 따르면 'ㄹ'은 부드럽고 유연하여 봄철 시냇물이 흐르는 소리, 아니면 미풍에 하늘거리는 꽃잎처럼 따사로운 촉감을 유발시키는 것이어서 미상불 슬픔보다는 기쁨과의 관련을 상기시키는 자음이며 'ㅅ'은 'ㄷ'으로 중화되어 발음되거나 'ㅅ'그대로의 마찰음으로 발음되거나 간에 그 각박하고 군색한 음상이 도저히 기쁨의 표상과는 어울릴 것 같지 않은 자음이다. 그러나 우리 한국인의 감정과 의식의 구조를 조금만 조심스럽게 파헤치면 '울음'과 '웃음'이 지니는 'ㄹ' 'ㅅ'의 음성 상징론이 제법 맞아 떨어진다는 생각에 도달한다.

우리 민족사에서 언제 한번 시원스레 웃으며 살아 본 적이 있느냐는 자조적인 생각은 잠시 덮어두기로 하자.

자고로 희노애락 미발지중의 인상을 근엄 장중한 선비의 바람직한 모습으로 손꼽아 왔던 우리 조상들은 기쁠 때에 즉시 웃음을 보이고 슬플 때에 즉시 울음을 터뜨리는 경박한 태도를 나무랐다. 그리고 기쁨의 극한에서 오히려 울고, 슬픔의 극한에서 오히려 웃는다는 역행적 감정 표출 방식을 더욱 진실스러운 것으로 생각하여 왔었다. 그렇다면 '울음'속에서 기쁨을 찾는 예지를 키우고 '웃음'속에서 슬픔에 대처하는 슬기를 다듬기 위하여서도 '울음'과 '웃음'은 그렇게 엇갈려 맞서는 음상音相으로 한국어 속에 뿌리박고 있어야 할 것이 아닌가.

'아재'의 교훈

  말은 사상과 감정을 전달하는 도구라고 한다. 이것은 지당한 명제임에 틀림없으나 과연 사상과 감정을 얼마나 정확하게 전달하느냐 하는 문제에 이르러서는 함부로 말할 수 없는 어려움이 있다. 서로 다른 언어 사이에서는 말할 것도 없고 하나의 언어를 사용하는 한국 사람이라고 해도 서로 다른 방언을 가지고 있다면 간단한 의사 소통이라도 그렇게 쉬운 일이 아님을 발견한다.

  '아재'라는 단어를 두고 생각해 보자. 영동 지방의 방언을 면밀하게 조사한 보고서에 따르면 양양 지방에서는 기혼旣婚. 미혼未婚의 구별없이 고모나 이모를 가리키는 말이고 울진 지방에서는 기혼. 미혼의 구별없이 시동생을 가리키거나 숙부 또는 고모부를 가리키는 말이다. 그러나 이 정도에서 간단하게 끝나는 것이 아니다. 그것은 같은 지방에서도 농촌이냐 어촌이냐에 따라 또 달라지고 양양에서 강릉 삼척 울진으로 내려오면서도 조금씩 미차微差를 드러내고 있다.

말이 나온 김에 아예 조금 더 자세히 소개해 보자. 같은 삼척인데도 맹방리盂芳里에서는 고모나 고모뻘의 여자를 가리키고 거기에서 5리 안팎의 아무 지리적 장애가 없는 남쪽 마을 교가리交柯里에서는 어느새 시동생을 가리키는 말이 되고 있다. 5리쯤 남쪽으로 내려오는 동안에 '아재'가 돌연 성 전환을 한 셈이다. 이 아재가 다시 껑충 뛰어서 경기도 지방으로 오면 어떤가. 그것은 여자 형제들 사이에서 형부 또는 제부를 가리키는 의미로만 고정시켜 사용하는 지역과 만나게 된다.

이 사실을 통해서 우리는 사물과 어형과 의미 사이의 상관 관계를 배운다. 즉 한 언어 안에서도 하나의 사물이 서로 다른 명칭을 가질 수 있으며 그 반대로 하나의 명칭이 서로 다른 사물에 적용될 수 있음을 배운다. 그리고 보면 우리의 의사 소통이라는 것이 얼마나 큰 한계성을 가진 것인가.

여기에서 우리는 언어가 언어 자체를 위하여 존재하는 것이 아니라 우리들의 정신의 일치, 감정의 일치를 위해서 슬기롭게 운용될 것을 우리에게 요구하고 있음을 깨닫는다. 돈이 많다고 함부로 쓸 수 없듯이, 권력이 있다고 마구 휘두를 수 없듯이 우리의 언어도 꼭 알맞은 말을 찾기 위한 끊임없는 노력을 기울일 때에만 비로소 인간이 신神에게서 언어를 축복으로 받았다고 감히 말할 수 있을 것이다.

귀화어

　고유어는 흔히 순수한 배달민족의 낱말로서 외래의 때가 전혀 묻어 있지 않은 것으로 알고 있다. 그러나 고유어는 언어학적 표현을 벗어나서 손쉽게 말하자면 그 기원이 어디에서 유래하건 한국어로서의 의상을 완전하게 갖춘 어휘라고 해야 합당할 것이다. 말하자면 외래의 어휘라도 충분히 한국적 의상으로 몸치장을 하고 있으면 그것은 고유어로 취급하여 마땅한 것이다. 고려 초에 귀화하여 과거제도를 건의한 쌍기雙冀는 중국인이되 그 자손은 한국인이며, 조선조 건국 무렵 이성계의 충직한 부하였던 '퉁두란'은 여진인 이지만 그 자손은 한국인이듯 귀화의 세월이 오래되면 귀화 이전의 조상은 따지지 않는 것과 같다고나 할까.

　그러한 귀화 고유어 가운데는 중국과의 누천년累千年에 걸친 유서 깊은 문화적 교섭 때문에 한자엄격하게 말하면 중국어를 기원으로 하는 상당수의 어휘가 있다. 가령 '배추'는 중국어 '백채白菜'가 한국어로 토착화한 것이며 '김치'는 중국어 '침채沈菜'가 토착화한 것이다. 보라색을 가리키는 '자주'는 '자디紫的'에서 왔고 '얌체'는 '염치'에서 온 것이 분명한데 이 얌체의 의미는 거의 정반대로 바뀌었다.

'놋주발' '막걸리 사발' '괜히' '조용히' '악착스레' '잔잔한' '잠잠하다' 등의 낱말을 고등학교 학생들에게 제시하면서 이런 것이 고유어라고 말한다면 그렇게 당연한 소리를 무엇 때문에 하느냐고 오히려 이상스레 여길 것이다. 그러면서 그 단어들이 주발周鉢, 사발沙鉢, 공연公然, 종용從容, 악착齷齪, 잔잔潺潺, 잠잠潛潛 같은 한자와의 깊은 관련성이 있다는 것은 상상도 하지 못할 것이다. 그들에게 있어서 이 어휘는 고유어로의 귀화 작업이 끝났기 때문이다.

언어는 문화의 그릇이다. 문화는 어떠한 외래의 것이라도 포용하여 고유 문화 속에 환골탈태換骨奪胎를 시키는 적극적인 문화이어야 한다. 따라서 한국어도 잡다한 외래의 요소를 융합하여 한국적인 것으로 탈바꿈만 시킨다면 어느 나라 말이건 들어와 쓰인다는 것이 무슨 상관이 있으랴. 국어 순화를 때로 고유어 전용 운동쯤으로 잘못 이해하는 사람이 있는 것을 본다. 국어 순화는 차라리 외래어를 어떻게 보다 한국적인 것으로 귀화시키느냐 하는 운동이라고 생각하여야 할 것이다. 국어 순화는 귀화어의 확대 정리 작업이어야 한다.

'싼 것'과 '비싼 것'

반대 의미를 가진 한 쌍의 단어에 대해 생각해 본 적이 있느냐고 사람들에게 묻고 싶다. 특히 '싼 것'과 '비싼 것'에 대해 생각해 보셨습니까, 하고 말이다.

싸다거나 비싸다거나 하는 것은 물건을 사고 팔 때에 생기는 문제이니 우선 사고파는 것에 대하여 생각을 간추려 보자. 오늘날과 같은 화폐 경제 체제에서는 산다는 것은 돈을 주는 것이요, 판다는 것은 돈을 받는 행위를 뜻한다. 이 때에 준다는 말을 판다는 말로 표현한다면 돈 팔아 물건 사고 물건 팔아 돈을 산다고 얘기할 수도 있다. 그렇다면 '산다'는 말을 '판다'는 말로 바꾸어 본들 무슨 상관이겠느냐는 엉뚱한 상상을 해 본다. 쌀을 사러 가는 아낙네가 "시장에 쌀 팔러 가요." 하는 허세의 반어법이 진정 그럴 듯하다고 수긍이 되기도 한다. 따지고 보면 '돈'이란 우리의 정력과 노력을 팔아 얻은 신용 증권이 아닌가. 거래는 이렇게 평등의 원리에 의해 유지되는 냉엄한 천평天秤의 균형화 운동이다. 그런데 어쩐 일인가. 물건 값에 '싼 것'이 있고 '비싼 것'이 있다니…….

우리는 물건의 값이 싸기도 원치 않고 또한 비싸기도 바라지 않는다. 반드시 정당하게 제값을 지니기를 바랄 뿐이다. 이 염원은 "싸다' '비싸다'에 해당하는 우리의 옛말을 검토해 볼 때 더욱 절실하게 느껴진다.

중세 국어15세기 말에서 '쓰다'는 오히려 ①값나가다 ②비싸다의 뜻이었다. 현대어의 '싸다'는 '디다'로 표현했으며 '비싸다'는 '빋쓰다'의 변한 말인데 '빋'은 부채 또는 가격을 뜻했으므로 '빋쓰다' 역시 '값나가다'를 뜻하는 말이었다. 적어도 중세 국어에서 '쓰다'의 뜻에 저렴이 들어있지는 않았다. 아마도 그것은 근세 국어17세기 이후에 와서 '비싸다'가 고가의 의미로 언중에게 굳어지자 거기에서 '비-'라는 것을 접두사처럼 생각하여 빼버리면서 '싸다'라는 어형이 저가를 나타내게 되었을 것이다.

그러고 보니 싼 것이 비싼 것인가, 비싼 것이 싼 것인가 도무지 알쏭달쏭해진다. 돈 많이 팔고 산 물건의 호용 가치가 돈 적게 팔고 산 물건의 효용 가치보다 상대적으로 적을 경우에 비싼 것은 싼 것이 되어 버린다는 법칙을 우리말은 일찍이 그 의미의 변화에서 보여주었다고나 할까.

'있다'와 '없다'

온 천하 삼라만상森羅萬象을 도무지 헛된 것으로 돌려 버리고 생사도 뛰어넘어 유유자적하는 도사들이 없지 아니한 세상이지만 우리 범용 凡庸한 사람들은 사물의 '있음'과 '없음'에 대하여 환희와 비애를 민감하게 교차시킨다.

'있다'는 것과 '없다'는 것은 무엇인가. 그 말이 쓰여온 내력을 더듬어 뜻의 풀림을 따라가 보자. 유무상통이라 한다. 여기에서 우리는 조상 전래의 따뜻한 인정을 맛본다. 긴 민족사의 여정 속에서 우리는 참으로 어려운 살림살이를 하여 왔다. 그러나 하나의 물건도 여러 사람들이 돌려쓰는 미풍을 통해 우리 민족은 구수하고 너그러운 표정을 잃지 않았었다.

철수네 절구통은 영희네 것이나 다름없었고 영희네 맷돌은 돌쇠네 것이나 마찬가지였다. 이 분위기에서 '있다'는 것과 '없다'는 것의 의미 차이는 존재하지 않았다. '유무'라는 단어도 재미있다. 반드시 한글로 쓰여서 '소식' '안부 편지'라는 단어를 대신하였었다. 아마 이때에는 의미의 심층에 생명의 존몰存沒을 감추고 있을 것이다. 정말 그렇게 생각한다면 '유무'는 '생사'를 완곡하게 표현한 동의어가 되는 것이다. 안부 정도를 생사에 관련시키다니 너무 긴박하다는 인상이 든다. 그래서인지 이 단어는 흐지부지 쓰이지 않게 되었다.

'있다'의 15세기 어형語形은 '이시다'였고 '시다'라는 또 다른 어형이 있었다는 것은 이 단어에 대한 빼놓을 수 없는 지식이다. '이시다'는 단독으로 서술어의 기능을 했고 '시다'는 주로 다른 동사와 어울려서 쓰이었다. 그 뒤 '잇다'로 표기해 오다가 현대 정서법에 와서 '있다'가 되었다. '없다'는 물론 15세기에 '업-' '업스-'의 두 가지로 표기되어 나타났으나 그 어간語幹은 예나 지금이나 '없-'을 고수하고 있다. 한때 이 두 단어는 국어 품사론에서 말썽이 많던 주목거리였다.

그 특성이 동사나 형용사의 일반적인 성질과는 다소 다른 점이 있기 때문이었다. 품사는 의미의 공통성과 특히 통사적統辭的 기능에 의해 언어를 쉽게 설명하려는 방편으로 설정된 것이므로 우리에게 필요한 것은 단어의 품사가 무엇이냐 하는 것보다 그것을 어떻게 정확하게 사용하느냐를 아는 일일 것이다. '있다'와 '없다'는 존재사래도 좋고 형용사래도 좋다. 이들 단어를 쓸 때마다 유무상통하던 부드러운 인정을 우리도 실천할 수만 있다면.

8장

말씨에
스민 인정

8장
말씨에 스민 인정

쉬운 우리말을 놓아두고
간결한 문체에 정성을 가득히
한결같은 제 목소리를
어떻게 할까? 일본식 한자어
우리는 모두 시인인데
자랑스런 해외동포
북한의 말 다듬기
부끄러운 추억
"곡·독"에 서린 사연
모국어와 열다섯 살
'가라오케'의 문화풍토
얼굴없는 목소리

쉬운 우리말을 놓아두고

　초라한 형색의 나그네가 어둠이 깔리기 시작한 저녁 나절에, 궁벽한 산골, 역시 초라하기 이를 데 없는 어느 집에 하룻밤을 묵어가기를 청하였다. "길손이 하룻밤 묵는 것이야 무에 어려울 것이겠습니까만, 마침 오늘 밤이 저희 아버님 대상大祥이옵니다."

　송구한 듯이 두 손을 비비며 청하는 바는 자기가 무식하여 제문祭文을 지을 수 없은즉, 제문을 지어준다면 흔쾌히 그날 밤을 묵어가도록 허락하겠다는 것이었다. 나그네가 아는 것이라곤 제문이 '유세차維歲次'로 시작하고 '상향尙饗'으로 끝난다는 것과 더듬거려 읽는 언문 몇 자 뿐이었다. 그러나 허기진 나그네는 그것쯤 어려울 게 없노라고 장담을 하였다.

　지필묵연紙筆墨硯을 갖추라 이르고 종이에 적은 것은 'ㄱㄴㄷㄹㅁㅂㅅ ㅇ'의 여덟 자였다. 급기야 제사가 진행되어 나그네가 제문을 읽는데, 이르되 "유세차 기역 년 지글 렬 미음 비웃 숏 이행 상향" 목소리만은 청아하였다. 주인집 식구들은 '상향소리가 들리자 '애고, 애고' 곡哭을 시작하였고 그날 밤 제사는 성공리에 끝마치게 되었다.

나그네가 주인댁으로부터 기름기 느긋한 제사음식으로 배를 불리고 다음날 노자路賣까지 얻어 길을 떠났다는 옛날 이야기 ― 문자文字, 이른바 한문만 알면 행세를 할 수 있었던 시절의 웃기는 애기 한 토막이다.

이 우스개를 통해서 우리가 배우게 되는 분명한 교훈 한 가지는 한자어漢字語가 우리에게 결코 친숙한 말이 아니라는 사실이다. 유식한 체, 점잖은 체하기 위해서, 요컨대 실력을 과장하기 위해서 한자말을 사용할 때, 본의 아니게 무식이 폭로되는 사례가 많은 까닭이 여기에 있다. 또 웬만큼 지식을 갖춘 사람도 조심하지 않으면 무식함을 드러내게 하는 것이 한자말이다.

요즈음 대학생은 '수업授業을 듣는다,' '강의講義를 받는다'고 말한다. 그 내용이야 전달되지 않을 리 없으나 '주는 것을 듣는다'하고 '말하는 것을 받는다'고 한다면 도 닦는 스님들의 선문답禪門答흉내를 낸 것이 아닌 바에야 바르게 말했다고는 할 수 없다. '수업을 받는다' '강의를 듣는다'고 해야 바르게 말한 것이다.

어떤 이들은 "제가 ○○선생님에게 사사師事한 것은…"이라고 거침없이 말한다. 그러나 사사師事는 '스승으로 모심, 스승으로 삼아 가르침을 받음'의 뜻이므로 여기에 맞추어 "제가○○선생님을 사사師事한 것은 …"이라고 해야 옳은 표현이다. 흔히 지적되는 것이지만, '자문諮問'은 아랫사람으로부터 질문을 받고 의견을 말하는 것'이므로 "○○선생님이 우리의 자문에 응하여 좋은 의견을 말씀하셨다." "자문을 구하기로 하였다."와 같이 쓰일 수는 있으나, "○○교수의 자문을 받아"와 같이 쓰일 수는 없다. '사숙私淑'이란 낱말도 멋부려 말하는 이를 골탕 먹이는 함정이다. '직접 가르침을 받을 수 없는 경우에, 그 분의 덕을 사모하고 본받아 기예技藝나 학문學問을 닦는 일'이 사숙의 뜻이다.

그런데 "현재 예술원 회원이신 ○○선생을 사숙한 ○○씨의 전람회가..." 라는 표현이 거침없이 쓰인다. 아마도 '사사師事'라고 해야 할 것을 '사숙私淑'으로 잘못 알고 하는 말일 것이다.

이처럼 생소한 한자어나 외래어를 써서 자기과시自己誇示를 하려는 사람을 보면 꼭 분수에 맞지 않는 새옷을 입고 몸놀림을 어색하게 하는 촌뜨기가 연상된다.

간결한 문체에 정성을 가득히

　전화통을 잡으면 30분쯤은 보통이요, 한 시간을 넘기고도 오히려 미진한 사연이 남아 있어 또 다시 다이얼을 돌리는 사람이 있다고 한다. 그것은 긴급을 요하는 보도 내용을 현장에서 본사로 보내는 신문기자의 경우가 아니라, 남아도는 시간을 메꾸기 위하여 스스로는 불평 불만을 해소 한다는 명분으로 한담을 일삼는 복에 겨운 유한부인들의 경우일 때 문제가 된다. 울분과 원한, 또 복에 겨운 스트레스도 물론 풀어야 한다. 그러나 말이란 많으면 많을수록 부연 설명이 필요한 법이다. 말 속에는 언제나 오해를 불러 일으키는 복병이 숨어 있어서 뜻밖의 말썽이 생기기 때문이다. 게다가 말이란 아무리 오래도록 많이 해도 녹음을 해 놓지 않는 한 흔적이 남지 않으니, 종적이 묘연한 말끄트머리에서 사람들은 어쩔 수 없이 허탈한 심정에 빠지게 되고, 그래서 다시 다이얼을 돌리어 드디어는 누군가를 헐뜯는 험담을 하거나 부질없는 자기 과시로 상대방의 마음에 상처를 내놓고야 만다.

그러면 어떻게 할 것인가? 갑자기 해보지도 않던 사군자四君子를 치기 위하여 마루바닥에 화선지를 펼쳐 놓을 처지가 아니라면, 가벼운 마음 정말로 가벼운 마음으로 몇 페이지의 책을 읽거나 가까운 사람에게 다만 몇 줄의 편지라도 띄우는 것이 어떨까?

얼마 전 나는 학생들과 함께 안동安東지역에 문헌조사를 나갔다가 4백년 전, 한 지아비의 편지 앞에서 숙연한 마음으로 옷깃을 여민 적이 있었다. 임진왜란 중 경상우도 감사監司로 산청山淸의 진중陣中에서 안동 본가에 있는 자기 부인夫人에게 보낸 학봉鶴峯 김성일金誠一선생의 편지였다.

> 〈요사이 추위에 모두들 어찌 계신고 가장 사렴하네. 나는 산음고을로 와서 몸은 무사히 있거니와 봄이 닥치면 도적이 대항할 것이니 어떻게 할줄을 몰라 하네. 또 직산 있던 옷은 다 왔으니 추워하고 있는가 분별 마오. 장모님 뫼시고 과세 잘 지내오. 자식들에게 편지 못하여 미안하네. 잘들 있으라 하오. 감사라 하여도 음식을 가까스로 먹고 다니니 아무것도 보내지 못하네. 살아서 서로 다시 보면 얼마나 좋을까마는 기필 못하네. 그리워 말고 편안히 계시오. 그지없어 이만. 섣달 스무나흗날.〉

학봉은 임진년1592년 섣달에 이 글월을 유서遺書인양 써 보내고 넉 달이 지난 다음해 사월 진주晉州 공관公館에서 돌아가셨다. 누렇게 퇴색한 종이, 급히 휘갈겨 쓴 고졸한 필체 위에 서려 있는 학봉의 인품이 사 백년을 뛰어넘어 나의 가슴을 꽝꽝 울렸다. 그 간결한 말 속에, 갈피갈피 스며 있는 아내 사랑, 자식 사랑, 겨레 사랑 그리고 나라 사랑의 곡진曲盡한 뜻을 어떻게 일일이 헤아릴 수 있을까? 우리 선현先

賢들의 그 의연하던 삶의 자세가 부럽기 그지 없었다.

그런데 이 부러움을 오늘날 우리의 생활 주변에서도 발견한 것은 정말 뜻밖의 놀라움이요 기쁨이었다. 오늘 아침 무슨 볼일로 오랜만에 만난 내 친구 ○군은 쑥스러운 듯.

"마누라가 늙마에 철이 드는 모양이야." 이렇게 말하며 쪽지 하나를 내놓는 것이었다. 손바닥만한 미색 모조지에는 정갈한 글씨가 다음과 같이 적혀 있었다.

〈당신 요즘 많이 수척하셨어요. 엊저녁은 과음을 하셨구요. 오늘 점심은 얼큰한 매운탕이라도 드시고 속을 푸시구료. 내일이 둘째아이 생일이란 거 잊지 않으시겠죠? 당신의 아내.〉

한결같은 제 목소리를

어린 시절, 우리 동네에 살던 순분이라는 처녀는 남의 목소리를 흉내 내는 남다른 재주를 가지고 있었다. 할머니나 아주머니 같은 여자의 목소리는 말할 것도 없고, 할아버지, 국회의원, 학교선생님, 새우젓 장사 등 이 세상의 사람 목소리면 못 내는 것이 없었다.

그러나 동네의 점잖은 어른들은 순분이 얘기만 나오면 눈살을 찌푸리셨다.

"옛날 중국에선 닭 우는 소리를 잘 내어 적진敵陣을 빠져나왔다는 고사故事가 있다마는 남의 목소리를 잘 낸다는 것이 한갓 웃음거리로 만드는 것 외에 무슨 소용이 있단 말이냐? 사람이란 그저 제 목소리 하나만으로 족하니라. 그것도 한결같은 한 가지 목소리여야 하느니…."

동네 어른들의 이러한 말씀에 귀기울일 만큼 철이 들지 않았던 우리들은 순분이 누나가 나왔다 하면 먹던 밥도 팽개치고 뒷산 은행나무 밑으로 몰려들곤 하였다. 요즘말로 하면, 순분이 누나는 우리 동네의 코미디언이라 해도 좋고 우리 꼬마들의 전속 개그맨이라 해도 좋을 것이었다. 그렇지만 나의 부모님도 내가 순분이 누나의 연설 흉내를 다시 흉내 내노라면 '흉내쟁이는 끝내 남의 흉내밖에 못내는 법이다. 제 목소리로 제 말을 하는 사람이 되어야지'하고 걱정하셨다.

그때로부터 40여년이 흘러간 요즈음, 나는 '한결같은 한 가지의 제 목소리'가 얼마나 고귀한 것인가를 깊이 생각하게 되었다. 교양이나 인품이라는 것도 결국 한결같은 제 목소리에 직결된다는 것을 깨닫게 된 것이다.

우리집 파출부 아주머니는 잘못 걸려온 전화를 받을 때에, 평소와는 전혀 다른 음성으로 역정을 내면서 전화를 끊는다. 잘못 걸려온 전화이니만큼 상대방과는 실제로 아무 이해상관이 없는 사이이다. 그러니 '잘못 거셨습니다.'하면 그만일 것을 '번호를 바로 눌러야지요. 김사장님 댁이 아니란 말예요.' 하고 여러 마디를 지껄이며 언성을 높인다. 가슴 속 깊은 곳에 감추어져 있는 울분이 그런 때에 전혀 이해 상관이 없는 사람에게 분출되는 것이라고 밖에는 달리 해석할 길이 없다.

나의 중학 선배인 ㅂ형은 환갑을 바라보는 나이에 회사 근처로 하숙을 정해 나오시고, 집에는 월급을 전하러나 들어간다고 하셨다.

"아니, 그 좋은 형수님을 두고 망녕나시었소? 결혼생활 일이십 년도 아니고 이게 무슨 궁상이오?"

나의 항의에 ㅂ형은 쓴웃음을 지으며 "자네가 우리집 부부 문제를 어떻게 알아? 우리집 여편네야 남한테는 둘도 없이 싹싹하지. 목소리가 두 개거든." 이렇게 말씀하시는 것이었다. 그 말을 들으니 퍼뜩 짚이는 일이 있었다. 무슨 일로 그 댁에 전화를 걸었는데 그 형수님은 상냥하기 이를데 없는 목소리로 "심 교수님이세요? 네 잠깐만 기다리세요." 그렇게 싹싹할 수가 없었다. 그런데 그 다음에 들려오는 목소리. —그것은 전혀 다른 음성, 다른 사람의 말씨였다. "전화받어!" 잔뜩 불만이 섞인, 볼멘 목소리의 반말투가 감이 멀기는 하지만 그들 부부 사이의 분위기를 짐작하게 하였다. 그때는 그저 공교롭게 부부싸움중에 전화를 걸었었나보다고 생각했을 뿐이었다.

한결같이 한 가지의 제 목소리를 내기 위하여 우리는 칠팔십 평생 목소리 연습을 하는지도 모른다.

어떻게 할까? 일본식 한자어

　지금으로부터 일백 년 전, 우리나라가 새로운 세상에 눈을 뜨기 시작한 이른바 개화기에 우리 조상들은 한자어漢字語 사용에서 서서히 방향 전환을 시도하고 있었다. 중국식 한자어를 일본식 한자어로 바꾸는 일이었다. 그래서 그때까지 사용하던 법국法國 : 프랑스이 불란서佛蘭西가 되었고, 덕국德國 : 도이치이 독일(獨逸)이 되었다. 언어. 문자는 그것이 지닌 정신적 정서적 가치에도 불구하고 대체로 효용가치관점에 따라서는 이것을 사회적 세력 판도라고 할 수도 있다에 따라 말버릇이나 표기 방식을 바꾸게 된다. 개화기에 중국식 한자어가 일본식 한자어로 바뀐 배경에는 청淸나라의 정치적. 군사적. 문화적 세력이 일본의 그것들에 미치지 못했다고 하는 사실과 깊은 관계가 있다. 그후 우리나라에서 일본식 한자어는 세월이 흐를수록 승승장구乘勝長驅의 발전을 거듭하여 왔다. 8 · 15광복 이후 60여 년이 흘러 갔으나 일본식 한자어는 여전히 세력을 떨치고 있다. 첫째로는 그전부터 사용해온 것을 아무 생각

없이 습관적으로 쓰기 때문이요. 둘째로는 바르게 가르치고 일깨워주는 사람이 없어서 일본식 한자어인 줄도 모르고 쓰는 까닭이다.

여러 차례 지적돼 온 것이지만 몇 가지를 다시 간추려 보기로 한다.

살펴보아야 할 주위환경이나 인간관계를 뜻하는 낱말로 '처지處地'라는 우리 한자어 대신에 '다찌바'라고 읽히는 일본식 한자어 '입장立場'이 쓰인다. '짜맞추기'라는 낱말이 더 좋을 듯 싶은데 '구미다데'라고 읽히는 일본 한자어 '조립組立'이 사용된다. 서양말 로맨티시즘romanticism을 일본식 한자음으로 고쳐 놓은 '로만浪漫에 주의'를 붙여 읽는 일본말 로만주의를 우리는 한국음으로 바꾸면서까지 '낭만주의浪漫主義'라는 낱말을 사랑한다. '번쩍이는 별'이란 뜻의 일본말 '기라호시'를 한자로는 '綺羅星'이라 하는데 이것을 '기라성'이라고 우리 한자음으로 읽고 쓴다. 신분이나 유명도가 높은 인물을 비유할 때 사용한다는 것도 일본과 우리의 경우가 똑같다. 자기가 지은 책이나 작품을 남에게 드리면서 '삼가 받아 간직해 주십시오' 하는 뜻의 '게이손'이라는 말은 원래 일본 사람들이 즐겨 쓴 낱말이지만, 한국 사람들도 그것을 '혜존惠存'이라 본뜨고 있다. '인도引導'보다는 '안내案內', '구실'보다는 '역할役割'이라는 일본식 한자어의 세력이 몇 십 배에 이를 것이다.

예를 들자면 한이 없다. 그러면 다시 생각해 보자. 우리는 왜 일본식 한자어를 조심해야 하는가? 의사 전달의 효과만을 생각한다면 세상 사람들이 두루 쓰는대로 따라 쓰면 그뿐이요, 따로 신경쓸 이유가 없다. 부족한 어휘를 보충하기 위하여 외래어를 차용借用해서라도 표현의 다양성을 확보해야 하는 판인데 일제시대에 자연스럽게 통용되다가 우리식 한자음으로 고쳐서 쓰이는 것이니 엄격하게 말하면 일본어는 아니니까 상관이 없다고 대범하게 넘길 수도 있다.

　그러나 우리가 일본식 한자어에 조심해야 하는 이유는 명백하다. 과거에 일본이 우리를 정치적으로 속박했기 때문이 아니다. 이제 우리가 새로 배워야 할 대상이 일본이 아니라 서양의 여러 나라로 확산되었기 때문도 아니다. 정치적 예속관계隸屬關係로 말하면 사대事大를 강요했던 역대의 중국왕조와의 관계가 더 굴욕적이었다고 볼 수도 있다.

　보다 근본적인 이유는 일본이 한국과 한국민족을 문화적으로 억압하다 못해 우리말과 글을 말살抹殺하려 했다는 사실 때문이다. 세계 인류사에서 정치적 군사적 식민지 지배는 많이 있으나 문화적으로 언어말살을 획책한 식민지 지배는 일본이 우리에게 행사한 것을 제외한다면 그 유래가 없다.

그러므로 언어는 편의에 따라 이미 굳어버린 일본식 한자어를 사용하는 것은 부득이한 일일 것이다. 그러나 순자順子, 淳子니 영자英子, 榮子니 하는 이름과 더불어 일본식 한자어가 분명히 일본에서 비롯했다는 사실만은 알고 나서 그래도 쓰고 싶으면 써야 할 것이다.

우리는 모두 시인인데

88올림픽 국제가요제에서 우리에게 열광적인 환영을 받으며 가슴 벅찬 감동을 안겨준 외국인 가수를 한 명만 손꼽으라면 나는 단연코 그리스 태생의 나나 무스꾸리를 지적하겠다. 그녀의 매력은 한 두가지가 아니다. 남자처럼 훤칠한 키, 검은테 안경 속의 그윽한 눈매, 시원한 성량聲量과 맑은 목소리, '놀라우신 은총' '사랑의 기쁨' 같은 고전적인 곡목 등등.

그러나 그 무엇보다도 그녀의 매력은 한국말 가사로 한국 청중들에게 노래를 선물할 줄 아는 그녀의 교양과 정성이었다. 우리는 그녀의 한국어 노랫말이 서툴다는 것을 따지지 않았다. 아니 오히려 서툴기 때문에 우리들은 더욱 열광적으로 고마워했는지도 모른다. 한국 사람들은 한국말을 통해서만 인정받고 대우받을 수 있음을 증명하는 장면이기도 하였다.

내가 나나 무스꾸리의 한국말 노래를 들으면서 문득 간단한 표어

한 마디에 감동했고, 그리고 실망했던 추억을 떠올린 것은 무슨 까닭일까? 한국 사람이면 누구나 한국어를 사랑한다는 사실과 한국어를 사랑하는 사람이라면 누구나 시인이 될 수 있다는 비약적인 연상작용 때문이었던 것 같다.

금년 초에 나는 급한 볼일로 강릉을 갔었다. 나의 차가 강릉 시내로 들어서자마자 나의 시야에 신선한 감각으로 다가서는 현수막- 그것은 강릉시에서 도시미화를 위한 시민 계몽용으로 걸어놓은 것 같았는데 거기에는 다음과 같은 글귀가 적혀 있었다.

〈푸른 산, 맑은 시내, 깨끗한 바다〉

열두 자에 지나지 않는 짧은 어구語句가 그처럼 산뜻하고 아름다울 수 있을까? 나는 그 표어로 해서 이틀간의 강릉 생활이 싱글벙글 즐거울 수 있었다. 그리고 나는 강릉 떠나기 직전 호텔의 지배인을 부르고 말았다.

"강릉 시장이 혹시 시인詩人이 아닙니까?"
"글쎄요, 잘 모르겠는데요."

어리둥절한 지배인이 머뭇거렸다.

"강릉 시장은 틀림없이 시인일 거예요. 저 표어 좀 보세요. '푸른 산, 맑은 시내, 깨끗한 바다' 얼마나 좋습니까?"

"그것이 그렇게 좋습니까?"

(이런 벽창호 봤나) (할 수 없지)나는 알아 듣거나 말거나 지껄이기
로 했다.

"그럼요, 석 자 넉 자 다섯 자가 차례대로 배열되어 있어서 산, 시내,
바다가 글자 수에 비례하여 입체감을 도와주지요, 그리고 7·5조의 가
락으로 읽히기 때문에 저절로 외울 수 있지요, '도시를 깨끗하게 가꿉시
다' 따위의 직접적이고 명령조의 말을 피하면서도 시가지의 청결을 강
조하지요, 12음절의 짧은 말로 이렇게 강렬하게 강릉 시민의 마음을
사로잡을 수 있으니, 그런 분이 시인이 아니라면 누가 시인입니까?"

나는 제물에 흥이 겨워 떠들어댔었다. 그러나 그 호텔 지배인은 "듣
고 보니 그렇군요"라고 대답은 했지만 그것은 손님의 말에 대한 상업
적인 인사였을 뿐 전혀 시적 표현을 함께 얘기할 말상대가 아니었다.
사실 그때 나는 자그마한 음모를 꾸며 놓고 있었다.

(저 지배인이 내 말에 찬동하고 함께 그 아름다운 표어를 칭찬한다면,
나는 호텔 종업원이나 손님에게 두루 유용한 표어 하나를 지어주고
싶다고 얘기해야지. 그리고 그것이 무어냐고, 제가 한 잔 대접하겠다고
하면 못 이기는 체 차 한 잔을 얻어 먹고 봉사업의 기본 정신을 순서대로
밝힌 표어 하나를 내어 놓아야지.)

그러나 나의 음모는 산산이 부서지고 무안을 당한 나의 표어는 내

주머니 속에서 꼬기꼬기 구겨지고 있었다. 거기엔 이런 말이 적혀 있었으니…

〈웃는 낯, 고운 말씨, 따뜻한 손길〉

자랑스런 해외동포

내 책상 위에는 50여 쪽 밖에 안 되는 얄팍한 팸플릿 한 권이 석달째나 먼지 앉은 채 놓여 있다. 이 책을 받았을 때의 감동을 되새기며 감사의 글월을 보내드리기까지 그 팸플릿은 잡지가 꽂힌 서가에 끼워 넣을 수가 없었기 때문이다.

캐나다 토론토에서 열린 학술회의에 참석했던 지난 여름, 어느 날 저녁 나는 한국 음식점을 찾아가 저녁을 먹고 있었다. 그때 다른 식탁에 있던 한국인 신사 한 분이 내게로 와서 낯이 익다면서 인사를 청하는 것이었다. 통성명通姓名을 해보니 같은 해에 대학을 졸업하기는 했으나 한국에서 서로 만났던 인연이 있는 사이는 아니었다. 낯선 이역 땅에서 오랜 옛친구처럼 낯익은, 그러나 생면부지生面不知의 고국 사람과 한국에 대하여 얘기하는 기쁨을 선생님은 모를 것이라고 하면서 그 신사가 건네 준 팸플릿이었다.

책 표지에는 "≪새싹≫ 제4호 1988년 6월. 캐나다 온타라오 주 런던 한인 한글학교"라는 글씨가 위 아래에 가지런히 적혀 있었다. 4·6배 판 크기의 이 책은 그러니까 그 지역 한글학교의 교지인 셈이다. 어린 이들의 글, 글씨, 그림을 원문대로 복사하여 싣고, 앞뒤에는 선생님의 간절한 부탁 말씀과 학교 현황 같은 것이 소개되어 있다.

그때 내가 자리를 옮겨 그분들과 잠시 애기를 나누면서 느꼈던 감회 를 모두 다 적을 수는 없다. 그날 그분들의 회의는 한글학교의 활성화 방안 같은 것이었는데 그분들은 토요일 오후 3시간도 안 되는 한글학 교를 보람있게 발전시키려면 무엇보다도 교사의 자질향상資質向上이 가장 큰 문제라고 하면서, 자신들이 열성만 있지 실제로 아는 것이 없음을 한탄하고 있었다. 아무려면 그분들이 초등학교 3,4학년 정도의 우리말 읽기 쓰기를 지도할 능력이 없을까마는 그분들은 매우 구체적 으로 자신의 무능력을 근심하는 것이었다.

첫째, 한국어 교수법을 이곳 사정에 맞게 체계적으로 개발하여야 한다. 그런데 우리는 교육과정을 어떻게 짜야 할지 전혀 아는 바가 없다.

둘째, 한국어와 한국 문학에 대한 좀더 깊은 소양을 갖추어야 한다. 그런데 우리 주위에는 한국어문학을 공부한 분이 없으니 배우려고 해도 배울 수가 없다.

셋째, 욕심일지 모르지만 한국문화 전반에 관한 깊이있는 이해가 필요하다. 특히 역사, 민속, 예술 등 알고 싶은 것은 산더미 같은데 이러한 욕구를 충족시킬 기본자료조차 구하기 힘들다.

내가 보기에 그분들은 결코 시간에 여유가 있는 분들로 보이지는 않았다. 캐나다가 아니라 미국에서였지만 내가 아는 부인 한 분은 건축기사로 일하는 남편과 중·고등에 다니는 아들 둘이 있는데, 그녀 자신은 어떤 회사의 구내매점을 경영하고 있었다. 새벽부터 늦은 시간까지 햄버거, 샌드위치, 핫도그 같은 음식을 만들어 팔며 눈코뜰 사이가 없이 지내다가 토요일이면 주말 한글학교에 나와 교포 2세들에게 한글을 가르치고 일요일이면 교회에 나가 또 일요일 한글학교에서 일한다. 다시 월요일부터는 다람쥐 쳇바퀴 돌리듯 구내매점에서 햄버거를 구우며 종종걸음을 친다. 캐나다 교민들이라고 예외는 아닐 것이다. 그런데도 그분들은 한글 학교가 더 활성화하지 않고 성과가 나쁘다고 자신들을 혹독하게 꾸짖고 있는 것이었다.

나는 고국에서도 이분들을 위하여 무언가 적극적인 협조를 할 때가 되었다고 생각하면서 ≪새싹 제4호≫를 펼쳐 든다. 오늘은 무슨 일이 있어도 이분들에게 격려와 감사의 글월을 보내드려야겠다는 마음을 다진다. 첫페이지 선생님의 말씀 한 마디가 내 망막에 박힌다.

"우리 어린이들은 지혜롭고 원만한 인격자가 되고 또 조상의 나라도 잘 알아서 자랑스런 한국인－캐나다 인Korean－Canadian이 되기를 바랍니다."

북한의 말 다듬기

맹자孟子 공손추公孫丑장에는 다음과 같은 일화가 소개되어 있다.

〈일이란 언제든지 있는 것이지만 꼭 그렇게 되리라고 생각지도 말고, 잊어버리지도 말고, 그렇다고 억지로 키우려고는 더더욱 하지 말아라. 송나라 사람처럼 바보짓을 하여서는 아니된다. 어느 송나라 사람이 새싹이 잘 자라지 않자 속이 타서 그 싹을 쑥쑥 뽑아 놓느라 힘을 들이고 휘청휘청 집으로 돌아와서는 한다는 소리가 "아이구 피곤해 죽겠네. 내가 새싹이 잘 자라도록 해 놓았어"라고 하였다. 이 말을 듣고 놀란 아들이 들에 나가본즉 새싹들은 뿌리가 흔들려 시들시들 말라버렸더라는 것이다.

세상 사람들 가운데서도 새싹을 잘 자라게 한다고 억지로 뽑아놓는 바보짓을 하는 사람들이 적지 않다. "그럴거 무어 있나!" 하고 내버려두는 사람은 싹을 가꾸어 주지 않는 사람이요. 자라나도록 도와준다는 사람은 싹을 뽑아제치는 사람이니 아무짝에도 쓸데없을 뿐 아니라 도리어 상처난 곳을 덧들이는 짓을 하는 사람이다.〉

이 이야기는 조장助長이란 낱말이 부질없는 짓이라는 나쁜 의미가 있음을 가르치는 일화로서 어떤 일이거나 순리를 따르지 않을 때의 병폐를 경고하고 있다.

북한은 1964년부터 지금껏 매우 강력한 언어정책을 펴고 있다. 그 언어 정책은 〈문화어〉라는 북한만의 표준말을 확립하고 그 문화어를 이른바 주체사상에 바탕을 둔 민족어로 발전시키기 위하여 벌이는 말 다듬기 운동이 중심을 이룬다.

〈말 다듬기〉는 쉽게 말하여 일반 언어 대중들이 알아듣기 어려운 한자어나 외래어를 고유어로 바꾸는 작업이다. 이때에 활용되는 고유어는 대부분의 사람들이 일상으로 사용하는 말일 수도 있고. 궁벽진 지방의 사투리일 수도 있으며, 또 이제는 거의 아는 사람이 없는 옛스런 말일 수도 있다. 또한 말 다듬기에는 인명, 지명, 품종명들을 새로 짓거나 바꾸는 작업도 포함되어 있다.

그래서 '하사분하다' '우격지다' '깝치다' '넘나치다' '넘실이' '애졸이다' 같은 옛스런 말을 그야말로 우격지게 사용하라고 권하기도 하고, 공주행시간空走行時間을 '헛달림 시간', 아이스크림을 '어름보숭이', 속독速讀을 '빨리읽기'로 바꾸어 쓰기로 결정하기도 한다. 한편 사람 이름 짓기에는 '꽃실, 함박, 보람, 한길' 같은 고유어가 있는가 하면 '혁신, 전진, 선봉'같은 한자어를 그대로 사용하여 개혁적 기상을 나타내도록 권하기도 한다. 특히 고장 이름은 '새별군, 은덕恩德군, 락원樂園군, 영광榮光군, 김정숙군, 해방解放동, 평화동, 개선문거리, 주체사상탑거리' 같은 이름으로 바꾸어 놓음으로써 과거부터 전해오던 유서깊은 지명을 상당 수 잃어버리는 결과를 가져왔다.

　이 말 다듬기 운동은 고유어를 활성화한다는 점에서 분명 긍정적인 일면이 있다. 그것은 우리가 추진하는 국어순화운동과 맥을 같이 하는 것이기도 하다. 그러나 북한의 말다듬기는 다음 두 가지 면에서 심각한 문제점을 안고 있다. 첫째, 당성黨性과 사상성思想性의 강화라는 명분으로 '恩德, 忠誠, 榮光' 등의 한자어를 그전보다 더 많이 씀으로써 민족적 주체성을 살린다는 주체사상의 근본정신에 어긋난다는 점이고, 둘째, 온 나라가 행정력을 총동원하여 이끌어가는 관주도官主導의 하향식 운동이라는 점이다.

　흔히 말하기를 자연보호의 최선책은 섣불리 손을 대기보다는 사람 손이 닿지 않도록 지켜주는 것이요, 여인의 아름다움을 가꾸는 제일 좋은 방법은 성형수술을 한다, 요상한 화장법을 개발한다 하는 것이 아니라 있는 그대로를 보호하는 차원에서 하는듯 마는듯 손질하는 것이라야 한다.

　우리는 북한의 언어정책이 맹자에 나오는 잘못된 조장정책助長政策이 아니기를 빌 뿐이다. 언젠가는 통일이 되어 한 식구가 될 것이므로.

부끄러운 추억

　지난 12월, 우리나라 역사상 처음으로 국회에서 청문회聽聞會라는 것이 벌어지고 있을 때, 나는 공무公務로 집을 떠나 있었다. 여관 방에서 텔레비전에 중계되는 청문회 장면을 보다가 지금 가족들과 함께 있지 않다는 사실이 얼마나 다행스러운 일인가 하면서 가슴을 쓸어내렸었다.

　가령 팔순이 되어 청력도 떨어졌고, 또 원래 세상 물정에 어두우신 나의 어머님이 "애, 아범아, 저 사람이 고관대작을 지냈다면서 무슨 잘못을 했길래 저렇게 몰리느냐?" 하신다든가, 또 초등학교에 다니는 조카녀석이 "큰아버지, 저런 사람이 어떻게 국회의원이 되었지요?" 라고 묻는다면 나로서는 간결하고도 명쾌하게 대답할 재주가 없을 것 같았기 때문이었다.

　집에서나 밖에서나 나는 염불念佛 외듯 '예의염치禮義廉恥'를 강조했던 훈장 선생이 아니었던가. 그런데 텔레비전 화면에서는 지난 팔구

년간 나라 살림을 주름잡던 이들, 그리고 앞으로 나라 살림을 꾸려나갈 분들이 '예의염치'하고는 전혀 담을 쌓은 대화를 진행하고 있는데 거기에 무슨 해설을 붙일 수 있단 말인가.

차라리 눈을 감는다. 세월이 거꾸로 흐른다.

내가 국민학교 2학년 때였으니까 해방이 된 그 해 가을이었던 것 같다.

생활 필수품은 턱없이 모자랐고 학용품의 질은 말이 아니었다. 연필은 대게 깎기가 무섭게 부러지는 것이었기 때문에 어쩌다가 미군부대에서 흘러나온 연필을 가지고 있는 아이는 임금처럼 뽐내며 자랑을 하던 시절이었다.

우리 반에는 삼촌이 미군부대에 다닌다는 아이가 한 명 있었다. 이 아이는 언제나 노란 색깔에 윤이 반질반질 흐르는 질 좋은 연필을 갖고 있었다. 어느 날 나는 그 아이에게 나도 그 노란색의 연필을 살 수 없겠느냐고 청을 하였다. 그 아이는 돈10원만 주면 그런 연필 다섯 자루를 갖다 주마고 약속하였다. 나는 엄마의 경대 설합에서 돈10원을 꺼내다가 다음날 그 아이에게 주었다. 웬일인지 그때의 사정으로는 엄마에게 돈을 정식으로 청구할 수가 없었다. 그래서 나는 내 생애에서 첫 번째의 도둑질을 감행한 것이었다.

드디어 못 보던 연필이 내 필통에서 발견되었고 그 출처를 추궁받게 되었다. 나는 결국 도둑으로 지목되어 아버님 앞에 무릎을 꿇고 앉은 신세가 되었다. 이제 앞으로 벌어질 일은 뻔한 것이었다. 뒷뜰에 나가 회초리를 해 오는 일, 종아리를 걷고 목침木枕 위에 올라서는 일, 아버님이 내 종아리에 회초리를 내리치면 나는 눈을 감고 이를 악물면서도

'하나'하고 큰 소리로 외치는 일, 잘못의 경중輕重에 따라 서너 대에서 예닐곱 대까지 맞는 일, 그런데 그 날은 회초리를 해오는 것만 전과 같았을 뿐, 그 다음은 예상 외의 일이 벌어지고 말았다. 엄마를 불러 들이시는 것이었다. 그러더니 우리 부부가 부덕不德하여 아들을 기르지 못하고 도둑을 기르게 되었으니 우리 부부가 종아리를 맞아야 하지 않겠느냐 그러니 당신이 먼저 맞겠느냐 아니면 나를 먼저 때리겠느냐 그러시면서 아버님은 일어나서 바지를 걷어 올리시는 것이었다.

그때 어머님은 "내가 먼저 맞지요" 하시면서 아버님으로부터 회초리를 몇 대 맞으신 것으로 기억된다. 그리고 당신을 때리라는 아버님께 부부일신夫婦一身이니 에미가 맞은 것으로 그만 노여움을 푸시고 아들을 용서하라고 사정을 하셨던 것으로 기억된다.

그 날 나는 문자 그대로 혼비백산魂飛魄散하여 울며 불며 아버님께 용서를 청했었다. 죽어도 다시는 도둑질을 아니하겠다고 마음 속으로 다지고 다지면서.

모를 일이다. 청문회를 보다가 나의 부끄러운 추억을 되살리는 이 부끄러움을.

"곡·독"에 서린 사연

국어의 자음子音·닿소리가운데 세월이 흐를수록 점점 더 많이 발음되는 것은 무엇일까? 아마도 된소리일 것이다. " ㄲ, ㄸ, ㅃ, ㅆ ,ㅉ의 다섯 된소리 자음들은 향가鄕歌가 불리어지던 옛날에는 아주 드물게 나타나던 것이었다. 관형형冠形形의 어미語尾 "ㅅ"이나 "ㄹ" 다음에 "ㄱ, ㄷ.ㅂ.ㅅ,ㅈ"으로 시작하는 낱말에서나 발음되었을 것으로 짐작된다.

그것이 고려시대로 넘어오면 낱말의 첫머리에도 발음된 듯 싶다. 15세기 에는 이미 "씀[夢], 짜[地] 같은 낱말이 된소리로 발음되었고, "곳[花], 불휘[根]" 같은 낱말은 관형형의 "ㅅ"의 다음에 자주 쓰이다가 결국은 오늘날의 "꽃, 뿌리"가 되어버렸다. 된소리는 유성자음有聲子音으로 시작되는 외국말을 차용하면서 생기기도 한다. "버스BUS"를 "뻐스"라고 발음하고 "가운gown을 "까운"이라 하는 것은 그 때문이다국어의 자음 체계에는 유성자음이 없다. 그러니까 토박이 한국 사람은 유성자음을 발음 하지도 못하고 분별하지도 못한다.

이와같은 된소리 팽창은 "상常놈"을 "쌍놈"으로, "안간힘"을 "안깐힘"으로 발음하게 했다.

그리고 "국문과, 영문과"할 때의 발음 습관을 굳혀서 "꽈사무실"이 등장하였다. 가수들은 의젓하게 "싸랑해선 안될 싸람을…"하면서 목청을 뽑는다. 한 언어에 있어서 음운체계라고 하는 것은 대체로 수십 년에서 수백 년을 단위로 서서히 변화하는 건축물과 흡사한 구조체계이기 때문에 앞으로 몇 백 년 뒤에 우리말에서 된소리가 줄어들는지 알 수 없거니와 그 된 소리가 6·25전쟁과 같은 정치 사회의 변동으로 말미암아 인심이 각박하여져서 생긴 것이라는 엉뚱한 속설俗說만은 믿지 말아야 하겠다.

오히려 나같은 사람에게 있어서, 우리말의 된소리는 조상들의 슬기와 효심孝心을 생각 하는 다음 같은 이야기의 실마리가 될 뿐이다.

시집간 지 얼마 안되어 시집살이에 고된 딸이 모처럼 친정 나들이를 하였다.

"어머니, 어떻게 하면 빨래를 맑고 깨끗하게 하지요?"

그러나 친정 어머니는 방긋이 웃으시며 대답이 없다.

"아이, 어머니 어떻게 해야 어머니처럼 이렇게 빨래가 깨끗하게 돼요?"

"글쎄, 내가 죽기 전에는 가르쳐 주마."

친정 어머니는 끝내 비결을 감추고 내놓지 않으셨었다. 그럭저럭 또 여러 해가 흘러갔고, 시집간 딸도 빨래의 요령을 터득했을 무렵, 친정 어머니가 임종의 날을 맞게 되었다. 어머니가 위독하시다는 전갈을 받고 달려온 딸은 누워계신 어머니의 머리맡에서 슬픔이 복받친다. 그러다가 문득 '빨래하는 비결'이 생각났다.

딸은 울먹이며 여쭙는다.

"어머니, 어머니, 돌아가시기 전에 가르쳐 주신다고 했잖아요. 어떻게 해야 빨래를 희고 깨끗하게 해요?"

미동도 않으시던 어머니가 입가에 웃음을 짓는가 싶더니 가느다랗게 실눈을 뜨며 입술을 달싹이셨다.

"곡…독…"

그리고는 숨을 거두셨다. 그러자 그 딸은 이렇게 넋두리를 하며 슬피 슬피 우는 것이었다.

"아이고, 어머니. 꼭꼭 짜서 톡톡 털어 말리라구요? 벌써 알고 있었는데, 여쭈어보지 않았으면 돌아가시지 않았을 걸……"

우리 조상들이 비법秘法의 전수傳授를 아낀 까닭은 뒷사람들로 하여금 스스로 탐구하고 개척하는 능력을 키우려 했기 때문이 아닐까? 그래서 그 따님은 친정 어머님의 죽음만이 원통하고 슬펐던 것이다.

모국어와 열다섯 살

　우리들의 생애에서 열다섯 살이라는 나이가 있다는 것은 얼마나 아름다운 축복인가. 그러나 이 나이의 황홀하고 소중함을 말로 표현한다는 것은 그렇게 쉬운 일이 아니다. 우리들 모두가 거쳐온 뒷자리여서 누구나 한 마디씩은 말할 수 있으련만, 막상 자기 자신의 열다섯 살을 말하라 하면 그 찬란하고 고귀했던 순간들이 한꺼번에 밀어닥치면서 그때에는 그 나이가 그토록 아름답고 값진 것인 줄을 몰랐었다는 사실을 안타까워하며 가슴이 벅차 오르는 것이다. 그 시절을 지내온 한참 뒤에 가서야 "아, 참으로 좋은 때였어!"라고 신음하듯 한 마디를 토해낼 수밖에 없다는 것이 이 나이가 지닌 본질적인 신비의 영역이다. 할 수 없이 우리는 열다섯 살을 넘기는 우리의 동생들, 자식들, 혹은 손자들을 향하여 고개를 주억거리며 '그래, 그래, 얼마나 아름다운가는 지내보아야 알게 되느니…' 입 속으로만 웅얼거릴 뿐이다. 얼마간 멋이 있는 분이라면, 열 다섯 살의 나이에서 성춘향과 이도령의 사랑을 생각해 낼 수도 있겠고, 로미오와 줄리엣의 비련悲戀을 연상할 수도 있을 것이다. 또 얼마간 근엄한 분이라면 역사의 물줄기에서 보석처럼 반짝이는 꽃봉오리들, 그러니까 화랑 관창官昌이며, 류관순柳寬順이며, 프랑스의 잔다르크 같은 이름을 찾아낼 것이다. 흥미롭게도 그들은 열다섯에 한 살씩을 더한 열여섯의 동갑들로서 시대와 장소를 달리하였으나 영원히 늙지 않는 소년으로 우리들 가슴 속에 민족애民族愛의 열정을 일깨우며 살아 있다.

그러면 그들이 어린 나이에 민족사의 흐름에 그렇게 단단한 쐐기를 박을 수 있는 힘을 어디에서 얻은 것일까? 아마도 그것은 열다섯 살까지의 인생이 올곧고 아름다웠던 때문이 아닐까? 열다섯의 나이는 분명 삶의 한 고비를 넘기는 분수령이기 때문이다. 육신과 정신이 아직도 성숙되어야 할 중간 지점이기는 하지만 그 나이에 이르러 우리는 독립된 인격체로 홀로 설 수가 있다. 열다섯 살이 넘도록 익힌 모국어는 새로운 환경에 처하여서도 결코 잊어버리지 않는다는 사실을 독립된 인격체 형성의 이유로 내세울 수도 있다.

다음 기록은 임진·정유壬辰·丁酉의 두 번 왜란倭亂이 있은 지 20년 뒤인 1617년에 통신사절의 한 사람으로 포로쇄환捕虜刷還의 임무를 띠고 일본에 가서 견문한 바를 적은, 이경직李景稷의 부상록扶桑錄의 일절이다.

〈창원에 살던 김개금金開金이라는 사람이 와서 만났다. 열두세 살 적에 포로되어 왔다 하는데, 한마디 말도 통하지 못하니 하나의 왜인일 뿐이었다.〉 〈지나오는 도중에 더러 포로당한 사람이 있었으나 그 수효가 많지 않았고 왜경에 도착한 이후에 와서 뵙는 자가 연달아 있었으나 돌아가기를 원하는 자는 매우 적었다. 내가 보기에 15세 이후에 포로된 자는 본국 향토를 조금 알고 언어도 조금 알아 돌아가고 싶어 하는 마음이 있는 듯하였다.〉

이 기록에서 우리는, 15살 이후에 포로된 사람만이 일본에서 생활한 지 20년이 지난 시점에서도 모국어를 잊어버리지 않고 있다는 사실을 확인할 수 있다.

일찍이 공자님께서도 "내가 열이오 다섯에 배움의 길에 뜻을 두고 〔五十有五而志于學〕"라고 밝히셨다. 가만히 생각해 보면 열다섯 살까지는 말공부하느라고 세월을 보냈으니 이제부터는 본격적인 학문 연구에 힘을 쏟겠다는 선언이었던 것 같다. 그렇다면 바른말 길들이기는 열다섯 살 이전에 완성되어야 하는 것 아닌가?

'가라오케'의 문화풍토

능률을 앞세우는 세상이 되어 그런지 짧게 줄인 말이 범람하고 있다. 바쁜 세상에 일일이 격식을 갖추어 말끝을 늘일 필요가 어디에 있으냐는 듯하다. 특별히 젊은 세대들에게서 이런 현상은 두드러진다.

언제부터인지 "잘 가, 또 만나."라고 말하면서 손을 흔들던 모습은 사라져 버렸고 "안녕"이라는 짧은 낱말이 헤어짐의 인사말을 대신하고 있다. 물론 그것은 만남의 인사말로도 쓰이는데 역시 '−하세요'가 생략된 '안녕'만으로 더 자주 쓰인다. 이러한 추세대로 나아간다면 조만간 '안녕' 뿐만 아니라 '수고, 감사, 환영'등 명사형名詞形만으로 완벽하고 정당한 인사말을 삼을 날이 멀지 않을 것 같다.

인사말은 사회적으로 공인된 습관적 표현이므로 그것이 명사형을 취한다 하여 좋다 나쁘다를 가름할 필요는 없는 것인지 모르겠다. 영어의 "굿바이Good bye"만 해도 "하느님이 당신과 함께 하시기를God be with you"이라는 긴 말이 편한대로 줄은 것이다.

그런데 이러한 말줄임 현상이 줄여서는 안될 부분까지 과감하게 잘라버리는 지경에까지 이르렀다. 대개의 경우 그것은 무식의 소치에서 오는 것이긴 하지만 그렇다고 그냥 웃어 넘길 일만은 아니다. '메이드 인 코리아made in koren'를 '메이드·인'으로 줄여 말하는 사람이 있다. "이거 메이드인이예요. 상표를 확인하세요." 이렇게 말하는 사람은 '메이드인'이 '미국제품'의 뜻인 줄로 알고 있다. 이러한 폐단의 근원을 거슬러 올라가면 그것은 놀랍게도 경박한 일본 문화에 연결되어 있다. '오버코트over coat'를 '오버'로 줄여 말하는 것까지는 참겠는데 '스테인레스 스틸stainless steel : 변하지 않는 쇠, 녹슬지 않는 쇠붙이'을 '스테인stain : 변색, 녹슬음'이라 줄여 말하는 경우에는 웃음도 나오지 않는다.

얼마 전 우리집 막내가 내게 물었다

"아빠. 가라오케가 무엇하는 집이에요?" 나는 가슴이 뜨끔하였다. 평소 이 낱말에 대해 짙은 혐오감을 가지고 있는 데다가 미성년자들에게는 금지된 술집을 가리키는 낱말이고, 무엇보다 그것이 기묘한 조어법에 따른 다국적多國籍 낱말이기 때문이었다. 굳이 우리말로 바꾸자면 '녹음반주錄音伴奏'쯤으로 표현하면 좋을 이 '가라오케'는 '가라'와 '오케'의 복합어이다. '가라'는 '텅 빈[空]'이라는 의미의 일본말이요, '오케'는 '오케스트라관현악단'의 줄임말이다. 문자 그대로 공허한 음악이요. 가짜의 음악이다.

이 일본어와 영어의 복합축약형 낱말 '가라오케'는 그대로 한국의 허황된 사치문화를 상징하는 것처럼 생각된다. 우리나라 문화의 상당한 부분이 일본과 미국을 통하여 들어온 것이라는 점에서 그렇고, 그것이 술 마시고 노래하는 오락 취향이라는 점에서 그러하며, 또한 그것이

인스턴트즉석요리식품처럼 미리 짜맞춘 대량 생산의 기성품 성향이라는 점에서 그러하다. 더더구나 '가라오케'는 노래를 잘 못 부르는 사람으로 하여금 자기 노래도 어물쩍 넘어갈 수 있다는 착각을 갖게 한다는 점에서 속임수 기교의 극치를 보인다.

미래의 문화 풍토가 '가라오케'와 같은 특성을 늘려가는 것이라면 나는 단연코 과거로 돌아가겠다. 그런데 이 어쩐 일인가? '가라오케'를 빰칠만큼 기발한 말줄임이 최신 유행이나 되는 것처럼 우리 사회에 넘치고 있다.

"언니, 화만나 안 볼래?"

나는 화가 나서 텔레비젼을 고만 보겠느냐는 말쯤으로 알아들었다. 그러나 '화만나'는 화요일에 만나요'라는 프로그램 명칭의 줄인말이었다.

무슨 말을 그렇게 줄이냐고 야단치는 나에게 막내는 한술 더 뜨는 것이었다.

"아빠는 공연히 야단이셔, '토토즐(토요일 토요일은 즐거워)'도 있는데……"

얼굴없는 목소리

'임금님 귀는 당나귀 귀'라는 제목의 우화는 말하지 않고는 결코 살아갈 수 없는 인간의 본성을 희화적戲畵的으로 묘사하고 있다. 생면부지의 낯선 사람에게 일지라도 호젓한 등산길에서 만나면 눈길을 맞추며 "안녕하세요.' 웃음을 섞어 인사를 건넨다. 외진 산길에서 대화 없이 길을 엇갈려 지나친다면 그 서먹서먹하고 답답하고 개운치 않은 기분은 그날의 등산을 틀림없이 우울하게 만들 것이다. 대화를 나눔으로써 우리는 시시각각으로 우리가 사람이라는 사실을 확인하며 사는 셈이다.

또한 우리는 말을 함으로써 삶의 길목에서 목마르고 허기졌던 빈 가슴에 생기를 불어넣는다. 허전한 가슴에 그 말로 생기를 불어넣으며 억울하고 섭섭했던 감정의 응어리를 풀어야 할 때도 있다. 그런 때에 우리는 가끔 불만을 터뜨리고 욕설을 내뱉는다. 대소변을 배설하듯 가슴 속에 엉겨 있던 좋지 않은 감정의 찌꺼기들을 투정과 하소연과 욕설로 배설해 버리는 것이다. 그리고는 새로운 기분이 되어 삶의 현장으로 뛰어든다.

옛날 우리 조상들은 불만의 감정을 분출시키는 몇가지 제도적 장치를 마련하고 있었다. 시집살이에 찌들대로 찌들고 주눅이 들은 며느리에게 친정나들이를 시키는 일도 그 중의 하나였고, 농민들에게 탈假面가면을 씌워 탈춤을 추면서 양반이나 스님들을 풍자하게 한 것도 그 중의 하나였다. 그것은 감추어 두었던 이야기, 곧 '임금님 귀는 당나귀 귀'라는 비밀을 토설하게 하는 절호의 기회가 되었다. 평소에는 감히 상상도 할 수 없는 욕지거리를 탈을 썼음을 빙자하여 마음놓고 내뱉게 함으로써 옛날의 윗사람들은 눌려 지내는 아랫사람들의 답답한 숨통을 틔워줄 줄을 알았다.

그러는 한편, 할 수만 있다면 억울한 감정도 발설하지 아니하고 능치고 삭이는 것이 더 높은 차원의 사람다움에 이르는 것이라고 가르치기도 하였다. 내훈內訓에는 다음과 같은 언행수칙言行守則이 적혀 있다.

"마음에 간직하고 있는 것이 생각이요, 입 밖으로 내놓는 것이 말이니, 말은 영화를 부르는 들보도 되고 치욕을 부르는 기둥도 되며 사람 사이를 친하게도 만들고 헤어지게도 만드는지라, 서로 멀리 지내던 사람들이 가까이 지내게도 되고 친하던 사람들이 서로 원망하며 원수가 되게도 하는 것이다. 그래서 잘못하는 말이 크게는 나라도 망하게 하고 작게는 부모 형제 처자 사이를 갈라 놓기도 한다. 그러므로 현명한 여인들의 입놀림삼가는 것은 치욕과 비방에서 벗어나고자 함이니 어떠한 경우에도 상대방의 마음을 상하게 하거나 아첨하는 말을 하지 않고, 깊이 생각하지 않은 말은 결코 발설하지 아니하였다. 놀이를 즐기지도 아니하고, 좋지 않은 일에 관여하지도 않고, 의심받는 일을 하지도 않는다."

어찌 이러한 언행이 여자들에게 국한된 문제이랴만 각별히 여성들에게 초점을 맞추어 강조한 까닭은 이 책이 여성의 심성心性을 교화하려는 목적으로 편찬되었기 때문이다.

근자에 이르러 '얼굴없는 목소리'가 세상사람들을 괴롭힌다고 한다. 전화를 걸어 자기의 신분은 밝히지도 않은 채, 상대방에게 협박을 하거나 욕설을 퍼붓는 일이 있는가 하면, 부질없는 농담을 걸거나 음담패설淫談悖說을 늘어놓기도 한다는 것이다. 누구에겐가 말을 하지 않으면 안될 만큼 고독하고 분한 사람들이 세상에 많아졌기 때문이라고 볼 수도 있겠고, 함부로 말하는 것이 자기 자신은 말할 것도 없고 이 세상을 두루 망치는 죄악임을 가르치지도 배우지도 않는 세상의 풍조 탓이라고 볼 수도 있겠다.

어찌 되었거나 슬픈 일이다. 탈을 쓰고 숲 속에 숨어 들어 싫도록 "임금님 귀는 당나귀 귀"라고 소리치게 할 비밀장소를 마련하는 방책을 세울수는 없는 것일까?

9장

향수鄕愁에
젖은 모국어

9장
향수鄕愁에 젖은 모국어

시치미 떼지 않기
낱말의 겉과 속
모으고 간수하자 지나간 세월
사랑으로 훈습薰習되어야
이름없는 '등대지기'
억지로 바꾸지 않기
한글 족자 걸기
붙이사랑과 민족의 저력
최선을 다 했노라, 부족했노라
또 다른 고향
모국어와 자존심
텃세를 견디는 힘

시치미 떼지 않기

매 사냥을 즐기는 사람들이 매의 소유자를 밝히기 위하여 주인의 주소 성명을 적어 매의 꼬리털 속에 매어 놓은 얇게 깍은 쇠뿔 조각을 시치미라 한다. 말하자면 매 주인의 명찰이다. 매가 너무 멀리 날아가서 찾아오지 못하는 경우에 그 매를 잡은 사람이 시치미를 보고 주인에게 돌려주도록 되어 있으나 간혹 염치 없는 사람이 그 시치미를 떼어 버리고 자기 것으로 횡령하는 사례가 생기면서 '시치미(를) 뗀다' 는 숙어가 생기게 되었다.

얼마 전 미승우米昇右 선생의 '문학작품 속의 사투리'라는 글을 읽으면서 나는 자꾸만 시치미 생각을 하였다. 미 선생의 글은 이상화李相和의 시 '빼앗긴 들에도 봄이 오는가?'와 김유정金裕貞의 소설 '동백꽃'을 다루고 있다.

이상화의 시는 다 아는 바와 같이 일제에게 빼앗긴 조국의 산천에도 어김없이 찾아와 준 계절의 봄을 노래한다.

"……마른 논을 안고 도는 착한 도랑이 / 젖먹이 달래는 노래를 하고 제혼자 어깨춤만 추고 가네 /나비 제비야 깝치지 마라 맨드레미 들마꽃에도 인사를 해야지 / 아주까리 기름을 바른 이가 지심매던 그 들이라도 보고 싶다."

여기에서 '맨드레미'는 흔히 가을철에 닭의 벼슬처럼 빨갛게 피는 계관鷄冠이란 비름과의 풀꽃으로 오해하기 쉬우나 표준어의 '민들레'를 일컫는 경상도 사투리임을 밝혔다. 생각해 보면 봄철을 노래하면서 가을꽃을 말할 리가 없으니 그것을 표준어의 맨드라미로 풀이할 수 없음은 너무도 자명한 일이다.

김유정의 '동백꽃'에는 다음과 같은 구절이 나타난다.

"……산기슭에 널려 있는 굵은 바윗돌 틈에 노란 동백꽃이 소보록하니 깔려있다.……그 바람에 나의 몸뚱이도 겹쳐서 쓰러지며 한창 피어 흐드러진 노란 동백꽃 속으로 푹 파묻혀 버렸다."

동백꽃을 꾸미는 말에 '노란'이란 관형어가 얹혀 있다. 그런데 표준어의 동백꽃은 후피향나무과에 속하는 동백나무의 꽃으로 그것은 예외없이 붉은 색이다. 그렇다면 김유정의 동백꽃은 무엇인가? 그것은 강원도 사투리로 흔히 황매목黃梅木이라 하는 생강나무꽃을 가리킨다.

이쯤되면 온 나라의 국어 선생님들은 이상화의 시와 김유정의 소설을 가르치면서 꽤 오랫동안 시치미를 떼어 온 셈이다.

낱말의 겉과 속

.

　요즈음 한자를 배우기 시작한 우리집 막내는 조선조 첫째 임금 태조 대왕과 교분이 두터웠던 무학대사無學大師의 이름을 두고 이렇게 물어 왔다.

　　"아빠, 무학대사라면 '배운 것이 없는 큰 스님'이라는 뜻이 아녜요? 많이 배웠다면서도 배운 것이 없다고 했으니 무척 겸손하려고 애쓰셨던 가 봐요?"

무심코 듣다보니 아차 싶었다.

　　"그렇구나, 무학無學을 그렇게 풀이한 것이 잘못이랄 수는 없지. 그렇 지만 불교에서 '무학'이란 말은 '더 이상 배울것이 없는 해탈解脫의 경지 를 가리킨단다. 그러니까 무학대사는 배울 것이 없는 큰 스님'이란 뜻이 야. 이런 뜻이라면 오히려 겸손치 않다고 할 수 있지?"

이렇게 시작된 우리의 대화는 언어와 문자가 우리의 생각을 표현하는 데 얼마나 불성실한 것인가 하는 문제까지 이야기하게 되었다. 나는 일단 막내의 언어문자 불친절론을 수긍하고 나서 다음 말을 덧붙였다.

"그래, 네 말이 틀린 것은 아니다. 그러나 말이란 그 말을 쓰는 사람들이 그 말 속에 이러저러한 뜻을 담아두자고 은연중에 맺은 약속이거든. 그래서 그 약속의 내용과 약속의 배경을 모르면 그 말 뜻이 불완전하게 이해되는 거란다. 가령 영어의 'sweet'와 우리말의 '달콤한'이란 낱말이 겉으로는 서로 비슷하다고 할 수 있지. 그런데 영어에서는 '달콤한 마음 sweet-heart'이 '사랑하는 애인'이 될 수 있는데, 우리말의 '달콤한 이야기'의 경우는 어떠냐? 무언가 속임수가 있는 것 같지? 순수하게 달콤한 현상이나 사건을 이야기하는 것이 아니라 그 뒤에 감추어진 음흉한 계략 같은 것을 연상하게 되지 않니? 이처럼 낱말 하나에도 그 낱말을 사용하는 사회의 문화배경, 그 사회에 사는 사람들의 생활 감정이 있게 마련이란다"

"네, 아빠 말씀은 알겠어요. 그러나 낱말 하나도 그렇게 까다롭다면 어떻게 외국어를 제대로 배우겠어요?"

할 수 없이 나는 또 입을 열었다.

"그래, 맞다. 네가 지금 미국 아이들 틈에서 영어 배우기 힘들지? 그러나 어디 외국어 학습뿐이겠니? 제 나라 사람끼리, 집안 식구끼린들 서로 자유롭게 대화를 나눈다고 해서 정말로 완전한 의견 교환을 하는 것일까? 상대방의 영혼을 볼 수 없는 사람들끼리의 대화라는 것이 그저 제각기 제 소리를 지껄이다 마는 것인 걸……"

모으고 간수하자 지나간 세월

우표, 동전, 성냥갑 같은 것으로부터 머리빗, 양초, 숟가락에 이르기까지 우리 주변의 물건이면 수집의 대상이 안되는 것이 없다. 이런 물건의 수집과 정리를 통해서 우리는 세상이 어떻게 변하는가를 꿰뚫어 볼 수가 있으니 그것은 문화사文化史 공부이기도 하고 인생을 깨닫는 수도修道이기도 하다. 그래서 사투리를 모아 방언집方言潗을 꾸미는 분도 있고, 항간에 떠도는 관용어구慣用語句를 정리하여 속담집俗談集을 출판하는 분도 있다. 일찍이 나비 박사로 이름을 남긴 석주명石宙明 선생은 오십여 년 전에 제주도 방언집을 만드셨고, 벽돌공장의 주인이신 송재선宋在璇할아버지는 삼년 전에 속담 큰 사전을 간행하셨다. 이분들은 우리말 연구를 업으로 삼는 학자가 아니라 다만 한국과 한국 사람을 눈물겹게 사랑하는 생물학 교사요, 사업가일 뿐이다.

세상 사람들은 석石 선생님이나, 송宋할아버지를 자기들과는 족보가 다른 특이한 사람으로 생각할지도 모른다. 그렇다면 보통 사람들은 정말로 그런 일을 해낼 수 없는 것일까?

지금 내 책상 위에는 미국 작가의 서간집이 세 종류나 있다. 월트 휘트먼whitman의 서간집은 다섯 권짜리 전집이고, 로버트 프로스트 Robert Frost와 어니스트 헤밍웨이Emest He, ingway의 서간집은 육백 쪽 짜리 선집이다. 생생한 삶의 기록으로 편지 만큼 진솔한 것이 없으련 만 우리나라에는 옛날 어른들의 문집文集을 제외한다면 이렇다 할 서 간집이 단 한 권도 없다. 서양의 서간집 간행의 전통은 적어도 2천 년을 거슬러 올라간다. 신약의 27편 가운데 자그마치 21편이 편지묶음 아닌가!

그러면 이제 우리 보통 사람들도 할 수 있는 일이 무엇인가는 분명해 졌다. 지금부터라도 우리가 주고 받는 편지를 커다란 스크랩북묶음책 에 정리해 두기로 하자. 우리는 위대한 작가가 아니라도 좋다. 부부싸 움을 하고 친정으로 돌아가 버티고 있는 아내에게 연애 시절의 편지를 다시 보내면 그보다 더 좋은 화해의 수단이 있을 것 같지 않다. 아마도 중동에 나가 있는 아버지의 편지를 모아둔 어린이는 몇 십 년 세월이 흐른 뒤, 그 낡은 편지묶음이 어느새 오색 영롱한 보석이 되었음을 깨닫게 될 것이다.

나의 편지 묶음책에는 우리집 막내딸이 초등학교 2학년 어버이날에 처음으로 아빠에게 보낸 감사의 편지가 보관되어 있다. 나는 이것을 예쁘게 복사해서 그놈이 대학을 졸업하는 날 선물로 줄까, 시집가는 날 선물로 줄까 궁리중에 있다.

사랑으로 훈습薰習되어야

어느날, 석가모니가 제자 아난과 함께 길을 걷다가 길가에 떨어져 썩은 노끈 한 토막과 천 조각을 보게 되었다. 버려진 지 오래 되어 썩고 삭았으므로 무엇에 쓰이던 것인지를 알 수 없었으나 그 형체만은 삼으로 꼰 노끈이요, 천 조각임이 분명하였다. 스승과 제자가 묻고 대답한다.

"무엇에 쓰이던 것이냐?"
"워낙 내버린 지 오래되어 알 수 없습니다."
"냄새를 맡아보면 어떨까?"
"예, 이것은 생선 비린내가 나는 것으로 보아 생선을 엮었던 끈인 듯하옵고, 천 조각에선 향내음이 나오니 향을 쌌던 것인 듯하옵니다."
"그렇구나! 사람도 이와 같아 처음에는 모두 맑고 깨끗했으나 살아가는 동안 어떻게 사느냐에 따라 풍기는 냄새가 달라지느니. 형체는 알아볼 수 없이 변모되었건마는…."

　그리하여 불가佛家에서는 풍기는 냄새를 향기롭게 하기 위하여 마음을 닦아가는 길고 긴 수행修行을 하게 되는데, 그 수행 과정이나 수행의 결과를 훈습薰習이라 일컫는다. 만일 내가 아난의 스승이었다면 국어학자의 티를 내어 '풍기는 냄새'라는 말 대신에 '쓰이는 말씨'라고 고쳤을 법하다.

　1964년엔가 아카데미 영화상을 일곱 개나 받은 바 있는 영화, '마이 페어 레이디'My Fair Lady · 나의 귀여운 숙녀는 이 훈습의 효과를 짧은 기간의 집중적인 훈련으로 얻게 된다는 다소 희극적인 이야기이다. 이 영화에서 시골 태생, 빈민 출신의 꽃 파는 소녀가 헝가리 태생의 공주님으로 변신한다. 야생마처럼 거칠고 볼품없는 시골뜨기가 어떻게 왕족으로 탈바꿈을 하는가? 그것은 교양있는 말씨를 익혔기 때문이다. 그 말씨를 익히기 위하여 그 시골뜨기 소녀는 끈질긴 발음 연습, 고상한 낱말 익히기, 그리고 우아한 몸짓을 길들이기에 지칠 대로 지친다.

　결국 썩은 생선 냄새를 풍기던 꽃팔이 소녀가 사향麝香내 감도는 헝가리 공주가 되는데, 우리는 이 영화의 대단원에서 그 훈습薰習의 기적이 고된 훈련 때문에 성취된 것일뿐만 아니라 가르치는 사람과 배우는 사람 사이에 자기들도 모르게 싹트고 자라온 사랑 때문이었음을 발견한다.

　그럴 법한 일이다. 밑바탕에 사랑이 배어 있지 않으면 고운말, 고운 몸짓이 무슨 소용이랴. 교언영색巧言令色에 능한 간지奸智의 인물이 될 뿐이니⋯⋯

　국어순화 · 고운말 쓰기는 입으로 하는 것이 아니라 마음으로 시작하는 것임을 알겠다.

이름없는 '등대지기'

버스에서 우연히 만나 인사를 나눈 교포 노인 양 선생님은 미국에 이민 온 지 꼭 10년이 되신다고 했다. 일흔 다섯의 나이로 노인대학교에 영어를 배우러 다니시는 것이 중요한 일과의 하나라고 하시는데, 손에는 우리말 책을 들고 계셨다.

"영어를 배우러 가시면서 우리말 책을 들고 계시네요."
"그러게 말이요, 이상하게 보이겠지? 허나 이상할 게 하나도 없어요. 내가 이 나이에 영어를 배운다고 배워지겠소? 하도 말이 안 통해 갑갑하니까 좀 배워 보려고 작년부터 다니는데 그날이 그날이야. 그런데 영어 가르치는 선생이 제 나라말 잘하는 사람이 외국말도 잘하는 법이라고 그러지 않겠소? 가만히 생각해 보니 그 말이 맞아. 그래 죽기 전에 우리말 한 마디라도 더 보아 둘려고…"

양 선생님은 멋 적은 듯 웃으시며 책을 뒤로 감추신다. 이 양 선생님을 만난 날, 나는 하루 종일 센케비치의 단편 '등대지기'를 되새기느라 다른 일이 손에 잡히지 않았다.

조국을 떠나 남의 나라에서 군인, 선원, 정원사 같은 것을 하면서 방랑하던 노인 한 분이 외딴 섬의 등대지기가 되어 얼마 남지 않은 여생을 보내기로 한다. 식량과 식수를 실어다 주기 위해 두 주일에 한 번씩 찾아오는 보급선 이외에 바다 갈매기와 파도만이 이 노인의 친구일 뿐, 이미 이 세상에서 그를 기억하는 사람은 아무도 없다. 그러던 어느날, 보급선은 이 등대에 소포 한 덩어리를 놓고 간다. 노인은 신기하다는 듯 소포를 펼친다. 거기에서 폴란드 말로 적힌 몇 권의 책이 나온다. 노인은 그동안 월급으로 받은 몇 푼 돈이 이 외딴섬에서 무슨 쓸모가 있으랴 싶어 그 돈을 등대국을 통해 조국 폴란드 적십자사에 기부한 적이 있었음을 생각해 낸다. 이 책 몇 권은 그 기부에 대한 감사의 표시로 폴란드 적십자사에서 보낸 선물이었다. 오랜 세월 잊고 살아왔던 모국의 말, 모국의 글! 이 등대지기 노인은 떨리는 손으로 책을 펼쳐 몇 줄을 소리내어 읽는다. 북받치는 그리움은 어느새 뺨을 타고 흐르는 눈물이 되고 어린 시절의 추억은 어머님의 음성이 되어 책장 갈피에서 울려 나온다. 얼굴을 책에 묻은 채 노인은 황홀한 옛날로 빠져든다. 등대에서 불 밝힐 시간이 지나는 것도 잊어버린다. 제 시간에 등대불을 밝히지 못하면 즉시 해고된다는 계약 조건도 아랑곳없다. 왜냐하면 모국어로 적힌 책을 가슴에 품고 흐느껴 울다가 노인은 잠이 들었고, 그리고 다시는 그 잠에서 깨어나지 않았기 때문이다.

억지로 바꾸지 않기

삼장법사 현장玄奘은 산스크리트 불경을 한문으로 번역할 때 원음原音을 살려 그대로 적는 다섯 가지 기준을 세워 놓았다.

첫째는 비밀불번秘密不飜이라 하여 다라니陀羅尼와 같은 종교적 신비가 담긴 말은 번역하지 않았다. 둘째는 함의다불번含意多不飜이라 하여 함축하고 있는 의미가 많아서 간단한 표현이 불가능할 때에는 원음대로 적었다. '파가범婆加梵'이란 낱말은 석가모니가 선정禪定에 들어간 마음의 상태를 일컫는데 그 온유자재溫柔自在하며 치성단엄熾盛端嚴함을 한 마디로 바꿀 수 없기 때문에 그대로 '파가범'이다. 셋째는 차토소무불번此土所無不飜이라 하여 사람 이름이나 땅 이름 같은 고유명사는 번역하지 않았다. 넷째는 순고불번順古不飜이라 하여 관습적으로 오래 써오던 말은 뜻풀이를 하지 않았다. 다섯째는 존중불번尊重不飜이라 하여 산스크리트 원어를 존중하여야 할 것은 번역하지 않았다. 그래서 '마하摩訶, 반야般若, 보리菩提'같은 낱말은 원어와 비슷하게 음역音譯된

대로 쓰고 있다. 이 다섯 가지 번역하지 않기의 근본 취지는 섣불리 뜻풀이를 하여 번역하면 본래의 의미가 손상되어 참뜻을 잃어버리게 되므로 그 위험에서 벗어나려는 것이다.

한국 문학을 외국인에게 소개하는 자리에서 한국의 비밀을 감추고 있고, 함축된 의미가 단순치 않으며 또 원음을 존중해야 할 낱말, 이른 바 한국어 불번어不飜語에 대한 해설은 문학 소개에 앞서서 부딪치게 되는 어려움이다. 이러한 낱말로서 첫 번째로 손꼽히는 것은 무엇일까? 아마도 '한'과 '정'이 아닐까?

'한'은 애초에 한자어 '한恨'에서 유래되었으나 이미 사랑과 미움을 초월하였으니 억울함이나 뉘우침이 있을 수 없다. 그러면서도 끝내 저버릴 수 없는 바람으로 남아 있다. 그래서 차라리 애달픈 소망이기도 하다.

'정'도 한자어 '정情'에서 비롯된 말인데, 거기에 벌써 무지개처럼 아름답게 채색된 미움과 노여움이 깃들어 있다. 그러니까 아무리 미워도 미워할 수가 없다. 떨쳐 버리려 해도 끈질기게 달라붙는 그림자 같은 사랑이다.

그래서 나는 이러한 복합 정서를 간명하게 해설하지 못한다. 나는 눈을 한 번 지그시 감았다 뜨면서 이렇게 말문을 연다.

"한은 이슬[露]이고 정은 물감[染料]입니다. 눈 가장자리에 보일 듯 말 듯한 눈물과 함께 한이 맺히고 가슴 속 깊은 곳에 스며든 멍울과 함께 정이 들기 때문이지요."

한글 족자 걸기

ㄱ형님은 나의 중학 선배님으로 미국 이민 생활 15년째 접어든 분이다. 고향생각이 간절해지면 30여 마일 밖에 사는 초등학교 동창생을 찾아가 흘러간 노래를 듣다가 돌아오시기도 하고, 나를 찾아와 무엇인지 한국에 관한 얘기 좀 해 달라고 조르시기도 하였다. ㄱ형님은 스스로 조국의 청개구리임을 자처하셨다. 한국에 살 때에는 왜 그렇게 한국의 역사, 한국의 문화가 시들하고 초라해 보였는지 알 수가 없었노라고, 그런데 이렇게 미국에 나와 살고 보니, 이젠 한국 것이면 똥 묻은 막대기조차 성스러워 보인다고 고백하셨다. 향수鄕愁에 젖은 친구들을 모아 '한국 문화 동호회同好會'라는 모임을 만들고 두어 달에 한 번씩 모여 저녁을 먹으며 한국 문화에 관한 것이면 무엇이든지 화제話題로 삼아 한국을 다시 배우고 있었다. 어쩌다 잠시 방문중인 한국인 여행객이 있으면 싫건 좋건 이 모임의 손님이 되어 한 마디 하기를 강요하기도 하였다.

내가 모임에 불려 갔을 때, 그 집에는 추사체秋史體의 편액扁額도 걸려
있었고, 한문으로 사도신경使徒信經을 적은 병풍도 있었으며 또 예스런
우리나라 산수화山水畫도 두어 폭 걸려 있었지만 한글은 집안 구석 어디
에도 찾을 수가 없었다. 나는 짐짓 슬픈 표정을 지으며 이렇게 말했다.

"형님, 제가 중국사람 집에 잘못 온 것 같습니다."
"그게 무슨 소리요?"
"집안을 둘러보십시오, 벽마다 한문뿐이고 한글은 눈을 씻고 보아도
없지 않습니까? 제가 오늘 한글에 관한 얘기를 하려고 했는데 그만두어
야 할까 보아요."

그날 나는 형사 피고刑事被告를 논고論告하는 검사처럼 준엄한 태도
로 우리민족이 '훈민정음訓民正音'이란 글자를 가졌다는 것이 얼마나
자랑스럽고 축복받은 일이며, 또 이 글자가 지닌 훌륭함과 아름다움이
어느 정도인가를 힘써 강조하였다. 그러나 그러지 않아도 한국말을
못하는 자녀를 둔 몇 분들은 죄책감에 주눅이 들어 있었으므로 나는
부득이 끝맺음말을 이렇게 눙칠 수밖에 없었다.

"교포의 가정마다 한글 족자簇子가 걸려 있다고 해서 자녀들이 저절
로 한국말을 잘하게 되지는 않을 겁니다. 다만 남국의 감귤이 북국의
탱자로 변모해 버려도 감귤의 향기를 잃지 않고 있다는 것이 중요한
일이지요."

그날 이후로 ㄱ형님은 미국의 교포 가정에 한글 족자 걸기 운동을
벌이고 계신다.

붙이사랑과 민족의 저력

반만 년이 넘는 긴긴 세월, 결코 넓다고는 할 수 없는 한반도에서, 오순도순 살아온 우리 한민족에게 은연중 밴 성품이 있다면 그것은 무엇일까?

생면부지의 낯선 사람들이 처음 만나 인사를 주고받다가 몇 마디 아니하여 알게 되는 것도, 서로가 그렇게 먼 사이가 아니라는 사실이다. 길거리에서 우연히 옷깃을 스치고 지나가는 사람도 '사돈의 팔촌'은 되게 마련이다. 사실 '사돈의 팔촌'이라는 말은 서로 남이나 다름없는 사이임을 뜻하는 것이지만, 돌이켜 보면 한국 사람이면 적어도 누구하고든지 '사돈의 팔촌' 정도의 인척관계가 된다는 짙은 혈연의식의 표현이라고 뒤집어 볼 수도 있는 말이다.

이처럼 우리 민족은 혈연관계를 바탕으로 하여 서로 돕고 사랑하며 살아온 백성들이다. 그래서 어떤 모습으로든 인연을 맺으면 의를 지키고 서로 감싼다. 이것을 붙이사랑[연고애·緣故愛]이라 이름 붙이면 어떨까? 이러한 붙이사랑은 '자기가 누구인가?'를 확인하는 족보 의식族譜意識을 일깨운다. 내가 미국에 와서 누리는 즐거움의 하나는 우리 교포 2세들에게서 발견한 족보 의식이다. 흔히 미국에 사는 우리 교포들은 자녀들의 모국어 교육에 등한하다고 말한다. 그리고 교포들이 살고 있는 곳곳에 이름뿐인 한글학교를 개탄한다. 부모님들은 한국말로 묻고 자녀들은 영어로 대답하는 기현상이 근심스럽지 않은 것은 아니다. 그러나 다음 글을 읽어 보자. 캘리포니아 버클리 대학에 다니는 어느 한국 교포 2세의 서툰 글이다.

> "한국을 떠난 지 벌써 15년이 지나갔구나. 나는 미국에서 초등학교부터 다녔다. 내 친구들은 거의 다 미국 아이들이었다. 그런데 중학교 3학년이 되면서 내가 이상하게 변했다. 미국 친구들은 멀리하고 새로 한국 친구들을 사귀게 되었다. 내가 그전에는 한국 사람들을 무시하고 살았었다. 나는 영어를 잘 했기 때문일 것이다. 나는 영어 잘 한다는 것을 자랑스럽게 생각하였다. 그러나 나는 정말 바보였다. 한국말을 못하면서 다른 말 잘하는 것이 무슨 소용이 있는가? 내가 이런 생각을 하고 결심하였다. 어떻게 해서라도 한국말 잘 하고 한국글 잘 배우겠다고 결심하였다. 나는 한 번 결심하면 무슨 일이 있어도 그 일을 하는 사람이다. …우리는 교포학생이다. 마음을 똑바로 세우고, 한국말, 한국글을 열심히 공부해야 된다."

이 글 속에 반만 년을 흘러온 붙이사랑의 뜨거운 전통이 없다 할 것인가!

최선을 다 했노라, 부족했노라

한국어가 한국 민족과 더불어 운명을 같이 할 민족적 신분증이라는 것을 부정할 사람은 없을 것이다. 부질없는 상상이기는 하지만 이 세상에 종말이 오고, 일류 문명의 흔적이 다음 세상의 고고학자 같은 이들에게 연구될 때, 세상 곳곳에 흩어져 있는 금석문金石文은 그들에게 더없이 흥미로운 연구 대상이 되리라. 그러면 이 세상에 한국 민족이 한국어를 사용하고 살았었다는 사실은 단지 그 몇 조각 쇠붙이나 돌덩이에 새긴 몇 줄의 한글이 아니겠는가?

미국에 이민 와서 살고 있는 선량한 한국서민들은 사업이래야 자그마한 구멍가게들을 차려 놓고 개미처럼 부지런을 피우는 것이다. 내가 가끔 찾아가 커피를 마시던 카페가게 주인 박 선생도 그런 평범한 서민의 한분이셨다. 어느 따뜻한 겨울날 오후캘리포니아에는 겨울에도 꽃이 핀다, 나는 커피 생각이 나서 '카페 르네상스'라는 박 선생의 가게를 찾았다.

"심 교수, 어서 오시오. 이거 영어를 하면 입에서 노린내가 나요, 한국말을 한 마디도 못한 날은 집에 가서 거울을 마주하고 '야! 이 새끼야 네가 박가냐?' 이렇게 한바탕 욕을 퍼부어야 밥맛이 붙는데 참 잘 오셨소."

텁석부리 수염에 너털웃음을 웃으며 박 선생은 내 앞에 커피잔을 놓더니 시간이 있으면 드라이브나 같이 가자고 한다.

"그러지요, 지옥만 아니라면…"

나는 박 선생의 익살에 맞장구를 치며 응수하였다.

"아하, 이거 어떡하나 거기가 지옥 비슷한 곳인데…"

사정을 들으니 그날이 박 선생 선친의 제삿날이라 아들 따라 이역땅에 와 묻힌 아버님 무덤에 성묘를 가려던 참이었다는 것이다.

우리는 고속도로를 한 시간쯤 달려 샌프란시스코 남쪽 콜마 읍에 도착했다. 서쪽 텔리 시를 건너 태평양의 푸른 물결이 아련하고, 동쪽으로는 산 브르노 산을 낀 질펀한 벌판, 수백만 평은 족히 넘을 듯한 그 공동묘지에 이제는 십자가 표지를 그린 네모 반듯한 묘석이 되어 이 세상을 살다 간 영혼들이 바둑판 같이 줄지어 누워 있었다.

그 벌판에서 내가 잠시 '여기가 한국이 아닌가?'하는 착각에 빠졌던 것은 가로 60, 세로40센티미터 정도의 대리석 묘판에 새겨 넣은 선명한 한글 궁체의 묘비명墓碑銘 때문이었다.

"박 베드루 1908년 ○월○일 - 1982년○월○일
최선을 다했노라. 그러나 항상 부족했노라.

또 다른 고향

가을 바람 쓸쓸히 불어 오는 곳
둘러 봐야 아는 이 보이지 않고
창 밖에는 깊은 밤 비가 오는데
등잔불 앞에 앉아 꿈꾸는 고향

　고운孤雲 최치원崔致遠은 당唐나라 유학 시절, 이 시를 읊으며 망향의 외로움을 달랬다. 천만 리 먼 남의 고장에서 비오는 밤 외로이 창 밖을 내다 본 경험이 있는 사람이라면 '추야우중秋夜雨中'이라는 이 시의 심경을 짐작하고도 남으리라. 하나 이러한 외로움이 쌓이고 모여서 신라 천 년의 찬란한 정신문화가 이룩되었다는 것도 숨길 수 없는 사실이다. 다행히 최치원 같은 분은 고국에 돌아와 일하다가 문묘文廟에 배향配享되는 영광을 얻었거니와, 비슷한 시절 '왕오천축국전往五天竺國傳'을 지은 혜초慧超 스님은 고향에 돌아왔다는 기록이 없으니 그의 고혼孤魂은 필경 지금도 서역西域과 당나라의 어느 절간을 맴도는지 모르겠다.

이처럼 옛날 우리나라 사람의 외국 나들이는 청운의 뜻을 품은 선각자들의 구도求道의 길이었다. 그러다가 어느 틈엔가 민족사의 흐름 속에 몇 번의 전쟁이 끼어들더니 우리 민족의 집단적인 해외 이주가 발생하였다. 몽고인의 말발굽에 짓눌리며 북으로 끌려갔던 고려 사람들의 서러움과 임진왜란중에 일본으로 잡혀갔던 조선시대 도공陶工들의 눈물은 차라리 잊어버리기로 하자.

동학란을 피해 두만강 넘어 소련 땅 하바로브스크로 피난했던 우리 백성은 이제 중앙아시아의 카자스탄과 타시겐트에 수십만이 모여 산다. 일제 식민지 당시 논밭을 잃고 역시 두만강 건너 북간도에 정착한 우리 동포는 지금 중공 치하에서 연변 자치구를 형성하였다. 그리고 징용과 징병으로 끌려간 수십만의 재일 동포가 일본에서 차별 대우를 받고 있다.

다시 6·25 동란이 터지자 수백만의 북한 동포가 남한으로 옮겨왔다. 그 여세를 몰아 피난 보따리를 풀지도 않고 미국으로 건너간 우리 백성이 이제는 일백만 명에 가까우리라 한다. 이 나그네들은 모여 앉기만 하면 고향에 돌아갈 것인가 아니면 또 다른 고향을 만들 것인가를 고민한다.

며칠 전 나는 북 캘리포니아 한인들의 술자리에 함께 할 기회가 있었다. 몇 번의 술잔이 오고 간 뒤였다.

"나, 정년퇴직하면 고향에 돌아갈 거야. 아니지 여기 심 교수 있으니 물어보자. 고향의 뜻이 뭐니? 태어나서 자란 곳이지? 하지만 그건 초년

형初年形 고향이고, 노년형老年形 고향도 있을 수 있지 않아? 일하다가
죽는 곳 말이야."

내 친구 최군은 이렇게 말하더니 눈물이 글썽해 가지고 노래를 부르
는 것이었다. "…정들면 어디나 고향이란다."

모국어와 자존심

　장난기 많은 어느 신부님이 외국에 유학할 때의 일. 한국 사람은 그 신부님밖에 없었고 함께 공부하는 외국 신부님들 가운데에는 한국말을 아는 분이 없었다. 외국 신부님이 한국 신부님에게 신부神父를 한국말로 어떻게 말하느냐고 물었다.

　"예, 한국말로 신부를 아버지라고 합니다."그래서 나이가 가장 어렸던 그 신부님은 외국인 동료 신부님들로부터 깎듯이 아버지 소리를 들으면서 즐거운 유학시절을 보냈다고 한다.

　미국에 이민 와서 주유소, 잡화상, 햄버거 가게 등을 경영하며 착실하게 기반을 닦은 내 동창 강군도 어지간히 장난기가 많은 친구다. 잡화상을 할 때에 일인데, 비교적 흑인이 많은 동네여서 가끔 불량한 흑인들이 너댓 명 떼지어 몰려와 왁자지껄 흥정을 하는 척하다가는 그 중 한두 놈이 슬쩍 물건을 훔치는 경우가 많았다고 한다. 강군은 그때마다 물건 훔친 놈을 붙잡고 '나하고 팔씨름을 해서 네가 이기면

훔친 물건을 그냥 가져 가도 좋다'고 제의하였다. 물론 팔씨름은 번번
이 강군의 승리로 돌아갔고 강군은 두번째 제의를 하는 것이었다.

"너는 나를 오늘부터 아버지라고 불러, 미스터 강이라 하지 말고, 그
러면 훔친 담배는 가져가도 좋아."

강군의 한국어 낱말 아버지 보급 운동은 여기서 그치지 않았다. 내
가 미국에 와서 얼마 되지 않아 강군이 나를 데리고 간 일본 음식점은
이 지역에서 일류의 호화판 음식점이었다초밥 한 덩이가 최하 3달러이다.
자장면 한 그릇은 보통 4달러. 우리가 들어서자 집 주인은 우리를 반기며
"어서 오십시오, 아버지"하는 것이 아닌가? "아니 자네는 어째서 오나
가나 아버지인가?"하는 내말에 강군은 침통한 표정으로 대답하는 것
이었다.

"내가 고작 50센트짜리 커피와 2달러짜리 햄버거를 팔면서 눈코뜰
사이가 없는데 이 일본 친구들은 미국에 와서도 이렇게 장사를 잘하니
배가 좀 아프지 뭔가. 하여간 내가 자네 같은 귀한 손님이 오면 가끔
여기를 찾아오거든. 그러니까 하루는 이 집 주인이 내 존함尊衡을 알고
싶다는 거야. 백만장자쯤으로 알았던 무양이야. 그래 나는 '글쎄요, 차
차 아시겠지만 우리 동네 아이들이 나를 아버지라고 합니다' 그랬지.
저 일본인 주인이 나를 아버지로 부른다 해서 우리 민족이 일본인으로
부터 받은 설움이 씻기기만 한다면 얼마나 좋겠나. 이게 다 나의 어설픈
자존심이지 뭐."

주문을 받으러 온 웨이터가 허리를 굽신거리며 인사를 한다.

"하우 아 유 마스타 아버지."

텃세를 견디는 힘

미국에서 영어만 사용하자는 운동이 일어나고 있다면 사람들은 모두 이상하게 생각할 것이다. 그러나 미국에 다만 며칠이라도 머물러 본 사람들은 미국이 온 세계 종족들의 총 집결장소일 뿐만 아니라 그들이 각기 자기 나름의 집단을 형성하며 살아가는 곳임도 알게 된다. 그러니까 영어를 모르는 수백만 명의 미국 시민이 각기 자기 종족 고유의 말을 쓰며 살아간다고 해서 조금도 이상할 것이 없다. 한국말로도 운전면허 시험을 치는 곳이 미국이다.

그러나 이러한 현상을 이상한 눈으로 근심하는 소수의 백인들이 있다. "미국은 영어를 쓰며 살아가는 사람들이 자리잡은 나라이니까 영어 이외의 말이 통용되는 것을 하루 빨리 없애야 한다. 그러자면 영어 이외에는 어떤 말도 공적公的으로 사용해서는 안된다"는 것이 그들의 명분이다. 이러한 주장은 흔히 21세기에는 캘리포니아 인구의 과반수는 아시아 인종이 차지할 것이라는 예측과 함께 논의된다.

이 경우 우리는 19세기 말의 황화론黃禍論을 연상하지 않을 수 없다. 청일전쟁 끝 무렵, 독일 황제 빌헬름 2세는 엉뚱하게도 황색 인종 제압 制壓을 주장하는 황화론을 들고 나왔다. "저 옛날 오스만 터키나 몽고의 대공략大功略을 돌이켜 보자! 황색 인종이 발전하면 유럽의 백인 문명이 위협을 받는다. 우리 백인 나라들은 서로 협력하여 황인종이 커가는 것을 막아야 한다." 이 말은 결국 이 세상은 당연히 백인들이 지배해야 한다는 무서운 오만과 편견의 표현이 아닌가!

이러한 상황에서 며칠 전 그 황화론의 망령亡靈을 만난 것은 결코 우연이 아니었다. 모처럼 한국인 식당에 저녁을 먹으러 들어서는 참인데, 그 식당 주인 윤선생은 영어 반, 한국말 반으로 술 취한 흑인 청년 두 명에게 언성을 높여 외치고 있었다. 백인들이 숨죽이며 '황인종 돌아가라Yellow, go home'고 속삭이니까 흑인들은 영문도 모르고 술 기분에 황인종 식당에서 텃새를 부린 모양이었다.

"야! 이놈들아! 너희들이 가야지 왜 내가 가니? 너희들은 겨우 이백 년 전에 아프리카 노예 상인에게 잡혀왔지만 나는 달라! 우리 조상 한국인이 아메리카 인디언과 사촌인 거 몰라? 그들은 이만 년 전에 아시아에서 건너왔어. 그래 누구의 조상이 이 땅에 먼저 왔니? 나보고 미국을 떠나라고? 나쁜 놈들!"

초판서문

　어느새 삼십년이 넘도록 우리말을 가르쳐 왔다. 이 세상에 태어나서 우리말을 배우고 가르치는 일 이외에 내게 다른 일이 있을 수 없다는 생각으로 살아온 세월이기도 하였다. 열정이 앞서던 20대에는 어린 중학생들에게 주먹질도 해 가면서 우리말 사랑의 바른 길을 강조했었다. 그러다가 언제부터인가 우리말에 대한 애정을 가벼운 수필 형식으로 발표하여 왔다. 이제 이것들을 묶어 한 자리에 모아 놓고 보니 나의 치졸한 목소리가 부끄러울 뿐이다.

　그러나 이 부끄러운 글들은 그런대로 우리말에 대한 나의 숨김없는 애정을 드러내고 있다. 나는 이 글 묶음을 내 어린 시절에 나에게 우리말을 공부하도록 이끌어 주신 국어선생님들께 바치고 싶다. 나의 중·고등시절은 1950년대 초반이었다. 아직 6·25의 상처가 아물지 않았고 원색적인 가난이 사그라지지 않던 그 시절, 나의 국어 선생님들은 '우리말 사랑'이라는 일종의 종교적 신념을 제외한다면 다른 것은 별로 보잘 것이 없는 분들이었는지도 모른다. 가난이 흉 될 것이 없던 때이니 뒤집어 짓기를 해 입은 양복마저 소매 끝이 나달나달 해어졌다는 것을 새삼 들출 필요는 없을 것이다. 일본 식민지 시절에 청춘을 살았으니 대체로 국어국문학을 정식으로 배울 기회가 없었다는 것도 들출 필요가 없을 것이다. 또 선생님들의 서가에는 국어국문학에 관련된 책이 별로 없었다는 것도 문제 삼지 말아야 한다. 고작해야 최현배 선생의 〈우리말본〉과 양주동 선생의 〈고가연구〉 같은 책이 몇 권의 소설책과 시집들 사이에 꽂혀 있었던 것 같다. 그러나 몇 십번을 읽었던지 까맣게 손때가 묻은 그 책들의 겉장은 거의 떨어져 나갈 지경이었고 날깃날깃한 책장을 넘기면 두 겹 세 겹으로 붉은 줄이 그어져 있는 것을 볼 수 있었다. 보통 때에는 어쩌면 바보처럼 보이던 선생님들, 그렇지만 민족문화를 보존하고 계승하는 데 가장 기초가 되는 것은 우리말을 바르게 알고 바르게 쓰는 것이라고 주장하실 때에는 그 형형한 눈빛에서 불똥이 튀지 않는가 여겨져서 나는 몇 번이고 온몸이 조여오고 가슴이 터질 것 같은 감동을 맛보았었다.

그래서 나는 국어선생이 되었다. 그러나 어린 시절의 스승을 머리에 떠올리며 강단에 섰을 때, 나는 옛 스승들만큼 우리말에 대한 신념과 열정을 지니지 못했음을 깨닫게 되었다. 부끄럽기 그지없었다. 그렇지만 내 앞에 다른 길을 선택할 여지는 없었고, 나는 내 나름대로 떠듬떠듬 우리말이 어떻게 아름다운가를 그려나가지 않을 수 없었다.

여기에 모인 글들은 그러한 내 안간힘의 흔적들이다. 이 책을 읽는 이들이 만일 이 글들을 통하여 조금이나마 우리말의 소중함과 아름다움을 깨닫는 데 도움을 받았다면, 그것은 오로지 40년 전 나에게 우리말을 가르쳐 주셨던 저 가난한 시절의 스승님들 덕분이라고 믿는다.

1990년 6월
세검정 서재에서 지은이 씀

저자 심재기沈在箕

　　　인천 출생
　　　서울대학교 국어국문학과 졸업
　　　서울대학교 대학원 문학석사·문학박사
　　　서울대학교 국어국문학과 교수 역임
　　　전 국립국어원 원장
　　　현 서울대학교 명예교수

대표논저 국어 어휘론(國語語彙論)
　　　　　국어 의미론(國語意味論)(공저)
　　　　　국어 어휘론신강(國語語彙論新講)
　　　　　국어 문체발달사(國語文體發達史)

수 필 집 사랑과 은총의 세월
　　　　　막내딸의 혼인날

한국어, 우리말 우리글 3 - 108가지 국어생각

초판인쇄　2009년 6월 9일
초판발행　2009년 6월 18일

저자　심재기
발행　제이앤씨
등록　제7-220호

주소　서울특별시 도봉구 창동 624-1 현대홈시티 102-1206
전화　(02)992-3253(대)
팩스　(02)991-1285
전자우편　jncbook@hanmail.net
홈페이지　http://www.jncbook.co.kr
책임편집　김연수

ⓒ 심재기 2009 All rights reserved. Printed in KOREA

ISBN 978-89-5668-724-7 93810　　　　　　　정가 15,000원

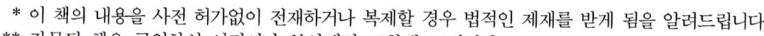